U0030716

奇幻基地出版

失控療程

The Patient

絲汀娜・福爾摩斯 著
林立仁 譯

Steena
Holmes

BEST 嚴選

緣起

在繁花似錦的奇幻文學花園裡，你或許還在門外徘徊，不知該如何抉擇進入的途徑；也或許你已經置身其中，卻因種類繁多，或曾經讀過不合口味的作品，而卻步、遲疑。

BEST嚴選，正如其名，我們期許能透過奇幻基地對奇幻文學的瞭解，以及對讀者的理解，站在出版者與讀者的雙重角度，為您精選好作家與好作品。

他們是名家，您不可不讀：幻想文學裡的巨擘，領域裡的耀眼新星。

它們最暢銷，您怎可錯過：銷售量驚人的大作，排行榜上的常勝軍。

這些是經典，您務必一讀：百聞不如一見的作品，極具代表的佳作。

奇幻嚴選，嚴選奇幻。請相信我們的眼光，跟隨我們的腳步，文學的盛宴、幻想世界的冒險，就要展開。

excellent bestseller classic

獻給我的丈夫，
瘋狂的循環終於結束了，
但我還是不想下廚。

台灣獨家作者序

台灣讀者你們好！

閱讀是一種非常個人的體驗，很榮幸你們選擇這本《失控療程》，沉浸在我寫的故事中。

《失控療程》的創作過程，從最初發想到寫下最後一個句子都十分有趣。就像你們閱讀這本小說一樣，創作這個故事對我來說，也像是踏上一段旅程，情節隨著每次下筆而開展。

通常在寫故事時，我提筆之前心中已有個該如何開始和結束的清楚大綱，但《失控療程》卻很不一樣。我知道這本書的主角是誰，卻不知故事會如何發展。書中的每個角色都是自己出現，而情節的發展方向除了令我興奮，也讓我害怕。

《失控療程》的主角丹妮爾·萊克夫是個心理治療師，住在以小說名著《愛麗絲夢遊仙境》爲主題的小鎮裡。小鎮裡有一座公園，裡頭矗立著《愛麗絲夢遊仙境》中的人物雕像，鎮上每週都會舉辦夏日遊行，鎮民會裝扮成瘋帽客或愛麗絲，甚至是柴郡貓。這座小鎮建立在童話故事上，又充滿小鎮風情，讓人很希望它是個眞實的存在。

在這樣的一座小鎮裡，理當會讓丹妮爾感到安全，而這裡也的確帶給了她安全感，直到一名連續殺人犯出現，她認爲自己的一名個案可能是凶手。

從心理治療師的角度來寫故事，確實十分新鮮有趣。開始書寫時，我心中一直有個疑問：心理治療師遭遇困難時會找誰傾訴？他們能將自己的祕密和恐懼交託予誰？

對丹妮爾而言，她將心事交託給摯友，而這位摯友正好是名刑警。當她開始懷疑其中一名個案是凶手時，事情變得越來越複雜，她糾結於到底是該協助個案，還是阻止命案再度發生，也因此感到壓力越來越大。

仙境的主題十分契合這個故事，原因很簡單：**凡事不可只看表面**。我喜歡在所有故事中加入這個觀點，也就是我們必須看得比表面更爲深入，而《失控療程》非常適合帶入這個主題。

値得一提的是，這個故事裡加入了許多我的個人元素，例如喜歡收藏《愛麗絲夢遊仙境》各種版本的人不只是丹妮爾，我個人的書架上也收藏了好幾本不同版本的《愛麗絲夢遊仙境》。此外，書中有一幕提到一本由我喜愛的作者所寫的小說，而這位作者正好是我的朋友。

希望你們在閱讀這本小說並認識書中角色時感到興味盎然，也希望這是個你們不願它結束的故事，而且會記住一件事：凡事不可只看表面。

閱讀愉快，我的新朋友！

絲汀娜・福爾摩斯

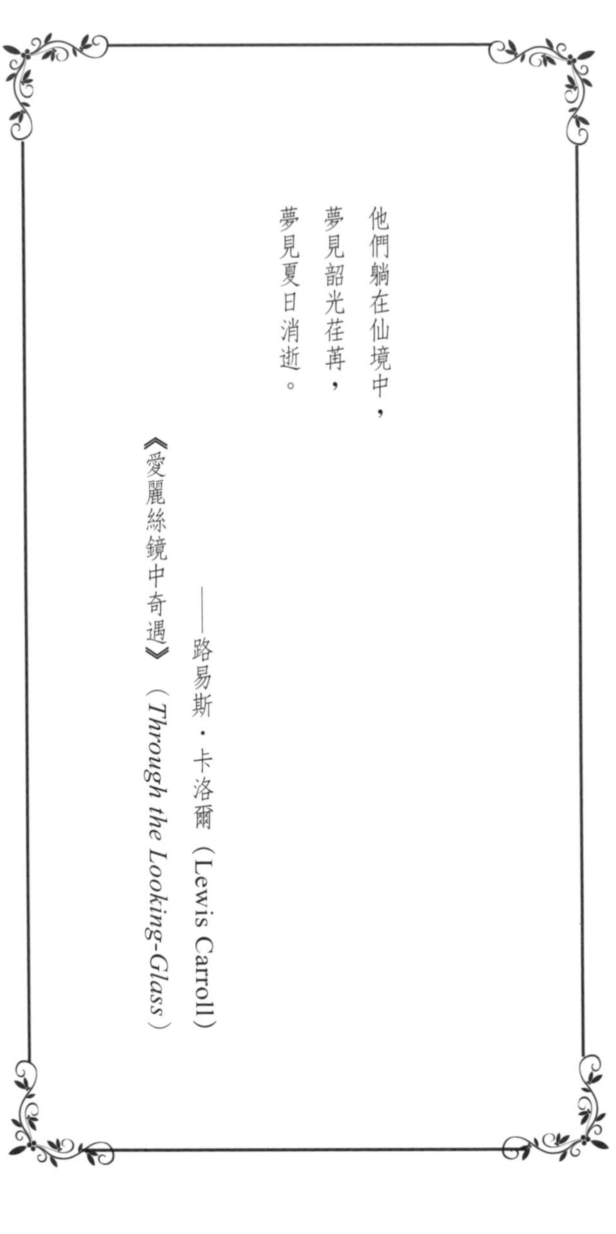

他們躺在仙境中，
夢見韶光荏苒，
夢見夏日消逝。

——路易斯・卡洛爾（Lewis Carroll）
《愛麗絲鏡中奇遇》（*Through the Looking-Glass*）

1

八月十五日，星期二

我該如何坦誠以告？揭露自己因爲恐懼而將祕密藏在心中？我思索著該如何措辭，卻又不知道該怎麼說出口，該怎麼承認自己的羞愧、失敗，以及……懷疑。

我看著汽車後照鏡中的自己，幾乎認不出鏡中和我四目相接的女子。我必須對著自己大聲說出那些話，眞正地把那些話說出來，這樣我才能把事情告訴別人。

「我認爲……」話聲猶疑不定，墜入了沉默螺旋。

這實在太難以說出口了。說出那些話，感覺就像是背叛。如果我判斷錯誤怎麼辦？如果我這樣做是錯的怎麼辦？如果……

我深深吸了口氣，再試一次。

「我認爲自己的其中一位案主是連續殺人犯，只是不知道究竟是誰。」

2

約莫兩星期前
八月三日，星期六

當一本書尚未打開、書頁尚未翻開、文字尚未躍出紙面時，是我最喜愛的時刻。即使我熟知書裡的每個文字，即使那本書我已讀過千百遍。

「不會吧，丹妮爾（Danielle），又是《愛麗絲夢遊仙境》（*Alice in Wonderland*）？妳家書櫃不是已經擺滿這本書的各種版本？」

只有無知之徒才敢對我這個愛麗絲鐵粉說出這種蠢話。

「這可是一八八三年的《愛麗絲夢遊仙境》精裝本。」

譚美（Tami）聽了竟然面無表情，令我難以置信。

「眞不知道我們怎麼還能當朋友。」

「妳說呢？」譚美聳了聳肩，對我微微一笑，意思是「妳明明知道妳愛我」，然後在我面前闔上她手裡拿的書。「妳應該看這本才對，聽說寫得很棒。」

我看了看封面和書名，連多看一眼都不願意。「懸疑小說？妳開玩笑吧？」譚美知道我不看那種書，我比較愛看童話故事和經典老書。

「我是說真的，作者是金柏莉．貝蕾（注1）。」

說得好像我應該知道那是誰一樣。

「除非史蒂芬．金（注2）寫了一本暗黑版童話小說，否則我沒興趣。」我推開譚美那本書，讓目光回到自己手中的書上。

兔子洞商行（Rabbit Hole Goods）是一家古董雜貨舖，坐落在柴鎮（Cheshire）的中心地區，這裡什麼都賣，有老銀器，也有手工雕刻的家具。不過結帳櫃檯旁的小空間放著一個架子，上頭擺著新發行的小說，這家店裡可能只有這些小說不是二手商品。

我比較喜歡傳統大冊書，它們有著歷史韻味，書頁裡藏著珍貴寶藏。

就像我手中拿的這一本。不管多少錢，我都要把它買下來。

「妳真的要花三百塊錢買一本書？」譚美看見標價，將下巴擱在我肩膀上，在我耳邊嘖了幾聲。「妳家地下室是不是埋著我不知道的現金或寶藏？」

我差點笑出聲來。譚美知道我對家裡的地下室有什麼感覺。

注1 金柏莉．貝蕾（Kimberly Belle），美國暢銷作家，以驚悚懸疑小說《別相信枕邊人》（*The Marriage Lie*）為代表作。

注2 史蒂芬．金（Stephen King），美國知名恐怖小說大師，作品數量繁多且屢屢被翻拍成影視，例如《牠》（*It*）、《鬼店》（*The Shining*）、《安眠醫生》（*Doctor Sleep*）等。

「歡迎妳拿一把鏟子去挖挖看，看能不能發現什麼。」想到這裡，我不禁皺了皺鼻子。

「喔，搞不好會有收穫。」譚美興奮地搓了搓手。「我對尋寶很感興趣。說不定前屋主不相信銀行，選擇把一箱錢埋在地下室裡，我們一定得去查個清楚才行。」

我哼了一聲。我才不去呢。上次到地下室的時候，我迎面撞上了一張大蜘蛛網，後來就再也沒下去過了。

「局裡有幾個菜鳥，我可以叫他們下去。」譚美打趣地說：「讓他們週末有事情做，不要一天到晚跟觀光客打情罵俏。」

柴鎮是個步調緩慢的小鎮，譚美是鎮上的警探，她手邊的空閒時間根本比退休的代課老師還多。

「我這麼愛妳，」譚美說，輕輕推了推我們腳邊的一個箱子。「所以我願意弄髒雙手，幫妳找找看這裡還有沒有《愛麗絲夢遊仙境》，雖然妳家裡的已經夠多了。」她將手中的懸疑小說放在桌上，在地上坐了下來，開始翻找箱子裡的每一本書。我只是看著她，沒跟她說那箱書我已經找過了，只找到我手上這一本。我喜歡看她用手指撥開一頭亂髮，在箱子上留下道道灰塵痕跡。

「夠多了？才怪呢。」愛麗絲是我的童年、我的安全毯、我的定海神針，當生活陷入混亂時可以讓我安心下來。仙境是我神遊的世界，每當父母吵架，每當我感到焦慮或過於害怕，就會躲進這個世界。

「有什麼需要幫忙嗎？」

一位老人走到我旁邊，身穿破舊牛仔褲和紅色格紋襯衫，襯衫外繫著兩條黑色吊帶。他停下腳步，拉起袖子，臉上露出古怪表情。我來兔子洞商行逛過這麼久，從來沒見過這個人。

「我只是在欣賞這本經典作品。」我把手中的書拿給他看。

老人對我端詳片刻，目光移到坐在地上的譚美身上。

「妳會花錢消費還是只看不買？」老人說話魯莽而直接，伸出了手，作勢要我把書交給他。

我才不會這麼做。

「這是一八八三年的版本，妳買不起。」老人用手指抓住那本書，但我把書拉回來。

「愛麗絲是阿丹的，你最好不要惹她。」譚美笑說。

「嚴格說來，這本書還不算是我的。」我提醒著。

譚美露出「那有什差別」的表情，我微微一笑。

「嚴格說來，這本書是我的，而且它是非賣品。」老人低哼一聲，用力把書從我手中抽走，轉身離去。

「嘿，等一下——」我呆立在原地，彷彿一具動作凝止的假人，對剛才發生的事震驚無比。

「他是把書從妳手上搶走嗎？」譚美伸手在短褲上擦了擦，卻在褲子上留下污漬，只好做個鬼臉。

「這是哪門子的顧客服務？」

「呃，先生？」我快步跟上老人，在店內穿梭。「先生，我想買那本書。」

老人並不停步，逕自走到商店後側的櫃檯內，把書放下，拿起一支菸斗叼在嘴裡。我等著看他點燃菸斗，但他沒有動作。

菸斗彷彿成了老人的一部分，就像那兩條吊帶一樣。

「爸，能不能幫我一下……」老人背後的門簾晃了晃，艾莉西亞（Alicia）走了出來，她是兔子洞商行的老闆，身穿背心裙，身前圍著灰色圍裙，手裡拖著一個老舊行李箱。「喔，嗨，丹妮爾，看來妳見過我爸了。」艾莉西亞臉上的笑容比她身上的亮黃色背心裙還來得明亮燦爛。

「啊，妳找到這本愛麗絲了。」艾莉西亞的語氣中帶著一絲失望。

「誰說我的書要賣了？」老人沉下了臉。

艾莉西亞輕撫著書皮。「我們討論過的，你忘了嗎？」

我站在原地，靜靜看著別人的家務事在眼前上演。我想得到那本書，不想就這樣摸摸鼻子離開，因此希望自己能幫上一點忙。

「抱歉。」艾莉西亞對我說，看得出她是誠心道歉。「我知道妳有在收集這些書，我會幫妳留意有沒有其他的。」

「這本書應該屬於收藏家圖書館，那裡會有人珍惜它。」艾莉西亞的父親氣鼓鼓地對我蹙起眉頭。「不賣就是不賣。」老人拿起書，拉開門簾走了進去。

我臉上一定露出了十分失望的表情。

「抱歉，我爸他有點……呃，他是個藏書家，而且……總之抱歉。」她又道歉一次。「我沒有藉口可說，他有時會來店裡幫忙，可是很少直接招呼客人。」她一臉歉然，道歉得十分得體。

「說不定他會重新考慮？」譚美問。

「如果我發現另一本類似的書，一定會幫妳保留起來。」艾莉西亞說。

這時店門上的鈴鐺響了起來，戶外的樂隊演奏聲隨之湧入。

「我們走吧。」譚美說：「我只剩一點時間而已，等等我還要去換裝，加入遊行隊伍。」

每到週六，柴鎮就會舉行小型的正午遊行，高中樂團列隊演奏，兒童劇團的成員則會粉墨登場，書中「仙境」裡的人物都會走上街頭，對群眾揮手。

「妳剛才說要換裝？」我走出商店，朝街上望去，發現人行道上竟然擠滿了人，只見民眾攜家帶眷，還將戶外摺疊椅都擺了出來。

「對啊，我抽中籤王，得去扮演部門的吉祥物。」譚美試圖嚴肅皺起眉頭。我看得出她非常努力忍住笑意，但嘴角微微上揚，最後還是笑了出來。

我可以想像譚美身穿兔子裝，在街上跳來跳去，發送棒棒糖給小朋友、對大家招手……她一定會十分享受這個過程。

至於我呢，則打算窩在家裡，等群眾散去後才敢出門。

每每碰到一大群人像罐頭沙丁魚般擠在一起，我心中就會浮現某種異樣感……我不會稱之為恐慌，但是非常接近。

我喜歡人，喜歡跟人交談，和人建立關係，但必須是一對一的狀態。人如果太多，我就會覺得空間裡的空氣被抽光，整個人被捲進暈眩的漩渦裡。

我對群眾敬謝不敏。

「我們去那家茶飲店好不好？我一直想介紹老闆莎賓娜（Sabrina）給妳認識。」譚美嗜喝咖啡，但不愛喝茶。每次我想找機會讓這兩位朋友互相認識，總是會有狀況發生。

譚美看看錶。「我很想去，但比較想在穿上熱死人的兔子裝前先吃個冰淇淋，下次好嗎？」

我早該料到譚美會拿這件事來當作藉口。

「眞是夠了，找一天我做塊起司蛋糕，邀請妳們倆一起來吃。我眞的很希望妳能認識她，妳一定會很喜歡她的。」

譚美一聽見「起司蛋糕」四個字，雙眼就立刻亮了起來。起司蛋糕是她最愛的甜點，但我已經很久沒有親自動手做了。

「上頭會撒上巧克力碎片嗎？」譚美問。

「還會裹上巧克力醬。」我卯足全力誘惑她。

「我查一下行事曆再跟妳說，如何？」

我搖了搖頭。「妳一定會編個理由爽約，隔天才跑來吃剩下的。」

「不會啦，我發誓。」譚美伸出小指。兩人幼稚地打勾勾蓋手印，露出燦爛的笑容。

我們來到古董店旁的冰淇淋店，各買了一球冰淇淋，然後便分手告別。我不想看遊行，決定踏上蜿蜒的公園步道，也許去圖書館待一陣子，等待鎭中心的人潮散去。其實我應該去看遊行，跟不同的人聊天，朝隊伍裡的愛麗絲人物、當地商家老闆和學校社團成員揮手。莎賓娜一定會鼓勵我這麼做。

我在鎭上只有這兩位好朋友，而這兩人的個性可說是南轅北轍。譚美從不會敦促、勸說或刺激，讓我去做還沒準備好的事；她只是陪在一旁，知道最後我會突破自我、踏出舒適區。莎賓娜則經常敦促、勸說或刺激我，認爲我需要被拉進某種情境，不管我是否做好準備了沒。這兩人雖然如此不同，卻都是我生活中不可或缺的力量來源。

譚美知道我應付不了遊行、忍受不了群眾和噪音，但如果莎賓娜知道我逃避成長的機會，一定會大失所望。

我沿著步道來到公園裡的一張長椅，那裡可以俯瞰柴鎮公共圖書館（Cheshire Public Library）台階對面的兒童遊樂場。

褪色的灰色台階盡頭是開啓的門扉，門內擠滿了出來享受陽光的家庭。一名女子打扮成小丑模樣，正在操作一台移動式爆米花機，機台周圍的地上掉落許多爆米花，幾隻小鳥正在地上啄食。

一旁的草地上有許多小孩圍繞著一名女圖書館員，她的身旁放著一疊書，手上拿著一本大繪本，文字寫在左側書頁，圖案畫在右側頁面。她的手指沿著文字移動，口中高聲朗讀，臉上露出微笑，認出文字的小朋友也會大聲跟著把字唸出來。

那群小朋友形形色色，有的高、有的矮、有的瘦、有的胖、有女生、有男生、有的安靜、有的吵鬧。有的小朋友盤腿坐在草地上，有的則在草地上蹦蹦跳跳，無法乖乖站好。幾個比較害羞的小朋友圍在圖書館員身後，讓好奇心戰勝了心中的遲疑。

當中只有一個小女孩十分突兀。

她坐在一旁甚遠之處，雙手緊握身前，目光偏離正在朗讀故事的圖書館員。她的所坐之處正好足以讓自己聽得見故事，但又遠得不用參加活動，因爲圖書館員有時會請小朋友幫她把字閱讀出來。

小女孩往前移動一點，離那群小朋友靠近了些，但隨即又後退挪動身子，怕自己靠得太近。

我想越過公園，牽起小女孩的手，帶她加入其他小朋友。我想讓圖書館員注意到她，讓她加入活動。我想找到小女孩的母親，詢問爲什麼她的女兒會坐得離其他小朋友那麼遠。

但最後我什麼也沒做。說不定小女孩跟我一樣，不喜歡接近群眾。但我看得出來，她雖然坐得很遠，心裡其實很想加入其他小朋友。

我聽不見說書者的朗讀聲，也看不見書本的封面，但那群小朋友發出的聲音讓我內心深處充滿寧靜，讓我想永遠待在這裡。

我坐在長椅上，直到說故事時間結束。我看見那群小朋友解散之前，說書者分送提袋給小朋友。有些小朋友發出驚喜叫聲，興奮地奔回父母身邊；有些則打開提袋，拿出裡頭的書，臉龐開心無比。

唯一沒去拿提袋的，就是先前那個小女孩。

「羅蘋（Robin），我們走吧。」小女孩的母親出現在台階上。小女孩抬頭望去，漫不經心地揮了揮手，站起身來，朝母親的方向踏出幾小步，又回頭用失望的眼神朝那群小朋友看了一眼，只見孩子們正在嬉鬧，興奮得不得了。

「快點過來！」母親雙手一拍，口氣很不耐煩。

說書者注意到了小女孩。「別忘了來拿這個袋子喔。」她朝小女孩高聲喊道。小女孩停下腳步。

「羅蘋，立刻給我過來。」女子站在原地，雙臂交疊，胸膛起伏，肩上掛著一只肩背包。只見她朝圖書館員狠狠瞪了一眼，看得我幾乎要站起來。

小女孩陷入天人交戰。到底是要聽母親的話，還是跑去拿那袋要送給她的好東西？

「妳是聾了嗎？難道我養了一個笨小孩？」女子厲聲說著，同時步下水泥台階，朝女兒走去。「立刻給我過來。」她朝身旁指了指，重重踏上草地走向女兒，口中不停咒罵，胸部挺起。

這態勢簡直就像是一頭龐然巨物打算找小動物打架，又彷彿是《聖經》中的巨人歌利亞（Goliath）對決大衛(注)。一個母親竟然威脅自己的小孩，難道她看不出這行爲有多不恰當嗎？

我注視著這一幕，手指捏著長椅邊緣，指甲掐入木板之中。

每個人教養小孩的方式都不太一樣，這我可以了解。我的案主對我述說過許多遭受凌虐的可怕遭遇，他們的父母根本不想要小孩，家庭被怒火燒得四分五裂。

每一種行爲都會有反作用力。

而對孩子惡言相向……這種行爲顯然很不恰當。

羅蘋的頭低得不能再低，肩膀緊縮，雙手垂落身側。我從遠處看去，仍然看得見小女孩的雙手握成拳狀。

見羅蘋用微小的行動表達憤怒，讓我心中浮現一股欣喜。

注 《希伯來聖經》及基督教《舊約聖經》中，年輕的大衛（即未來的以色列國王）憑藉著對神的信念，去挑戰令人聞風喪膽、不可能戰勝的敵軍勇士哥利亞。

「幹得好。」我低聲說。

「妳這個不懂得感恩的小混蛋，回家看我怎麼修理妳。」

就在我猛然起身的同時，那位說書者也離開了那群歡鬧的小朋友，跑到羅蘋面前，比羅蘋的母親搶先一步。她彎下了腰，和羅蘋四目相對，將提袋遞給了她。

我看不見她們的表情，但我想像羅蘋接過提袋時，兩人臉上一定都浮現了甜美無比的笑容。羅蘋一定低聲說了句謝謝，眼中閃耀欣喜之情，迫不及待要展書閱讀，期盼自己會有不同的人生際遇。

我不知道實際情況是否眞是這樣，但內心深處如此希望。

不知羅蘋是否期盼自己有不同的人生際遇？我想到此處不禁喉頭微哽。

只見羅蘋的母親從她手中搶過提袋，朝裡頭看了看。「我們可不付錢，把它拿回去。」

羅蘋乖乖地把提袋拿回去，臉上露出沮喪和失望的神情，看得我整個心揪成一團。

我聽不見那位年輕女圖書館員的回答，只看見羅蘋的母親突然面紅耳赤，一把抓住女兒的手，拉著她穿越草地，朝停車場走去。

如果我是那位母親，一定會爲了自己的行爲而羞愧得無地自容。

羅蘋急忙跟上母親的腳步，提袋因此從手中鬆脫，裡頭的東西掉了出來，有些滾到了停車場的車子底下。羅蘋想叫母親停下腳步。

我想像羅蘋坐上車時一定雙眼圓睜，眼淚滑落臉頰，嬌小的身軀發出啜泣聲。

我應該採取行動。

我應該跑過去，爬到車子底下，撿起提袋裡掉出的東西，趕緊交到羅蘋的母親手上，再對羅蘋微微一笑，讓她知道一切都會沒事。

有很多事我應該做，有很多事我可以做，卻最後什麼也沒做，只是坐在原地看著一切在眼前上演。

幸好在場有別人行動了，那人跑去撿起掉落的東西，交還到羅蘋手中。那人比我堅強。

我在執業的過程中學到一件事。多年前，在看見無數案主那不同於我的人生際遇之後，我學到了一件事。

不是每個女人都能成爲一個稱職的母親。

但每個小孩都值得被愛，也値得感受到愛。

我的目標是協助那些孩子明白自己値得被愛，而且能脫離成長過程中的陰影，活出有別於原生家庭的人生。

但老實說，我經常失敗。

3

八月四日，星期日

莎賓娜的店叫做「瘋帽客茶館（Mad Hatter's Tea House）」，我坐在店裡一張窗邊桌前，看著窗外來來往往的行人，只見有些人手裡拿著提袋，有些人追著孩童跑，有些人正無憂無慮地漫步在街上。

我雙眼凝望窗外，腦子裡卻滿是昨天看見的畫面：小女孩羅蘋臉上的表情，以及她母親無緣無故大發雷霆、厲聲斥責的姿態。

這件事困擾了我一整夜。

我的內心翻騰著一百萬種情緒。我感到憤怒，竟然有人這樣對待自己的孩子，同時也感到羞愧，因爲自己竟然沒有挺身而出，而且感到一股無助。

其中最令我驚訝的，是那股無助感。

我是個受過訓練的心理治療師（therapist），我的職責應該是幫助別人，但爲什麼我卻覺得如此失敗？

「呼，我還想說可能沒空過來跟妳打聲招呼。」莎賓娜說，在我面前一屁股坐下，遞來一個盤子，上頭放著剛做好的方形甜點。

「妳嚐嚐看這些納奈莫條（注）好不好吃。」莎賓娜從服務生手中接過一壺茶，打開壺蓋，湊上鼻子，深深吸了一口蒸騰熱氣。

「這是剛運到的貨，我一直很想喝喝看這種柑橘綠茶。」她接著又說：「不過妳現在喝的不是柑橘綠茶，而是特選茶品，為妳量身挑選的。他們有跟妳說這款茶品的名字嗎？叫做『愛麗絲的夢』，是不是很搭？」

我沒回答，只是端起茶杯，啜飲一口。「我嚐到一點橘子、香草和……」

「白巧克力。」莎賓娜露出孩童般的燦爛笑容，接完這句話。

「哈，原來這是白巧克力的味道。」我吹了吹熱氣，又再喝一口。我喜歡這款茶品。

「妳今天是怎麼了？進來以後就一直坐在這裡，還呆呆地皺眉看著窗外。」

我環目四顧。稍早進來時，店裡幾乎客滿，現在只剩下幾桌客人而已，尖峰時間一定是過了。

「我只是在想昨天在圖書館前碰見的一件事，後悔自己沒有伸出援手。」

「發生了什麼事？」

我將那對母女的事告訴莎賓娜，述說那位母親咒罵的話語如何惡毒，以及我只是坐在那裡目睹一切，沒有採取任何行動。

「我總認為自己如果看見孩童遭受不當對待，一定會挺身而出、加以制止，沒想到卻竟然什麼

注 納奈莫條（Nanaimo Bar），一種起源於加拿大的長條形糕點，以發源地納奈莫市命名。

也沒做。」這就是整起事件的重點：我沒有採取行動。

我無法解讀莎賓娜臉上的表情。她是不是對我感到失望？我總是難以解讀她的思緒。莎賓娜的頭上隨便綁了個髮髻，臉上戴著一副眼鏡，讓我聯想到圖書館員，圖書館員總是用這種神情看人。

「語言暴力總是不堪入耳，」莎賓娜摘下眼鏡說：「如果妳明白忍受言語暴力的感覺，就可以了解妳爲什麼會僵在原地。」

「我是受過訓練的心理治療師，莎賓娜。我應該出面去跟那位母親談一談，提供協助和支持。」

莎賓娜點了點頭。「沒錯，妳也許是該這麼做，但聽起來最後是那位圖書館員挺身而出。或許這樣比較好，畢竟妳不是當事人。」

莎賓娜說得很對，但我仍舊沉溺在情緒之中，手中不停玩轉茶杯，在桌巾上留下了一圈茶漬。

「別再自責了。好吧，以妳的標準來說，妳的確是搞砸了，但也因此學到了一課啊。妳明白了不採取行動會對自己造成什麼影響，以後不要再重蹈覆轍就好啦。」

我就愛莎賓娜這一點，她的思維總是乾淨俐落。

「妳說得對。」我承認。

「我當然說得對。」莎賓娜臉上露出大大的微笑，又眨了眨眼，接著環視店內，嘆了口氣。「今天簡直忙翻了，客人好像每個禮拜都在增加，眞不知道今年夏日市集舉行時會忙成什麼樣子。」

「那個週末我應該會逃離鎭上。」我又望了窗外一眼。

「不行，」莎賓娜拍了桌子一下。「這怎麼可以？妳應該出去遞名片，培養自己的客戶群，和社區多點互動。妳都已經來這裡兩年了，但只累積了……三位客戶？」

「我還不知道妳有在幫我計算啊。」我試著用開心的口吻回話，卻適得其反。「我目前有這三位案主就夠了。每星期都和他們碰面，加上沒有龐大的案主數量，這代表我可以更專注在他們身上，請不要拿我來跟其他心理治療師比較。」

「抱歉，」莎賓娜高舉雙手。「我不是故意要惹妳不高興。」

我搖了搖頭。

「只是有點心浮氣躁，」我解釋：「我可能反應過度了。」

「還有別的事讓妳煩心嗎，丹妮爾？」

我不知道該如何回答這個問題。

「只是覺得很累，」最後我承認：「上禮拜都沒睡好，所以有點煩躁。」

「要不要試著泡熱水澡？避免用3C電子產品？或者喝甘菊茶，以及睡前去散步一圈？」她的建議一個接一個，讓我來不及答話。

「我有泡澡和散步，沒喝甘菊茶，但晚餐後的咖啡應該先別喝了。」

莎賓娜翻個白眼。「咖啡？我以爲我已經讓妳脫離那個爛東西了。」

我哈哈大笑。「才怪呢，」我開玩笑說，很高興話題終於沒那麼沉重。「偶爾來杯熱茶或冰茶是沒問題，但我絕對不會放棄咖啡。」

「妳今晚有事嗎？」莎賓娜問。

我心裡發出呻吟。莎賓娜總是想找我參加某個委員會或團體，或是跟某些人碰面，她認為我沒有自己的生活，宅在家裡的時間太多。

她不明白我其實挺喜歡現在的生活。

「可能早點上床睡覺吧，為什麼這樣問？」

莎賓娜蹙起眉頭。

「我上禮拜都沒睡好。」我提醒她這件事。

莎賓娜的眉頭鬆開了些，又替自己斟了杯茶。

「好吧，這理由還可以。」她說：「我們有幾個人想在晚上組一個散步俱樂部，妳可以來參加，說不定對妳的睡眠會有幫助。」

其實我還挺喜歡散步俱樂部這個構想，但如果我要加入，一定純粹是為了社交的緣故，而我現下實在沒什麼心情去社交。

我頓時又感到疲憊，如果晚上再不能好好睡覺，我對任何人都沒有幫助。

「但也很難說就是。」莎賓娜見我沒有回應，便說：「總之妳再考慮看看，好嗎？今晚八點，我們會在公園入口處碰面。」

我會考慮，但心想自己應該不會改變心意。

此刻的我只想睡覺，獲得充分休息，醒來後神清氣爽，這樣才能應付明天的個案諮商。

4

八月五日，星期一

諮商個案：泰勒

我用手機設定計時器，時間一分鐘，然後進行呼吸練習。我用鼻子吸氣，憋氣數到三，然後用嘴巴吐氣，直到把氣全都吐乾淨。吸氣、憋氣、吐氣，重複這個動作。

再重複一次。

早上醒來時我頭痛欲裂，臉上浮現黑眼圈。昨晚運氣算是不錯，還有睡到三小時。今天的諮商結束後，我只想做一件事，那就是爬回床上睡覺。

泰勒（Tyler）今天跟我約了時間，要來坐在我的紅色沙發上。等待時，我翻閱自己做的筆記，瀏覽上次的諮商過程，閱讀畫了紅線的評語。該是時候讓我們的諮商進行得更深入了。

門上傳來羞怯、遲疑的敲門聲。

「請進。」我露出職業笑容，傳達出溫暖、關懷和關心。

有些人可能會覺得泰勒長得頗爲英俊，他有一張友善的臉孔和一雙溫柔的棕色眼睛，臉上笑容也很吸引人。他如果把注意力放在對方身上，大部分的女性可能會感到心頭小鹿亂撞。

但我從不會被他的魅力所迷惑，我可以看穿他臉上的輕鬆微笑，看見他內心深處的恐懼。

「萊克夫（Rycroft）醫師，抱歉我好像遲到了。」泰勒伸出溫暖而汗濕的手。

「你剛好準時抵達。」

我把筆記本翻到新的一頁。泰勒坐了下來，將一個抱枕抱到胸前，雙眼凝視前方咖啡桌上的一盒面紙。

「今天心情如何呢？」我手裡拿著筆，準備記筆記，好奇今天的諮商會往哪個方向發展。

「不是很好。」泰勒將抱枕放到一旁，雙手交握在大腿之間，嘆了口氣，聲音彷彿鬧鬼森林吹過的一陣冷風，讓人覺得詭異、沉重、可怖。

我等待他繼續往下說。

「妳建議我做冥想的練習，說這樣可以釋放我內心的交戰，我試過了，但是沒用。」

他那雙棕色大眼發出求救信號，渴望被人了解。

「你有設定計時器嗎？每次一分鐘？」

他點了點頭。

「你是不是在思緒混亂時做冥想練習？」

他沒回答，只是環顧四周，細看諮商室裡的每件物品。

「你在找什麼，泰勒？」

「妳的書架上本來有擺一張照片，是妳在公園裡看書的模樣，妳說那是妳最喜愛的回憶。那張照片呢？」

自從注意到泰勒在每次諮商時都會望向那張照片，我就把它收到別的地方去了，因為我覺得有點不舒服。現在諮商室裡已經看不見我私人的照片。

「我一直想換一下擺設。」我聳了聳肩，假裝不在意他對那張照片的關注。

「我有把注意力放在呼吸上，照妳說的那樣。」他回到冥想的話題上。「可是我的思緒變得更吵雜，妳說過不會這樣的。」

我倚身向前，雙臂交疊在膝蓋上，蓋住大腿上的筆記本。「我應該是說，最後那些思緒會比較平靜下來。」我直視他的雙眼，想看他對下一個問題會不會說謊，但心裡還是暗自希望他能跟我說實話。

「泰勒，你練習時想到了什麼？」

泰勒改變坐姿。

他的頭側向左邊，又側向右邊。「我一個人去散步的時候，不斷思索妳說過的話，也注意到了一些事情。」

有意思。我在筆記上寫下他逃避我的問題，然後對他露出溫柔微笑，希望他能把我的微笑視為鼓勵，鼓勵他繼續往下說。

「你注意到了什麼？」

他一聽見我問這個問題，雙眼立刻發亮，全身上下透露出興奮之情。

「我聽從妳的建議，隨身攜帶一本日記。」他就像小狗一樣聽話。「我在鎮上散步時，看見了平常容易忽視的事。誰搬進來了，誰搬走了；誰喜歡散步，什麼時間散步；誰有養寵物；誰沒有個人空間的觀念；誰喜歡到處炫耀自己的事業，但其實根本沒人在意。我看見街上的遊民、街角的妓女，以及脆弱的男人屈服於自己的慾望，在骯髒的巷子牆壁前迅速解決……」

我舉起一隻手，表示不用再說下去。

「我有帶來，妳想看嗎？」他從後口袋拿出一本日記本，顯然非常希望獲得認同。

那本日記體積甚小。他翻開來給我看，只見上頭寫的字十分潦草，難以辨認。爲了舒緩他的心情，我接過日記本，翻看最後幾頁，只辨別出幾個字。

其中，最引起我注意的是「她」。

我發自內心、重重嘆了口氣，一點也不想隱藏。

日記本裡沒有人與人的對話，也沒有我們討論過的主題。

「你有去你家附近的那家店喝咖啡嗎？」

他的眉頭皺得更深，眼中閃過一絲怒意。

「沒有，爲什麼要去？人們都看不起我，妳知道的。我聽得見他們竊竊私語。」他搓揉雙手，在肌膚上留下手指按壓的白色印痕。

「他們在竊竊私語什麼？」

他不肯看我。

「泰勒？」其實我根本不用問，只要翻翻筆記，就能知道他認爲那些與他素昧平生的人心裡都在想什麼。

他很軟弱。

他很沒用。

他不值得被愛。

「有時我覺得自己像是隱形人，他們根本看不見我。」他雙手一撐，站了起來，修長的身軀佇立在我面前。

「你覺得自己像隱形人？」泰勒來找我諮商已經超過十八個月，在這過程當中，他從未露出偏執的一面，爲什麼今天會展現出來？

泰勒站到窗前，身體在我的沙發上投下一道彎折影子。他的雙手插在褲子口袋裡，肩膀低垂，整個人呈現出沮喪的氛圍。

「妳喜歡住在這裡嗎？我是指住在公園對面？」他問。

逃避。我在這兩個字底下畫了條線，因爲這似乎是他經常出現的主題。

「對。」我遲疑片刻，最後仍然表示承認。我很少和泰勒分享自己的私人生活。他是那種很容易對人……產生依賴的人……而這樣並不健康。

我喜愛這間房子的其中一點，就是對面有座公園。我喜歡在清晨和日落時在公園的步道裡散步。我特別喜歡公園裡的一張長椅，它位於樹林的角落裡，樹木遮蔽了陽光，也屏蔽掉附近的嘈雜車聲。

「妳有想過螞蟻被這麼多人類環繞，會有什麼心情嗎？我們不會注意螞蟻，只會漫不經心地踩死牠們，想也不會多想。我們摧毀那麼多生命，卻從不在意這件事。」

「你並不是螞蟻。」

泰勒搖了搖頭，雙肩更加下垂頹喪。「沒有人看得見我。我就站在他們面前，他們卻看不見我。」

憂鬱如同一群嗡嗡飛舞的暗黑蒼蠅圍繞著他。

「我就站在她的影子裡，妳知道嗎？無論我再怎麼努力，就是碰觸不到她。」

泰勒從未跟我提過她的名字。我問過很多次，但他每次都沉默不語，幾乎像被嚇到般，緊接著轉移話題，談論一些抽象又無關緊要的事，我也因此不再追問此事。等到有一天他準備好，他會主動告訴我。

我心裡清楚知道，由於他持有許多偏執妄想，因此總是會誇大關於「她」的事。

泰勒回到沙發上，雙手緊抱膝蓋。

「你有沒有試過對她說出你的感覺？」雖然這只是個很簡單的動作，但我很驚訝地發現，很多案主都認爲不可能如此直接了當地對他人說出自己的感受。

「不會有什麼差別。」他的聲音低了一個八度，話語背後的痛苦讓我的心揪起來。

「說不定會出現令你意想不到的結果？」

「不會有什麼差別。」他又說了一次，但這次，我聽出他口氣中隱約流露一絲希望。

「爲什麼？」

「妳知道爲什麼。」

逃避。我又在這兩個字底下畫了一條線。

「我扮演著一個角色，」他喃喃地說：「我們之所以存在都有原因，這件事我們已經討論過了。我的角色是支持她。但如果跟她溝通，試著讓她改變心意或考慮其他選項……她就會生氣。」

他緊握雙拳。

這是他在談論**她**時首次展現憤怒。對他來說是種良好的情緒體驗，而且有益心理茁壯。

「對，我們討論過每個人都在扮演某個角色，例如我，我之所以存在，是爲了支持那些在生活中掙扎的人。」

他哼了一聲，鼻子用力噴氣，有些鼻水因而噴濺到手上，他伸手在褲子擦了擦。

我將那盒面紙遞給他，他努力避免自己被嗆到。

「所以妳是說，妳的存在是爲了我？」

我點點頭。

「我的存在是爲了她，就是這樣，這就是我扮演的角色。」

「你不只如此，泰勒。」我說，但他的目光立刻下垂，表示他並不同意這句話。

這就是我們的諮商遇到瓶頸之處，每次碰到這種情況，身爲他的心理治療師，都覺得自己只是不停讓他失望。

我希望他更有自信，更相信自己，更……變得更好而已。

他在沙發上坐立不安，注意力轉移到諮商室裡的其他物品上。

「她變了，妳知道嗎？每當我試圖接觸她，她總是會消失……至少是在心理上消失。她看我的時候，就好像在看幽靈一樣，難以辨認。但改變的人不是我，而是她。我不知道自己還能怎麼做……」他用手掌搓揉臉頰。「我知道妳認爲我太快下結論，總是把事情想得太糟，但我說的是事實，這全都是眞的。」

的確，我覺得他太悲觀，但從不曾這樣對他說。

「泰勒，我認爲你所說的，對你而言確實都是事實，否則我就會提出異議了。」

他看了我一眼，思索這句話。我在他臉上看見他的思緒流過。

「我以爲我們配合得很好，」他說，並未回應我的話。「她以前都會表達關心，但現在她只是冷酷得有如石頭……而我……覺得好害怕。」他低聲說：「她……她不喜歡我經常不睡覺，說這樣對我不好、不健康，還說我需要睡眠，所以她給了我某種東西，但我不想吃。我不要吃。」

「你今天有把那樣東西帶來嗎？就是她給你幫助睡眠的東西。」

「沒有，我不能帶來，如果被她發現一定會問我原因。我要怎麼跟她解釋？她不喜歡我指控她，所以我都避免這樣做，即使我知道……」他的聲音越來越小，最後陷入沉默，而這沉默拖得太長了。

「泰勒，你知道什麼？」他陷入在一個惡性循環裡，每次諮商我們都繞著這個迴圈打轉，彷彿他面前矗立著一道磚牆，怎麼繞都繞不出來。

「她變了，變得跟以前不一樣。」

「每個人都會改變，這是沒關係的，我們討論過這件事。」我一直拿頭去撞那道磚牆，心裡也覺得甚是疲累。

「妳不了解，妳不明白，我想……」泰勒將一個抱枕緊緊抱在胸前，那個抱枕是我最近買的。

他的身體不斷前後晃動，彷彿抱枕可以保護他不被幻想中的怪物所傷害。「我辦不到，」他搖了搖頭。「這裡不安全。」

「你在這裡非常安全，泰勒，我保證你很安全。」

他狂亂地左右查看，眼神流露出瘋狂。

「沒有地方是安全的，沒有地方防得了她。我想被她平等看待，但她不肯。」

「當你這樣表示的時候，她有什麼反應？」我再次強調：「你要她平等對待這件事。」

他縮起肩膀。「妳沒聽見我說的嗎？她會發火。這就是爲什麼我不能跟她溝通，只能藏在她的影子裡。我已經停止守著她了，我再也辦不到了。她的行爲……我就是辦不到。我只能……」他用力吞口口水，用手搓揉臉龐。「我只能守著她而已。」

這是什麼意思？他不再守著她，卻又只能守著她？同一個詞卻代表不同意義？他是說錯了，還是故意這樣說？

我不由自主地倚身向前。「你看見什麼？」

他不肯說，只是緊閉雙唇，緊緊抱著抱枕，手指泛白。

泰勒前後搖晃身體將近十分鐘，將抱枕緊緊抱在胸前，像個小孩一樣。

「泰勒？你可以說話了嗎？」我輕輕叫喚。

他眨了眨眼。漫長的一秒、兩秒、三秒、四秒過去了。他緊抓抱枕的手鬆了開來，胸膛擴張，深深吸了口氣。

「我沒事。」他微微一笑，笑容中充滿信任，臉上的天眞神情看起來就和他手上戴著的勞力士手錶一樣虛假。我從他的口氣中聽得出來，他戴上了一副面具，假裝自己是他以爲我所希望他成爲的人。他絕非沒事，我們兩人都心裡有數。

「我知道你沒事，只是希望你記得，這個地方對你來說永遠是安全的，泰勒。」我配合他演這齣戲。「我們能不能倒退一點，回去談……」我閉口不語，看著他伸手去拿我放在咖啡桌上的一杯水。只見他聞了聞，鼻子一皺，又把水放了回去。

「怎麼了嗎？」我問。

「這杯水……它……它……聞起來怪怪的。」

我拿起自己的那杯水，啜飲一口，然後指了指放在諮商室小吧檯上的一壺水。

「水裡加了小黃瓜。」我在水裡加了幾片小黃瓜。

「小黃瓜？」

「你覺得水有什麼問題嗎？」

「妳不是想毒死我吧？」他的聲音沉了下去，彷彿盛夏裡的除草機。

我伸手拿起他的那杯水，喝了一口，小心不讓口紅沾上杯子，然後把杯子放回桌上。

「我保證這杯水是安全的，泰勒，我沒有要毒死你。」

他拿起杯子喝水，始終和我四目相對，一口氣喝下半杯水。

「說不定她其實什麼也沒做。」他緩緩說，彷彿突然想到自己其實沒被下毒。

過去他曾提過自己被下安眠藥，但這是他第一次覺得自己可能想錯了。

「妳不認爲她對我下藥嗎？」

偏執。打從一開始，我就認爲泰勒罹患PPD，也就是偏執型人格障礙（注），這種人在日常生活中非常容易懷疑別人，而且難以信任他人。

我動手做筆記，同時讓他消化一下這個想法。

「可是我早上醒來爲什麼總是覺得昏昏沉沉？」他問。

「你感到昏沉的頻率是多少？」

他臉上的表情給了我答案。

「經常這樣覺得。」

我將筆記本放在水杯旁，倚身向前，手肘置膝，形成放鬆卻認眞的姿勢。

「泰勒，你的睡眠模式十分混亂，使得身體無法正常運作。睡眠對於心理和身體健康非常重要。一旦你的身體知道可以休息，就會導致你可能太早醒來或陷入深度睡眠。我建議你不要設鬧鐘，讓身體睡到自然醒。」

無論我們踏出的步伐有多小，每一步都可能讓世界變得不同。

「妳確定？」

「你有沒有聽從我的建議，記錄自己的睡眠狀況？你有沒有從睡夢中驚醒過？」

他點了點頭。

注 Paranoid Personality Disorder，又稱「妄想型人格障礙」。

「這是因爲你從深度睡眠中醒來，身體無法快速進行判斷。我想這就是你覺得昏沉、注意力不集中、整天昏昏欲睡的原因。」

「接下來妳會說我不用那樣聽她的話，但妳不像我這麼了解她。我了解眞正的她，她是個控制狂，而且……」

他猛然住嘴，伸手摀住嘴巴，彷彿用實際行動將話塞回口中，接著手又落回到大腿上。他嘴巴張開，猶如一條渴望呼吸的魚，卻什麼聲音也沒發出來。他又試了一次，結果依然相同。他眼中的絕望讓我的心揪起來。

泰勒陷入在自己的情緒漩渦和女友的精神虐待中，無論諮商過程中如何努力重新建立他的自我形象和價值，他就是無法離開女友。

他說他辦不到。我說，那是他必須做出的選擇，但他只回答自己別無選擇。

我不能強迫他，那不是我的角色。我的案主來找我尋求協助，他們在這過程中重新建立自己，學習各種策略，等到準備好了，就能繼續前進。

「泰勒，在我們的諮商中，你從未提過你留下來的理由，那是出自於愛嗎？她是不是替你的生活帶來一些什麼，而那是你自己難以取得的？」

他緊閉雙唇。我看見他臉上閃過一絲憤怒，但隨即消失無蹤。

那一瞬的怒意讓我因恐懼而打了個冷顫。

「我注意到了你的憤怒，我們不妨討論一下。」

喀——喀——喀——喀。泰勒的指節發出喀喀聲響，一次弄響一根手指。

「我沒有生氣。」

最好是。

「你愛她嗎？」

他的臉上再度出現那種神情：嘴唇緊閉，鼻子皺起，臉頰爆出青筋。

難道是我遺漏了他的這一面？這才是眞正的泰勒？直至此刻，他才展露出眞正的自己？

泰勒背後的桌子上放著一個時鐘，我瞥了時鐘一眼，眼神只稍微閃了一下，但泰勒注意到了。

「妳是不是要去哪裡？」他凝視著我，語氣帶有挑戰的意味。

我和他四目相對，並未退縮，直接面對他的挑戰。

「抱歉。」他對我道歉：「我只是……妳一定已經對我感到厭煩了，一天到晚聽我描述自己的失敗。」他的話中充滿後悔，但眼神卻一絲悔意也沒有。

「你愛她嗎？」我又問了一次。

「愛對我們來說不是問題。她需要我。她**需要**我。」他重複說道，語氣更加堅定。

他靠上椅背，雙腿張開，伸手玩弄襯衫上的鈕扣。

「那你呢，泰勒？你需要她嗎？」我注意到他的行爲和反應迅速變化，從憤怒變成自信，再變成不確定。

「我想……是吧。」他猶疑不定。「我的意思是說……情況有些改變了，或者說……情況**正在**改變，但是……我們的關係是雙向的。我沒有她會活不下去，但是……我努力想成爲以前的我，她以前要的那個我……就在……那個之前。」

「在什麼之前？」

他別過頭去。

「成爲以前的你，你會有什麼感覺？」

他用力吞口口水，但還是不正眼看我。「害怕。她是那種會餵養恐懼的人，而我需要她開始尊重我。」他揉了揉自己的頸背。

這是全新的進展，比以往都更加深入。我想要相信這是眞的，他終於降下防衛，展現隱藏的情緒，但我心中仍有一部分不太確定這是眞的。

尊重和信任這兩個主題在我們的諮商中不斷浮現，他心中一直出現被信任和被尊重的需求。

我的手機發出鈴聲，提醒諮商時間到此告一段落。我想延長時間，但他立刻就從沙發上跳了起來。

「我……我要走了。我答應她說我會在家。我……」泰勒搓揉雙手，用力吞口水。

我還來不及說話，他就從我面前匆匆離去。他回頭看了我一眼，我注意到他臉上露出猶豫的表情，彷彿難以決定，是否要再來繼續討論他剛才提出的恐懼。接著，他便轉過頭去，離開了我的視線。

5

八月五日，星期一

我需要逃離。

這個驅動力不停沖刷著我，直到我被洪流淹沒，奄奄一息，無法呼吸。我的肺臟快被這強烈需求的重量壓垮。

有時在諮商結束後，心中情緒會超過我的負荷，我必須出門轉換心情才行。

就像今天，泰勒的諮商令我感到窒息。他的能量甚是可怕，猶如太陽在天空中慢慢移動，在牆上投射一道黑影。黑影沿著牆壁爬行，體積越來越大，籠罩著我，讓我越變越小，小得有如螞蟻。

泰勒抱怨說自己像是隱形人，但當時我心下十分希望自己是隱形的。

螞蟻的體型雖然很小，卻十分強壯。我希望自己具有螞蟻的力量，這並非指身體上的力量，而精神上的力量。

我跟譚美約了喝咖啡，她負責帶咖啡，我則帶甜點。

公園通常是我逃離的地方，那裡有著我極爲需要的安寧、單獨和平靜。

譚美稱之爲我的庇護所。

通常我都是散步而已，但此刻需要跑步。以往到了公園就會感到平靜，但這時我卻瀕臨恐慌邊緣。

今晚進入公園時，我一點也不覺得這裡發揮了庇護所的功用，彷彿腳底下的安全網被抽離了。當穿過公園入口的「仙境」拱門時，我怎麼也甩不掉恐懼的感覺。

仙境（Wonderland）是我的避難所。小時候，父親在車庫拍賣會上買了一本精裝舊書回來，封面上有著金色的兔子浮雕圖案，自那時起仙境就一直是我的避難所。每當父母親吵架，我就會拿著那本書，爬上一棵樹，窩在樹枝上，一待就是好幾個小時，一遍又一遍地翻看那本書。當時我只希望自己能像愛麗絲一樣，徜徉在那個冒險世界裡。

我發現，光是活著對我來說並不足夠。爲了充分體驗生命，我必須突破自己的舒適區，擁抱每個迎面而來的冒險機會。

如果想要過安全舒適的生活，我就不會搬來柴鎮、遠離熟悉的一切，只因我知道這裡需要我。

成長時期體悟到的人生課題變得十分珍貴，我也一直試著將它們分享給案主們。泰勒的主題是跨出舒適區，不要再活在過往當中；艾拉（Ella）的主題是接受本然的自己，而不是將其隱藏；至於莎瓦娜（Savannah）……她就像愛麗絲的縮影，拒絕活在別人畫設的框架中，勇於嘗試新事物，只是她做的夢已超過社會容許範圍，也使得她成爲我的筆記本中的現代版愛麗絲。

公園裡有許多步道、隱蔽的長椅、花朵盛放的樹叢，以及《愛麗絲夢遊仙境》中的人物雕像。

我並未直接前往經常與譚美碰面的地點，而是花了點時間專注在呼吸練習上。我握緊又放鬆拳頭，配合呼吸節奏，直到身體上的緊張感消失。當鼻孔不再張大，下巴和胸部不再緊縮，我這才放慢腳步，開始欣賞四周的景色。

從瘋帽客（Mad Hatter）到柴郡貓（Cheshire Cat）各種人物，全都藏於公園的樹林和樹叢之中。

你得仔細查看才找得到它們，而它們確實分布在公園裡。

我穿過蜿蜒的環形步道，來到愛麗絲面前。

她總是在這裡等我。她的雕像面對著我最喜歡的僻靜地點。

在往常時，我會露出微笑和她打招呼，但今天卻仔細查看她的臉龐，彷彿是第一次見到她。

只見石雕上刻著警告。

愛麗絲看起來像要開口示警，要我小心，我即將踏上意料之外的道路。

我的腦海中浮現泰勒的面容，他嘴中不斷重複一句話：**我需要妳，求求妳。我需要妳，求求妳。我需要妳，求求妳。**

泰勒的能量將我榨乾，我非常需要將他的能量從身上清除。不能受他這樣影響，這樣不對。

他今天的舉止十分失控。

不僅情緒四處噴發，思緒更是狂亂、急促和恐懼。他渴求愛、渴求受到注意、渴求人生有意義，這些渴求讓他變得盲目。

每個人都有自己的心魔。我幾乎每天都要面對案主的心魔，卻沒留時間去面對自己的魔鬼。我的心魔被抑制下來，被藏在心底深處，受到意志控制而沉潛不動。

今天，那些魔鬼透過泰勒的目光，找到了突破的縫隙。多年來，它們一直苦吞敗仗，今天終於有機會高聲慶祝勝利的喜悅。

我必須趕緊填補縫隙，以免心魔逐漸擴散，而唯一的方法就是來這座公園。幸虧有這座公園，還有譚美。

譚美是暴風雨中的避風港，她正在愛麗絲的旅程終點等我，柴郡貓的雕像正看著她。只見她低頭看著手機，眉頭深鎖，我不禁心中一動，心想一定是她頭痛的老毛病。她沒注意到我走到身旁。一看見她，剛才壓在胸口如落磯山脈般巨大的焦慮感，瞬間化爲芥菜籽那般一丁點大。

「我有預感，今天帶來的巧克力好像不夠多。」我輕拍好友的肩膀。

譚美揉揉額頭，手指沿著深邃的皺紋按摩，重重嘆了口氣。

「像今天這種日子，再多的巧克力都不夠。」她將擺在一旁的咖啡遞給我。

「我在咖啡裡加了點料，」譚美說：「想說我們應該都很需要。」

我吸入新鮮咖啡豆的芬芳，同時聞到一絲貝禮詩奶酒的香氣，嘴角泛起微笑。這正是我需要的。新鮮空氣、朋友、巧克力和加料咖啡。

我從包包裡拿出保鮮盒，裡頭放著許多裹著巧克力的小起司蛋糕，這是剛才從冰箱裡拿出來的。

「天啊，我愛死妳了。」她從保鮮盒裡拿出一塊小起司蛋糕，送進嘴裡。「我還有個驚喜要給妳。」說完，她又吞下一塊蛋糕，將一個包著淡粉紅色棉紙的物體遞給我。

我雙眼頓時發亮，興奮地收下禮物，打開棉紙，看見裡頭是一支銀湯匙，湯匙柄上雕著一隻《愛麗絲夢遊仙境》裡的兔子。

「我很喜歡！」我傾身向前，給了譚美一個溫暖擁抱，緊緊抱了抱她。莎賓娜的店裡也有這種湯匙，我一直很想買幾支來收藏。

我們兩人靜靜坐著，啜飲咖啡。譚美喝咖啡時會發出吸啜聲，她說這種喝咖啡的方式是從一位咖啡達人那裡學來的，據說這樣可以讓咖啡的味道充分散發出來。

「今天很忙？」我靠上椅背，放鬆脖子，仰望天空。伸展身體的感覺舒服極了。

「用『忙』還不足以形容。報案熱線根本響個不停，害我花太多時間去追假線索和無關緊要的小事。那些民眾都太有想像力了。」譚美把手機放回口袋。「我只想爬回床上睡覺，希望早上能從噩夢中醒來。」

「妳在說什麼啊？」我問。

「最近發生的命案啊！」譚美臉上的表情彷彿在說，真不敢相信妳會這樣問。「妳都沒在看新聞嗎？」

「我知道妳手上有案子，可是……」我噘起嘴唇，吹了吹咖啡，啜飲一口。「抱歉，我應該多留意的。」

這雖然是件小事，我的罪惡感卻油然而生。我應該要多關心她的。我們是好朋友，住得又很近，我完全沒有藉口可以開脫。

「最近妳也很忙。」譚美說。

即便如此，我還是覺得過意不去。

「如果妳想釐清案情，我洗耳恭聽。」我半轉過身，給予譚美全部的注意力。

譚美十指相觸，靠近嘴唇，用力呼了口氣。她衡量著該怎麼說，篩選可以揭露和不能洩露的案情。她知道自己即將說出的事會讓我感到不安。每次要講這種事時，她總會先做出這種動作。

「又發生了。」

剎那間，我的喉頭像卡了一顆長滿尖刺的球，尖刺穿透了氣管。我立刻知道她指的是什麼事。

「什麼時候？」

「昨天晚上。」

我像被出其不意打了一拳，接著立刻想到，如果連我都感到如此震驚，可想而知譚美受到了多少折磨。

「整個家庭嗎？」我被自己這句話噎到，膽汁衝上喉頭，喉嚨被胃酸灼燒，留下看不見的傷痕。

大二那年的感恩節，我和一位大學室友返回她家，卻發現她家門口有許多緊急醫療救護人員。原來她父親死於嚴重心臟病發。我還記得室友父親躺在擔架上被抬出來的那一幕。室友發現自己錯失了跟父親道別的機會，整個人當場崩潰，我趕緊上前攙扶她……

人生中，有些事件會在心中留下印痕，永遠糾纏我們。

「沒有。」譚美說，她知道我室友喪父的那件事。「小孩睡得很香，完全沒有察覺。」她停頓了下，才繼續往下說：「妳今晚回去看新聞。父親和母親的喉嚨都被劃開，慘死在床上，而小孩就睡在走廊另一端的房間裡。這跟上個月的命案一樣，手段凶殘又令人髮指。命案發生在深夜的安靜街道上，所以沒有目擊者。我們設立了報案專線，不過一如預期，提供不實線索的電話不停打來。」

「那眞是……」我想像那孩子醒來以後，發現父母雙亡、全身是血，不禁打了個冷顫。上個月的那起命案發生時，也是後來譚美告訴我，我才知曉。我不喜歡看電視新聞，也不喜歡看報紙。世界上的負面能量已經太多了，我不想讓自己被它們圍繞。我試過使用社群媒體，但情緒很容易就被世界上發生的壞事捲進去。

「妳還好嗎？」我把手放在譚美的手臂上。譚美露出疲憊、焦躁又混合著悲傷的表情，搖了搖頭。

「我們必須逮到凶手，以免命案再度發生。」

沉重的命案如濕透的羊毛衫般披在譚美身上，她非常需要消除心中的擔憂和恐懼。她內心的痛苦向我發出求救信號。

在這世界上，並非每個人都知道自己的使命，但我知道。

我在幫助那些需要幫助的人時，最能感覺到自己是完整的。當一個人的人生面臨分崩離析的境地，我願意爲他傾聽、扶持和創造平靜。我在大學室友的身上發現了這一點。室友曾對我說，如果當時我不在場，她一定無法度過那個感恩節。在聽到這番話之前，我原本十分躑躅徬徨，不確定自己要做什麼，只知道內心有某股動力。

「我在這裡，」我將愛注入到聲音中，傳達給眼前這位摯友。「如果妳需要找人聊一聊，妳知道我這裡很安全。」

譚美伸出了手，放在我的手上面。

「妳可能會後悔喔。」譚美的語氣，證明了我已經知道的事，也就是她需要我。「我已經很久沒處理命案了……」她用鼻子深深吸了口氣，再用嘴巴緩緩吐出。「我很擔心自己沒有辦法應付，擔心自己不夠堅強。」

「什麼？」這是**不可能的**。

在我認識的人當中，譚美稱得上抗壓性很高的人。

「妳有一種與生俱來的能力，可以把工作和私生活分開。妳這種能力比我認識的任何人都來得強，甚至包括我在內。」

「妳在說什麼？」譚美說：「妳才是保持頭腦冷靜的專家，不然我幹嘛經常跟妳混在一起？」

頭腦冷靜？那可能是在夢裡才會發生吧。我的頭腦每分每秒都充斥著思緒、想法和情緒，有時連自己都分不出來。

「而且還有免費的諮商啊。」我用開玩笑的口吻說，而非認眞計較。

「對此我相當感激。」她嘴巴周圍的緊繃線條消失，表情柔和許多。「不然妳以爲就憑當警探的薪水，付得起個人諮商的費用嗎？」

我們微笑互視，這微笑傳達我們的親密友情，勝過千言萬語。

「我是說眞的。」雖然只是五個字，但這代表我願意盡全力幫助她。

我看見譚美將咖啡杯端到唇邊的手正微微顫抖。

「還有別的事情，對吧？妳還有事沒告訴我。」我說。

她的臉上猶如罩上一層陰影，深沉的身體輪廓透露出不祥預兆。我做好心理準備。

「我從沒跟妳說過我經手的第一起命案，對不對？我不喜歡提起這件事……當時我只是個菜鳥，」她用力吸了口氣。「很多第一次的經驗，都塑造出今天的我。」

譚美曾一邊喝酒、吃冰淇淋，一邊告訴我說，以前她當菜鳥警察時，第一個搭檔有多惡劣。那位搭檔進入警局的時代，認爲女性菜鳥必須透過艱苦的方式認知到，在罪犯面前，女性是比較柔弱的性別。他只要一逮到機會，就會把這個信念一次又一次地灌注到譚美的腦子裡。

「我必須證明我自己，妳知道嗎？我必須證明自己比他強，表現必須超過他的預期。我不能接受他的信念，否則會失去自我、難以出人頭地，而且絕對爬不到現在這個位置。」

「可是在處理第一起命案時，」譚美頓了一頓，臉上流露從未坦承的痛苦。「我差點就要放棄……那是我第一次，也是唯一一次懷疑自己是否眞的適合當警察。」

「這件事妳從沒跟我說過。」

「這也不是什麼値得驕傲的事。」她閉上雙眼。「我總以爲自己有能力處理職務內的第一具屍體，畢竟又不是沒在停屍間看過屍體……但那些屍體都是已經清理乾淨的。」她伸手揉了揉臉，我從未見過她露出老態。「而我經手的第一起命案可是一點也不乾淨，被害人是一位母親和她的孩子，但當時我們還不知道這件事。」她聳了聳肩。「死者的丈夫發瘋，像個發狂的報喪女妖（注）一樣，拿電鋸把妻子大卸八塊。我們推測當時她彎下了腰，想要保護懷裡抱著初生的嬰兒，但

注　報喪女妖（banshee），凱爾特神話中的妖精，傳說會在人將死之際開始哭號。

是……」她的聲音漸漸停止，然後喝了一大口咖啡。「屍塊散落在整間房子裡，鮮血四濺。我們在車庫裡找到了丈夫，他在電鋸開動的情況下，用電鋸刺穿自己。當時的電鋸還沒有自動停止裝置，至少他那一把沒有。」

我在腦海裡構築出現場的畫面，只覺得胃部一陣翻攪。我明白電鋸會對那位丈夫的身體造成何種傷害。

「我當場吐了，阿丹。我無法應付那個場景，那股惡臭、那種殘忍。我吐了出來，而我的搭檔對此哈哈大笑。後來每次碰到命案，他都會拿一個紙袋給我，說我太過敏感軟弱。」她的手指緊緊握著咖啡杯。

我的胃翻騰不已，只能控制自己不要用力呼氣。

「譚美，在我認識的人當中，妳是數一數二的堅強女性。」我清了清喉嚨。「妳的反應是人之常情，爲什麼要對自己這麼嚴苛？」

她的嘴巴張開又閉上。

「因爲我……」她皺起額頭，思索這個問題。「我眞不知道該怎麼回答。」最後她說。

「正是如此，因爲妳對自己過於嚴苛了。天啊，譚美，換作是我，一定會朝反方向拔腿狂奔。我絕對應付不了這種事。」我用腿輕輕推了推她的腿。「我肯定當天就遞出辭呈，這就是我們兩人之間的不同之處。但我希望妳有去做心理諮商，聊一聊這件事。」

「再次證明我有多軟弱嗎？我才不要。」

人們只要一聽到心理諮商，經常會出現這種反應，我見過太多了，而且對此相當討厭。

「這並不是軟弱的表現，反而顯示妳有力量去了解自己的情緒需求，和自己的情感建立連結。」

「親愛的朋友，這就是妳出現在我生命中的原因，我絕對不會讓妳離開的。」譚美說。

譚美話聲中的友愛讓我感到一陣暖意。除了譚美之外，我從未有過閨中密友，那種能和我心靈交流的女性朋友，讓我能表現出眞實的自己、暢所欲言。我很感謝譚美出現在我的生命中，此外還有莎賓娜。我們都有各自的問題，都糾結在過去之中，但她們從未期待我去解答所有答案，從未要我在煎熬時刻說出政治正確的話。事實上，多數情況正好相反。她們眞的稱得上是我的閨密。

「好吧，那就跟我聊一聊吧。」我鼓勵她。「技術上來說，我是妳唯一經常碰面的心理治療師，所以妳應該知道，妳所說的話我都會保密。」

譚美翻了個白眼。

「目前爲止發生了兩起命案，中間大約相隔一個月。兩起命案中的父母雙雙遭到殺害，孩子卻都活了下來。住家沒有遭強行侵入的跡象，我們仍在分析現場採集到的指紋，但兩件案子之間的相似點太多，很難不讓人把它們連結在一起。」

「這兩起命案的凶手，你們認爲是同一個人？」

譚美點了點頭。

「別這樣說。」她接著語帶警告。

別這樣說？我怎麼能不這樣說？

「有個連續殺人犯逍遙法外，不是嗎？」

譚美臉上的表情讓我想起我母親，她罵髒話後發現我也在房間裡時，臉上也會露出這種表情。

「我很不願意承認這點，但事情看來如此。」

譚美的工作時常吸引我，或者應該說，她這個人吸引我。不同於我認識的大多數警察，譚美在需要時可以抽離自己，心中卻仍保有一份溫柔，或是一處脆弱的角落，儘管她從不願意承認這點。我看見她辦案時會在心的周圍築起一道牆來保護自己，但當周遭的人需要幫助時，她也可以很快地拆掉那道牆。

我經常覺得，她辦案時太過於投入，可能會因為壓力過大而崩潰，但這件事始終沒有發生。換作是我，老早就崩潰了。我總覺得自己像是個冒牌貨，只是個愛玩家家酒的小女孩，尤其最近特別有這種感覺。

「妳不會有事的。」這是一句老話，但我不必多加思索就能脫口而出，因為這是事實。

譚美臉上露出的表情和眼神，以及她聽見我說這句話時嘴角泛起的微笑……這些都表示她知道自己可以平安度過這個難關。

「那妳呢？」譚美側過了頭，露出關心的眼神。

「我怎麼樣？」我深深皺起眉頭，又趕緊用手揉了揉眉間，以免它演變成頭痛。

「妳不會有事吧？」

我聳聳肩。「沒問題的。」我說了謊，不確定這是為了自己好，還是為了譚美好。我若現在露出脆弱情緒，只會徒增她的負擔而已。「我只是……覺得那些小孩真可憐。發現自己的父母遭到殺害，是很可怕的經驗……」我的喉頭一陣酸澀，無法用語言表達心中感受到的痛苦。我眼眶泛淚，用盡所有力氣才把不致於哭出來。我討厭哭泣，但這通常只會演變成一發不可收拾的頭痛。

「實在太可怕了。」我又用力聳了聳肩，試圖把淚水壓抑下去。

譚美玩弄著手中的咖啡杯。「我們接到一通匿名電話。我重複聽了錄音檔好多次，直到自已在夢中也認得出對方的聲音。那通電話應該是凶手打來的。」她肩膀緊繃，打了個冷顫。

「對方說了什麼？」我也不禁感到一陣寒意。「不，別告訴我，妳應該不能透露才對。」換作是我聽見了凶手的聲音……鐵定做噩夢。

「我們不會公開這件事，但那通電話基本上只是叫值班警員照顧好被害人的孩子，僅此而已。」她說。

譚美的坦誠以告，讓我腦中閃過無數思緒。

「我能幫上什麼忙嗎？」

我知道她需要答案，或至少是某種洞見，而這我幫得上忙。

「妳能告訴我凶手是誰嗎？」她傾身向前，閉上雙眼，手肘置膝。「爲什麼要在這裡犯案？爲什麼要選擇柴鎮作爲犯案地點？」

我希望自己能回答這些問題，我眞的如此希望。

「凶手打電話來，代表心裡感到歉疚，此外還表達出對被害者小孩的關心，這種關心很不尋常。這顯示對方心裡有著想保護他人的一面，而我們通常不會把這種特質跟殺人犯連結在一起。」

「什麼意思？」譚美問。

「這表示凶手之所以想保護這些孩子，背後一定有其原因。」

譚美用手掌搓揉額頭，在上頭微微留下手指的印痕。

「妳的意思是說，凶手若非很喜歡小孩，就是認識被害者遺孤。」譚美思索後，頓時恍然大悟。

直覺告訴我，事實很有可能是如此。

「可能兩者擇一，或是兩者皆是，又或者根本和小孩無關；但無論如何，這是我最直覺的想法。」我說。

「不管如何，這個意見對我來說都很珍貴，讓我知道自己的調查方向沒錯。」

「兩通電話都是妳接到的？」

譚美點點頭。「對方的聲音很模糊，好像用布或手掌摀住了嘴，但聲音是一樣的。我們已經送去分析，要確定對方是男性或女性。」

「除非是個與父性本能相當有連結的男性，否則一定是女性。」不知爲什麼，我相當肯定這點。「凶手可能最近才失去孩子，或是無法達到足月妊娠。」我提出看法，但終究只是猜測。

「所以妳現在要當犯罪側寫師了，對吧？」

我聽得出譚美是開玩笑的，但還是感到有點被冒犯。

「我是開玩笑的，丹妮爾。謝謝妳。我由衷感謝妳的幫助和洞見。」她張口打個哈欠。「快累死了，我得回去休息一下，要陪我走出公園嗎？」

我啜飲一口咖啡，咖啡已幾乎涼了。「我想再坐一會兒。」回家前，我得先消化很多東西。

譚美透露關於命案和遺孤的許多小細節，讓我覺得不安。

凶手爲什麼挑選這兩個家庭？爲什麼只殺害父母？爲什麼沒奪走小孩的性命？凶手犯案如果不是一時衝動，而是早有預謀，那麼饒過小孩的背後一定有原因。小孩不僅沒有遇害，而且還受到保護，因爲凶手花費了寶貴時間打電話給警察，確認警察知道小孩還活著。

為什麼？

我用心眼觀看，眼前浮現一間臥室的景象。臥室是粉紅色的，裡頭擺滿泰迪熊。我用雙手抱起一隻泰迪熊，湊到鼻子前面，吸入淡淡甜香。這隻熊曾經獲得滿滿的愛，雖然少了一隻眼睛，一隻耳朵也被扯掉一半，但我依然感覺得到它身上的愛所傳來的溫暖。

這是我小時候的泰迪熊嗎？我記不得了。但現下對我來說，回想起這件事……十分重要。

我只希望有辦法能讓自己回想起來。

6

八月六日，星期二

諮商個案：艾拉

今天我完全專注在艾拉身上。

她是我搬來柴鎮後的第一個諮商案主，又或者說，她其實是我這輩子的第一位案主。她告訴我，自己換了一份工作，來到這個陌生的小鎮，而當時的我正好也處於人生中的轉換期。那時我剛結束一段感情，住在一間蟑螂到處爬的公寓，而且受夠了大城市生活的喧囂嘈雜。我的祖母住在柴鎮，我曾在夏天來過這裡玩，留下一些珍貴的回憶，包括吸滿陽光的檸檬汁、後院火爐上的烤棉花糖巧克力夾心餅，以及努力學習打毛線的景象。

多年前，祖母過世之後，我身為萊克夫家族的唯一後代，名正言順地繼承了這間房子。對我來說，追蹤艾拉的狀況，以及持續和她做諮商，並不需要花費太大的心力。

過去四年來，艾拉的療程雖然有不少進展，但速度很慢。

今天她來到我這裡時，一頭頭髮有如老鼠毛般乾澀地垂落臉頰，蓋住眼睛。但是她並沒有正眼看我。

我打開諮商室大門時，她沒正眼看我。

她遞給我一盒自製杏仁茶餅乾時，也沒正眼看我。

她在沙發上坐下，雙手捧著我剛替她倒的一杯茶時，依舊沒正眼看我。

這種狀況並非今天才出現，每次見面她都是這樣。每星期一早上和星期五下午，艾拉會來做諮商，或者至少這是她固定會來的時間。

「很高興見到妳，艾拉。上次諮商妳沒出現，也沒跟我聯絡，我還很擔心。妳過得怎麼樣呢？」

她雙手顫抖，茶杯裡的湯匙也跟著噹噹作響。

「我想說妳可能在忙工作，或是在看書。」這不是她第一次爽約，也不會是最後一次。我知道她曾經看書看到什麼都忘了。

艾拉依然不發一語，但抬起眼睛。我看見她一雙眼睛紅通通的，而她極力想隱藏這點。

「想跟我聊聊為什麼妳哭了嗎？」我問。

她搖了搖頭，搖了搖又搖了搖，宛如一個被小女孩丟來丟去的破洋娃娃。

我沒再多說，拿起一本《愛麗絲夢遊仙境》舊版書。這本書是我多年前找到的，自此以後它就成為我最愛的一本書。它的綠色封面和金色字母皆已褪色，但我立刻發現，它被上一任主人溫柔地愛過，因為書頁裡還夾著親手製作的書籤。

除此之外，書封內側寫的幾行字更讓我確信這點。

送給安娜（Anna）。希望妳永遠擁有一個愛冒險的靈魂，人生充滿驚奇和喜悅。愛妳的媽咪。

我不認識這位安娜，但知道她是個受人疼愛、充滿喜悅、活力充沛的小女孩。由於我們都喜歡愛麗絲，因此我覺得跟她很親近。

「我從上次的地方繼續往下讀好嗎？讀個五分鐘，妳覺得如何？」讀《愛麗絲夢遊仙境》給艾拉聽，最能讓她平靜下來。

「但我不想身處在瘋子之中。」愛麗絲說。

我雖然拉高聲調，但仍會趁每句話中間的停頓空檔，用眼角餘光查看艾拉。我應該跳過這段的，但我了解艾拉，她一定會提出指正。每我讀《愛麗絲夢遊仙境》時，她幾乎都會張開嘴唇，無聲地跟著我一起朗讀。

「喔，這由不得妳，」柴郡貓說：「我們全都是瘋子。我是瘋子，妳也是瘋子。」

「妳怎麼知道我是瘋子？」愛麗絲說。

我又瞥了艾拉一眼，可以肯定她的嘴唇也在跟著動。

「妳一定是啊，」柴郡貓說：「不然……」

我突然打住，停頓很久，想看艾拉會不會把這個句子唸完。

「不然我就不會來到這裡了。」艾拉改動了一個字，讓這句話變成第一人稱。「我把這句話繡在刺繡樣本上，還裱了起來。」她終於開口說話，臉上那孩童般的純眞笑容十分具有感染力。「它提醒我，我跟別人沒有什麼不同，只不過每個人選擇的道路不一樣罷了。」

我把《愛麗絲夢遊仙境》放到桌上，拿起筆記本。難得艾拉今天這麼快就願意開口說話。艾拉用雙手捧起茶杯，吹散熱氣。此時她臉上露出的表情，正是我向莎賓娜買這組杯具的原因。艾拉的微笑充滿暖意，眼睛散發幸福的光芒。「妳知道嗎？我在圖書館的朗讀時間裡，曾經唸這一段給學齡前的孩子們聽。」

「他們有妳這樣的圖書館員眞是太好了。」我衷心讚美著。

她散發出罕見的自信心，雙頰透出粉紅色光彩。

「投入書中的世界是我唯一的精神寄託，如果……不能這樣做，我一定會死。」

這不是她第一次透露這種念頭，她有這想法已經好一段時間了。

「艾拉，妳深刻地體驗了人生，也經歷過很多苦難。妳一定能度過難關，但是會比他人辛苦一點就是了。」

她緊閉雙唇，蹙起眉頭。

「妳在監獄中熬過了十年，我想已經沒有什麼事能擊倒妳了。」我需要提醒她，過去那段艱苦的日子，離現在已經很遙遠了。

她又喝了幾口茶，背挺得像尺一樣直。

「我能熬過來都是因爲有書。」

我用筆在筆記本上敲了敲，發出噠噠噠的聲響，這讓艾拉臉上浮現一層紅暈。這聲音並不很響亮，但它傳遞了一則訊息，那就是我知道這不完全是事實，而且不僅我知道，她自己也心知肚明。

艾拉不喜歡談她在監獄中的日子，每次只要一觸及這話題，她就會退縮，從我面前退縮，從周圍的生活中退縮，然後迷失進書本中。

她喜歡成爲書中的主角。雖然一星期有兩次諮商時間，但有時會隔一個禮拜才見到她。

她會說，現在所生活的世界，也就是我們的世界、我們所存在的這個實相，其實是虛構的。她存在這裡只是爲了能自由地活著，而她的本體，其實存在於她閱讀的書頁之中。

「妳不明白，萊克夫醫師。」艾拉說：「在監獄圖書館裡工作前的那個我……非常可怕。」她聳了聳肩。「以前的我很邪惡、很壞。我不喜歡成爲那個樣子，但我迷失了。我就像是在等待重生，等待成爲一個全新的人，但那些憤怒和憎恨持續累積，直到我——一個眞正的我——能夠誕生出來。」

艾拉的目光落在遠方，穿過我、穿過牆壁、穿過任何事物。

這是她最爲揭露內心情緒位移的一次，我一點也不想打斷她。

「我一個人在圖書館裡度過漫長時光，研讀書架上的書，在非小說類書籍裡尋求幫助……」她皺起鼻子。「那段時光拯救了我，眞的拯救了我。」她凝視的目光中呈現出赤裸事實。「原本我可能會死，或殺死任何擋住我去路的人，但我找到了療癒。」

注視死亡。我寫下筆記。

「我發誓絕對不要再成爲那個人，」艾拉轉爲低語：「我不能再變成那樣。」

她的微笑中混雜著哀傷和同情，但我不確定她是在同情誰。她自己嗎？我無法想像她所描述那個在監獄中的自己。

邪惡？壞？

眼前的艾拉不是那樣的人。

無論過去她的狀況如何，現在的她已經改頭換面。

她的坦白也讓我驚訝無比，我心中對此充滿驕傲。我爲她和她的成長感到驕傲。

「艾拉，」我需要把現下的對話拉回來，維持我們之間實話實說的溝通方式。「妳今天用了很多破壞性的字眼。」我低頭看了看筆記本，唸出寫下的字眼。「摧毀、死、邪惡、壞、殺死……妳想要聊聊以前是如何誤入歧途嗎？」

艾拉伸手添茶，加入一顆方糖，然後不停攪拌。

「妳有看新聞嗎？」她突然問：「眞是太可怕了，對不對？」她繼續攪拌。「父母在床上被殺害……孩子就在隔壁的房間裡？世界上還有誰是安全的？」她緊緊抱著自己，閉上眼睛。

「妳是安全的，艾拉。」我靜靜等待著。她慢慢放鬆雙手，睜開眼睛，臉上的恐懼逐漸消失。

「我要告訴妳一個祕密，」她低聲輕語，聲音細如蚊鳴。「但妳不能跟任何人說，絕對不能。」

我保持靜默，不讓熱烈的期待從聲音洩露出來。我猜想這件事應該和她在監獄中的時光，以及她爲何被判刑有關。時間一秒一秒過去，我的緊張心情刺激著胃部攪動。

如果她眞的告訴我這件事，我會非常興奮。她內心充斥著大量的罪惡感和譴責，同時卻又假裝這些情緒不存在。

然而它們確實存在。

我壓抑心中的激動，給她時間思索該怎麼說，鼓起勇氣面對一直存在的事實。事實就在她身邊，等著被她接受。

「我想坦承一件事。」

7

八月七日，星期三

諮商個案：莎瓦娜

有些日子，我只想爬回床上、蓋上棉被、關上電燈、拉上窗簾、聆聽寂靜，聆聽甜美無憂的寂靜。

有些日子，痛苦太多、太強烈、太耗損能量。

過去六個月以來，我頭痛的次數已多到數不清。有時頭痛會經常出現，似乎每天定期都來報到，讓我焦躁不安。但只要喝下夠多的咖啡和水，我還是能破浪前進。

然而今日，頭痛嚴重到令我難以應付，但今天的我卻最需要忽視痛楚。

莎瓦娜今天會過來諮商。我曾對她保證，絕對不會更動她的諮商時間。過去九個月以來，我沒有打破過這個承諾，今天也不打算這麼做。

我手裡拿著一杯水，看著窗外來來往往的鎮民。這是個陽光燦爛的夏日，無怪乎公園裡有很多外出享受美好天氣的民眾。

看著公園，難以想像有個連續殺人犯正在威脅這座小鎮。

我望出窗外，看見許多家庭攜家帶眷，小朋友身上裹著毯子在地上爬來爬去；老夫妻手牽手穿過花圃；青少年踏著滑板，在自行車道上以Z字形前進，一點也不在乎前方有沒有人。

我的手機發出震動聲，是譚美傳來簡訊，這是她今早第三次傳簡訊過來。她不到二十分鐘前才離開，手中拿著從小吃店買來的一碗湯。

取消今天的諮商。

我沒事啦。我甚至還加了個微笑符號，證明自己眞的沒事。

沒四才怪。

是沒「事」，我真的沒事啦。

不要挑我的錯字。

妳不要打錯字我就不會挑啊。

夠了喔，那諮商結束後妳一定要回床上睡覺。譚美回覆。

如果不是頭痛欲裂，我一定會翻白眼。

遵命，老媽。

我雖然語帶諷刺，但心裡還是很感謝她的關心。

莎瓦娜抵達時，我正在喝第三杯水。照理說補充水分可以緩解頭痛，但我可憐的膀胱並不這麼認爲。

前門被打開來。

「妳在嗎？」莎瓦娜高聲喊道。

她每次來都這樣問。我每次都心想，她心裡是不是暗自希望無人回應？

「我當然在。」我應答著，露出溫暖笑容，打開諮商室的門。一看見她的打扮和微笑，我就知道今天的諮商會很愉快。

在諮商初期時，我和莎瓦娜就約定好，要用穿著來代表她的心情。

我們用的是指數系統。

哥德式打扮的指數是三，代表憤怒和緊繃。

一般少女打扮的指數是五，也就是混搭緊身衣和寬鬆毛衣，或是破牛仔褲和合身T恤。

做噩夢的指數是一，代表憂鬱和疲憊，過去還曾一度代表自殺意念。

我們設置的安全計畫，協助她從自殺的想法降低爲憂鬱狀態。

從她的打扮來看，今天的指數是四。她身穿黑色緊身破牛仔褲，頭髮綁成兩條辮子，耳朵上戴著骷髏耳環，黑色格紋上衣裡穿著灰色背心。

「妳看起來糟透了。」她臉上的表情混合著嫌惡和同情。

「我頭痛。」

莎瓦娜向來是個直來直往的人，我也學會欣賞她的這個特點。

如果希望她對我誠實以對，那我同樣也必須對她誠實，即使是讓她知道我並非處在最佳狀態。

「聽說喝綠茶會有幫助。」她逕自走到小吧檯前，開啓熱水壺。我看著她忙碌著，以往我都會在她抵達前就泡好一壺茶。

「有威士忌嗎？」她回頭看我，雙眼閃閃發亮，露出調皮的眼神。「聽說威士忌跟綠茶很搭。」

我忍住不哼出聲來，身體因頭痛而抽動。

「試試看又不會少塊肉。」等待熱水燒滾時，她用手玩弄一條辮子的尾端，辮子在手指間彈來彈去。

最後她泡好了茶，在沙發上舒服地坐下。一如她的預期，我提出了疑問。

「一個十七歲的少女，爲什麼會知道綠茶跟威士忌很搭？」

她暗自微笑，這個動作透露出的訊息比言語還多。

關於莎瓦娜這位案主，已經沒什麼能讓我感到驚訝的了。

我們的諮商通常都始於閒聊。她帶領話題，我跟隨而上。我們的旅程沒有設定目的地，唯一的時間限制來自於時鐘。療程目標在於了解、獲得力量、一步一步前進。

雖然不太願意承認，但有幾個星期的進展是後退的。

但我們總會重新站穩腳步。

她的雙手頗不安分，玩弄著沙發上的抱枕，跟我閒聊說她終於看了史蒂芬．金最新出版的小說，接著才遞給我一封學校寄來的信，裡頭提到上個月考試結束後她跟人打架。

「爲什麼我現在才知道這件事？」我問。

她臉上露出百分之百的青少年表情。

「妳不需要知道啊，又沒什麼大不了。」她咕噥著說：「眞不知道爲什麼大家總是喜歡大驚小怪。我媽只叫我把這封信拿給妳看，她沒說一定要聊這件事。」

我把信放在大腿上。「莎瓦娜，妳媽叫妳把信拿給我，就表示她希望我們聊一聊這件事。」

「我覺得沒必要啊。」

「妳要不要說說來龍去脈，由我來決定是否有必要深入討論？」

她嘆了口氣，但聲音聽起來比較像痛苦呻吟。我裝作沒聽見。

「妳用社區服務來換取免於遭到控告，我想這可不是沒必要討論的事。」莎瓦娜跟人打架的這件事令我感到驚訝嗎？其實沒有。眞正令我感到驚訝的，是她不願意談這件事。

「我是出於自衛才出手的好嗎？又沒什麼大不了。現在那個女的應該知道，霸凌在我身上不管用。」

我靜默不語。她並未正面回答我的問題。根據以往經驗，我說的話越少，案主在無意間透露的訊息可能就越多。在諮商過程中，有時讓案主在安全環境裡感到不舒服是件好事。

「好啦，」莎瓦娜翻個白眼。「那個賤婊子叫我去死，還說我爸媽當初沒把我打掉一定是頭殼壞去。她說我是心理變態，還說我一定會是班上第一個成爲恐怖份子，到學校濫殺無辜青少年、最後被關進監獄的人。」

她雙手舉到兩側，用力握拳。看來她和對方爭吵時的怒火依然存在，但最令她感到生氣的是哪個部分？

「說得好像我眞的會濫殺無辜，那婊子根本活該討打。」莎瓦娜像機關槍掃射般說出這句話。

「這上面寫著，」我低頭看著那封信。「妳用手指上的骷髏戒指，造成對方角膜撕裂傷、鼻骨骨折、兩顆門牙脫落、手指骨折，以及其他瘀傷和割傷。」

「我已經手下留情了好嗎。」

我用咳嗽掩飾大笑，卻也因此讓發疼的腦袋震盪不已。

「妳要做什麼社區服務？」

「去公園和圖書館周圍除草。眞是爛透了，反正隨便啦。」她用塗著黑色指甲油的長指甲拍了拍大腿。

我想再多聊幾句，但覺得等等我們還會回到這個話題上，便暫且打住。

「莎瓦娜，最近家裡的情況如何？上禮拜妳的指數是二。我們討論過一些方法，可以把妳的指數提高到四，照理說妳應該可以辦到，一切進行得還順利嗎？」

我們的指數系統不只運用在打扮上，也運用在她所掙扎的日常生活中。

她臉色一沉，雙手壓在大腿下，看起來頗爲受傷。我覺得自己的心像是被一塊磚頭砸中。

「我們討論過許多方法，妳覺得哪一樣最有用？」我不需要看筆記，她的檔案我記得一清二楚，但我還是伸手去拿筆記本。

「沒有一樣有用。」我還沒開始提問，她就回答了。「我沒打電話給一位朋友，看對方想不想出來走走；我沒在應該出去走走的時候出門；我沒照妳說的打電話給妳。妳提的建議我一樣都沒做。」她把雙手從大腿底下抽出來，拍打膝蓋。「妳的建議我一樣都沒做，只因爲一個簡單的理由，那就是我——不——想——做。」她每說一個字，就重重拍打膝蓋一下。

「好吧。」我按了按原子筆，原子筆尾端喀嚏一聲彈了起來。「也許妳可以提出一些建議？如果我沒記錯，上次那些是我們一起想出來的，但……」

「不，」她抱怨說：「那些事我一點也不想做。」她噘起嘴唇。「並不是我不需要做，而是我不想做。」

至少她說的這句話很誠實。有時莎瓦娜會變成一個聰明但任性的小孩。

「那妳做了什麼？」

她又聳了聳肩。

「所以……妳只是待在原本的狀態裡？那妳是想保持沉默還是高談闊論？是表達自己的意見，還是說些別人期待的話？」我算是相當了解莎瓦娜，大概知道她會怎麼回答，但她總有辦法在最出乎意料的地方讓我感到驚訝。

「隨便啦。」她哼的一笑。「妳有沒有看過我爸媽一起喝醉的樣子？我媽會瞞著醫師私底下去買抗憂鬱劑來吃，妳有看過她嗨翻天的樣子嗎？她不是跟幻想中的瓢蟲小姐說笑，還笑到漏尿，不然就是哭倒在床上，因爲我爸去上班時沒跟她說再見。」

「莎瓦娜，」我盡量不讓口氣中出現怒意，但顯然失敗了，因爲莎瓦娜突然交疊雙臂。「妳媽沒在嗑藥。」

她哼了一聲。「她可是個說謊高手。」

莎瓦娜聲稱自己痛恨父母，但根據的卻是一些想像出來的事，像是嗑藥、生理和心理虐待、疏忽，或其他憑空杜撰的指控。

我拿出最近收到的藥物檢驗報告。

「我才不相信。」她抬起雙腳，交叉腳踝擱在咖啡桌上，彷彿要證明我說的一切她都不在乎。

「那妳自己做過的醫學檢驗，妳也都不相信囉？」

她高高揚起右側眉毛，幾乎觸及髮際線，並不打算答話。

好吧，我得採取不同策略。

「要怎樣妳才肯相信妳媽說的是實話？」

她的神色從一般青少年臉上常見的不屑，轉變爲赤裸裸的恨意。「我知道自己見過什麼，也知道自己經歷過什麼。妳問我這句話只讓我知道一件事，那就是妳認爲我在說謊。」她交疊雙臂，傾身向前。「也許問題不在於要怎樣我才能相信她，而是要怎樣才能讓妳相信我。」

我低下頭，不願去感覺這番話對我造成的傷害。

「妳應該更懂事才對。」我說。

莎瓦娜認爲她所說的扭曲事實才是眞的，但她相信的其實是謊言。她的症狀可用許多專有名詞來描述，包括：**妄想、幻謊**（注1）、**自戀、幻談**（注2）。

「這禮拜發生了什麼事？我們從這裡開始聊好嗎？」

莎瓦娜的妄想傾向可以很極端，她認爲幾乎每個人或多或少都想傷害她。她甚至曾經報警，指控父母對她造成身體上的傷害。社福機構找不到相關證據後，請我出面協助，否則她就要被送進精神病院。後來我們每週進行諮商，才讓她得以住在家裡。

「我不想聊這件事。」

「有時聊一聊感覺會比較好。」這句話我對她說過無數次，只盼望有一天她會聽進去。

我只能如此期待。

「爲什麼？爲什麼聊一聊會比較好？」她站了起來，在諮商室裡走來走去，伸手撫摸一排書脊，那些書是我買來提供給案主閱讀的。「妳很常說這句話，就跟我媽一樣嘮叨。聊天到底是能怎樣？什麼也不能。聊天根本聊不出個什麼屁。」

注1 幻謊（Pathological Lying），習慣性或強迫性說謊的行為。

注2 幻談（Pseudologia Fantastica），也稱病態型說謊，與幻謊相同。

我只是微微一笑，透露出的意思不是「總有一天妳會知道」，而比較像是「我知道妳不是故意這樣說」。

「我恨她。妳知道的，對不對？這依然沒有改變，也永遠不會改變。我們可以聊上一輩子，但我永遠都會痛恨我媽。我可以坐在這張血紅色的沙發上，不管什麼心事都說出來，直到妳和每個人都認爲我沒事爲止。但我可以跟妳保證一件事，我恨他們，妳絕對無法改變我對他們的感覺。」她說話的速度就像警車在高速公路上飛車追逐，話語有如連珠炮般激射而出。她站在原地，有如雕像般動也不動，彷彿在向我挑戰，看我敢不敢提出異議。

「天啊，我眞希望能把他們給殺了。」她喃喃地說。

「妳說得沒錯。」我冷靜地說，彷彿一點也不在意她剛才說的話。她的臉上浮現震驚和懷疑的神色，彷彿完全沒料到我會這麼回應。

「妳說這話是什麼意思？」她伸出左手沿著我那張**血紅色沙發**的椅背撫摸，然後又坐了下來。

有時我會忘記她才十七歲。她其實是個荷爾蒙分泌旺盛、情緒不成熟的青少年，掙扎著想在這紛亂無序的世界裡找到自我認同。但是當我看著她時，看見的不是一張少女的面容，而是一個經歷太多苦難的女性臉孔。我第一眼總是會先看見她的雙眼，那雙眼睛裡住著一個老靈魂。

「我不想跟妳爭論，妳的感覺就是妳的感覺。」我說：「只有妳才能改變自己對父母的想法，而且必須是在妳願意的前提下。」我保持與朋友交談的口氣。「如果妳想要一輩子痛恨他們，那就儘管這麼做，讓圍繞在身邊所有的負面能量把妳吸乾抹淨。」我將聲音壓低一個八度，翹起腿，傾身向前。「就我個人而言，我寧願把能量用在別的地方。不過呢，這是妳的人生，妳可以自己做決定，妳可以自己選擇要犯什麼錯。」

她開始卸下部分心防。我在心裡露出微笑，就像書架上那本《愛麗絲夢遊仙境》裡的柴郡貓一樣。

「關於恨，妳又懂什麼？」她那挑釁的口氣讓我內在的笑容更加燦爛。

這個少女有著頑強的韌性，無論生命帶來什麼試煉，都無法扳倒她的靈魂。

「我懂那種希望自己有不同的人生、希望自己成爲不同的人，是什麼樣的感覺。」我的腦海中浮現一個景象，一名少女獨自在房間裡，希望有人來幫助她了解到底發生了什麼事。

我捏碎那個景象、那段記憶，就像用力把一張紙捏成一小團，丟進裡頭是無底洞的盒子。

「不同？我要的更多。不只是希望事情變得不同，我希望有所改變。」

我抓起筆記本，寫下這個名詞。**改變**。這並不是我們經常討論的主題。

「妳想改變什麼呢，莎瓦娜？」

她如果去參加互瞪比賽，一定可以拿到冠軍。

我應該怪罪於自己的頭痛或她的青春無敵或……算了，反正她就是贏了，怎麼贏的都無所謂。莎瓦娜的眼神冷若冰霜。

她的眼神讓我的手臂泛起陣陣雞皮疙瘩，肩膀和脖子的肌肉也跟著緊繃起來。

我一定不會喜歡聽見她接下來要說的話。

「妳知道最近發生的命案嗎？」她問。

「知道。」

她點了點頭，彷彿我的回答透露出更多訊息。

「我眞嫉妒那些小孩。」她的口氣就像個想擁有一隻小馬、而且一定要得到的小女孩。

「嫉妒？爲什麼？」

她玩弄雙手，兩根大拇指不停旋轉。

我給她時間和空間，讓她思索該如何回答。

「我知道這樣說不妥，應該爲他們感到難過才對。我的意思是，他們才剛失去父母，變成了孤兒，但是……」她把嘴唇往內抿，用力咬住。

「但是……？」我鼓勵她往下說。

無論事實有多難以承認，最好的方式就是大聲說出來。一旦你說出來，就再也不能回頭。那些話語將帶來感覺和信念，深刻地停泊在內心的港口裡。

無論事實有多麼傷人，說出來總是値得的。

「這裡很安全，莎瓦娜。妳在這裡說的話完全保密，我保證不會說出去。」

我應該知道別給出自己難以實現的承諾才對。

「我希望那些孩子現在過得比較好……」莎瓦娜用嘴唇呼了口氣，手指也鬆了開來，雙手放在大腿上。

「我希望……」她再度開口，這次沒有猶豫，口氣也更加堅定。

「我希望有足夠的勇氣去殺死我爸媽。」

8

八月八日，星期四

我在沙發上跳起來。

關門的聲音吵醒了我。

那聲音並不是重重甩門或喀噠聲響，比較像是蹬的一聲。

我掀開身上的薄毯，腦子裡的混沌思緒如蛛網緩緩剝落。我慢慢清醒過來。

「是誰？」我大聲喊道：「譚美？是妳嗎？」

如果是譚美，她一定帶了咖啡過來，因爲屋子裡瀰漫著咖啡香味，呼喚著我。也許喚醒我的是咖啡香，而譚美進來看見我在睡覺，便又離開了。

我伸展雙腳，試著站起來，但腳一碰觸地面，腳踝立刻傳來一陣刺痛，讓我立刻縮回雙腳。

我癱回到沙發上。只見腳踝腫了起來，周圍浮現一圈淡淡的紫色痕跡，越去碰它就越痛。可能先前睡覺時壓到或扭到了，再不然就是被蜘蛛咬到。

腳踝上的疼痛彷彿有著穩定的節奏，蹬——蹬——蹬——蹬——蹬，不停抽動，有如心跳一般，但並不與心跳同步。它的抽痛程度比我願意承認的還要強烈。

到底是什麼東西趁我睡覺時咬了我一口？

此刻腳踝腫脹變色，根本看不出任何咬痕。腫塊摸起來凹凸不平，像是個注入凝膠的膠囊。如果譚美在這裡，一定會叫我去看醫師。

如果譚美在這裡，我一定會說我才不要。

若真是被蚊蟲咬傷，廚房裡有很多苯海拉明（注），足以治療任何蚊蟲咬傷引發的不適。我用不著去看醫師，再被告知說那是被蟲咬傷。

我跛著腳走進廚房，鼻子裡聞到新鮮咖啡豆的舒服氣味。

我回想自己在睡著前有沒有泡咖啡，就算真的有，而且被我遺忘，我也不會感到訝異，畢竟這已不是第一次了，尤其當我頭痛到肚子裡像是有顆保齡球在滾來滾去時。我原本希望睡個覺可以舒緩偏頭痛，但疼痛依然默默存在。

我打開櫥櫃，到處尋找阿斯匹靈，想吃幾顆來緩解頭痛。

但某個地方十分不對勁。自從醒過來後，聞到咖啡香，而且不記得自己泡過咖啡之後，我就隱約覺得不對勁。

小時候我會夢遊。有時父母會發現我半夜跑到車道上、住家後方的草地上，或是跑進廁所，手裡還拿著牙刷。

在看過無數醫師、做過無數血液檢查和睡眠檢查後，醫師說這和壓力有關。壓力、睡眠不足，或太過疲憊。而這三件事情經常發生在我身上。

最近一次就發生在剛搬來柴鎮不久時。當時我站在街上，手裡提著一個包包，裡頭裝滿我家櫃子裡的生活雜物。

我拿起流理台上的一個杯子，杯子底下壓著一張折起的陌生紙條。

我有些猶豫，最後還是把它打開來。

妳認識一個殺人凶手。

我又看了一次這行字，雙手不禁發抖。

有人來過我家。這人打開上鎖的門，通過了警報系統，趁我睡覺時留下這張字條。我的隱私遭到破壞，保全也遭到滲透，我的安全遭到摧毀。身體感到一陣陣涼意。被人監視的感覺猶如一條滑溜的蛇爬上背脊。我全身顫抖。

我是不是受到了監視？怎麼可能有人侵入我家，我卻毫不知情？一想到住家在我睡覺期間被人入侵，恐慌感就沿著脊椎散布開來，環繞每一節脊椎，最後像是日本武士刀般橫穿過腹部。

手上的字條不斷抖動，我提醒自己要呼吸。我再看一次那行字，驚慌的情緒猶如小溪遭到大石阻擋，溪水四處流竄。

注 苯海拉明（Benadryl）第一代抗組織胺藥物，主要用於治療過敏，也可被用於治療感冒、暈車等症狀。因具有鎮靜作用，被部分用於助眠或抗焦慮藥。

我的確認識一個殺人凶手，但這件事沒人知道。譚美不知道，莎賓娜也不知道，沒有任何人知道。那麼這張字條是誰留在這裡的？到底是誰會知道這件事？

他們怎麼會發現艾拉的事？我一向小心翼翼地處理她的事，知道她對這件事也同樣非常小心。他們是如何把她的化名和服刑紀錄連結起來的？

我的內心大受震撼。一個思緒在我腦中炸開，我倒吸一口涼氣。

這可不妙，非常不妙。艾拉最深層的恐懼，就是她的黑歷史被人發現，這件事對她會有毀滅性的影響。

我的腦子裡閃過無數想法、疑問和認知。

艾拉的生活早就已經毀了，這就是她搬來柴鎮的原因。只要她坐牢的黑歷史被傳出去，她就只能逃離流言蜚語，與過去做出切割，躲避其他人的批判。

我感到一陣作嘔。

這一切都毫無道理可言。我想打電話給譚美，需要跟她聊一聊。

但我立刻發現不能這麼做。我的手劇烈發抖，猶如暴風雨中的秋千猛烈擺盪。

我承諾過會保護艾拉，不能違背諾言。我不能對艾拉做出這種事，即使找譚美幫忙並不是刻意要背叛艾拉。

我在家裡已經失去安全感了。

9

八月八日，星期四

凶手

我最喜歡死亡發生前的數分鐘。

一切都是正確的。

一切都是靜止的。

靜止到連我的呼吸聲，都比小法槌敲上法官桌子的聲音還來得大。

我站在掛滿家族照片的牆壁前，對著那些虛僞笑容露出冷笑。乍看之下，這個家庭十分完美，但只要剝開表面薄薄的一層謊言，就會發現裂縫、毛邊，以及充滿苦痛的坑疤。

熊熊燃燒的恨意在我心中蔓延開來，速度比野火燎原還快。

照片中那對父母盯著我瞧，臉上掛著虛假笑容，差點摧毀了我的決心。我想把掛在牆上的相框全都丟到地上，除去那些看似完美如畫、實則令人窒息的笑容，只留下純眞的部分，也就是我前來保護的小孩。但我沒有眞的去移動相框。

我不能發出聲音。

我爬上樓梯，手中拿著一把刀。我用大拇指撫摸刀鋒，並未割傷自己，只是想感受一下即將發生的事。

我曾在這間房子外度過無數夜晚，只爲了今晚做準備。我觀察這家人，知道小羅蘋的房間坐落在哪個位置。

她將會被領養、被愛、被疼惜。

我已讓她熟睡，她的一隻手枕在臉頰底下。

我將這個畫面永遠記在心中。

她睡得如此香甜純眞。現在，她在人生中第一次受到保護。

這就是我的職責。

我是保護者。

我是復仇者。

我負責替孩童復仇。當父母不能保護自己的孩子，就是我上場的時刻。

她的父母配不上她。

他們該死。

這對該下地獄的父母已被下藥，在床上熟睡，完全不曉得自己將被處決。

今晚，沒有法庭、沒有法官、沒有陪審團。

今晚，這裡只有我，而我絕不會手下留情。

兒童在睡覺時總是天真無邪。

有如天使一般。

宛如禮品公司出品的雕像。她的肌膚有如陶瓷，頭髮是淺棕色的，鼻子有如小鈕扣，嘴巴是心形的。

此時此地的我十分冷靜。

冷靜、平和、正義感十足。

兒童是這個世界上真正的受害者。他們沒有選擇、沒有機會。他們無法分辨自己應該屬於誰、應該躲避誰。倘若上帝真的存在，那麼兒童並不知道上帝替他們的嬌小身軀賦予何種價值。

《聖經》上說，**讓小孩子到我這裡來，神的國是屬於這樣的人。**（注）

倘若上帝真的存在，那些不具有愛的能力之人，絕對不會被賦予需要愛的孩子。

倘若上帝真的存在，那些無法關心別人之人，絕對不會被賦予需要關照的孩子。

倘若上帝真的存在，那些無法把自己擺到最後順位的人，絕對不會擁有需要被擺在第一順位的孩子。

我發現這個世界沒有上帝，沒有人能給出無條件的愛。

注 出自〈馬太福音〉第十九章第十四節。

世界上根本不存在所謂無條件的愛，那只不過是虛構的謊言，說給那些愛做夢的人聽，讓他們以為自己還有希望。

我環視小羅蘋的房間，心中一陣淒涼。房間裡的東西並不多，只擺放著幾具洋娃娃，牆上釘著一張全家福的圖畫。

樓下的房間幾乎可以登上雜誌。冰冷、毫無個性、過於整齊。這間房子原本應該大聲尖叫說，**我裡面住著一個小孩**，地上應該散落著玩具、書本和蠟筆，但事實正好相反。

這孩子一定覺得非常悲傷、非常孤單、非常不被愛。

這裡只有一樣東西為我帶來希望。

小羅蘋的手底下放著一本童話故事書。她是不是夢見了玻璃鞋和會說話的蠟燭？希望如此。

我輕輕抽走她手底下的那本書，換成另一本書。這本書以禮物紙包裝，裡頭夾著一張特別為她寫下的字條。這本書將會幫助她度過接下來這幾晚、這幾週、這幾年。她將會發現真正被愛是什麼感覺。

離開這個家之前，我得完成最後一項任務，再次以行動為小羅蘋來表達愛。

我嘴角含笑，看著她的父母。

事後，他們被劃開的喉嚨讓我聯想到粉墨小丑的深紅色笑容。

10 回憶

木柴燒得劈啪作響，在燒燙的磚頭周圍爆出如煙火般的紅色火花。煙霧在風中飄飛，時而往左飄，時而往右飄，像是找不到舞伴。

我假裝它在呼喚我，而我拒絕了。

我不被允許靠近火。

我的手指、嘴唇和臉頰都沾有融化的棉花糖，感覺黏答答的。爹地總是說我的笑容比尼加拉瀑布的開口還要大。我大笑是因為我覺得快樂。

火焰向我低語，向我展現神奇姿態。我知道不能觸碰火。我的手掌上還留有三歲時留下的粉紅色燙傷疤痕，有時候它還會隱隱作痛。

天空被無數的小鑽石點亮，月光十分耀眼。媽咪用手指給我看，我看見一張男人的臉。

媽咪和爹地正在低聲交談，他們對我微笑，但我知道有事情不對勁。

有時我喜歡玩一個遊戲，看自己能像泰迪熊一樣保持安靜多久。有時我可以保持安靜好幾個小時，讓每個人都忘了我的存在。有時我覺得心癢難耐，便會不可遏制地格格大笑。

我想再吃一塊棉花糖。目前為止我已經吃了三塊。我被規定只能吃兩塊，但是當我用爹地給的竹籤烤第三塊棉花糖時，沒有人出言阻止。

火焰發出越來越多的劈啪聲響，低語聲停止了。

爹地倚過身來，在火焰裡加了幾塊木柴。

「妳還好嗎，小公主？」爹地露出心口不一的微笑，但我還是點了點頭。我是個乖女孩。

我注意到很多事。他們說我還太小，那些事我不能看也不能聽。但爹地說我是個聰明又狂傲的小女孩，而且很快就要到上學的年紀了，我能注意到的事比他們以為得多。

像是媽咪經常哭泣。

像是爹地生氣時會握起拳頭，一發現我在看就趕快把手藏到背後。

像是他們會用力拍打櫃子的門，但我生氣時卻不被准許這樣做。為什麼他們可以而我卻不行？

還有我上床睡覺時聽見的吼叫聲。

我不喜歡媽咪和爹地對彼此發脾氣，也不喜歡媽咪傷心落淚。

我總是趁爹地不在時大力擁抱媽咪，跟她說我愛她，她是天底下最棒的媽咪。

她總是親親我的頭頂，跟我說謝謝。有時她會說自己已經盡力了，有時她會說自己配不上我這樣的女兒。

媽咪長嘆一聲，從椅子上站了起來。

「我要進屋子一下，親愛的。妳會不會冷？要不要穿一件毛衣？」她伸手搓揉我的手臂，她的撫觸讓我覺得有點癢。

我搖了搖頭。火焰讓我的肌膚感到溫暖，我假裝它是在替我做日光浴。

「妳說呢？我們要不要看這堆火可以燒得多高？」爹地傾身向前，十分靠近火焰，用棒子去戳弄火焰。「我們可以多添一些柴火，妳說對不對？」他朝我轉過頭來，但眼神卻越過我，望向媽咪。

這時有兩道明亮的光束掃過我們家的草地。

一輛卡車轉了個彎，開上我們家的車道。

我看著那輛卡車，眼睛裡浮現許多黑色圓點。我一閉上眼睛，光線就在眼睛裡旋轉舞動，宛如一顆迪斯可反光球。

「這麼晚了誰會來？」爹地喃喃說著。

他起身望去。

只聽見卡車門砰的一聲關上。

爹地咒罵一聲。

他留下我獨自一人坐在火堆旁。

這裡剩下我一個人。他們從不讓我單獨待在火堆旁邊。

我縮起雙腿，盡量遠離火堆。

媽咪如果在這裡，一定會生氣，對爹地大聲吼叫。

我想站起來跑到爹地身旁，但我不知道是誰來了。

我不喜歡陌生人。

我一個人坐在這裡，心裡感到非常害怕。

爹地正在和那人交談，他們壓低聲音，但口氣並不友善。

家裡的門砰的一聲關上，媽咪急匆匆地跑了出來。我想她是要跑到我身邊，因為她知道我獨自坐在火堆前面，而且我很害怕。

當媽咪直接經過我面前跑過去時，我雙眼一陣刺痛，像有沙子跑進眼睛。上禮拜我們去海邊，我的眼睛就進了沙子。我想哭，但我現在是個大女孩了，而大女孩不能哭。

媽咪大喊一個名字，張開雙臂，抱住那個開卡車來的男子。

爹地出聲咒罵，因為那人是「舅舅」。爹地不喜歡舅舅。

我想離開椅子，跑回家裡，躲進衣櫃，藏在我的毯子底下，不讓任何人找到我。

但我無法從椅子上離開。火焰被風吹得朝我的方向舞動，越過爹地在火堆周圍築起的磚牆。爹地說那圈磚牆可以擋住火焰，但火焰卻不肯乖乖待在裡頭，而是朝我慢慢逼近。

我盡量蜷起腳趾，雙腿緊緊縮到胸前，再把臉藏在膝蓋裡。

也許火焰不知道我在這裡，就會把我忘記。

也許我有超能力，而這件事只有我自己知道。

我是個具有隱形能力的女孩。

媽咪和爹地回到火堆旁，舅舅也走了過來。

我等著媽咪對爹地發脾氣，竟然把我一個人留在這裡。媽咪應該隨時會將我一把抱起，讓我坐在她的大腿上。她會用雙臂緊緊抱住我，給我一個溫柔的大熊抱，這麼一來我就會感到安心。

我再也不孤單了。

但將我從椅子上一把抱起來的不是媽咪。

媽咪並未把手指插入我的腋下，把我弄痛。

媽咪並未讓我坐在她的大腿上，伸出雙臂環抱我。

媽咪並未親吻我的頭頂，用雙手撫摸我的手臂。

媽咪連我蹙起眉頭都沒看見，也沒注意到我非常安靜、不想待在這裡，不想坐在他的大腿上。

但爹地注意到了。

爹地臉上露出生氣的表情。

爹地對我伸出雙臂。我飛奔到他懷裡，不去理會那個男人發出哈哈笑聲。

「喔，別這樣，親愛的。」媽咪臉上露出大大的微笑，但說話的口吻卻聽得出她對我感到不高興。

「別擔心，小公主，我抱住妳了。」爹地在我耳邊低聲說，緊緊抱著我，在椅子上坐了下來。

「要不要再吃一塊棉花糖？」他說。

「我想她吃得夠多了。」媽咪皺起眉頭。「她吃那麼多糖會嗨上一整晚。」

「再吃一塊又不會怎麼樣。」爹地的聲音雄壯得有如一頭大熊。

他會保護我。

我點點頭，沒有說話。如果不說話的話，說不定我又會被遺忘。

我喜歡被遺忘。

「你想要在這裡待多久都可以。」媽咪說。

我凝視火焰，但保持一動也不動，這樣才能聽見那男人說的話。

我不希望那男人待在這裡。我希望他不會待很久。

就連爹地也這麼想，因為他把竹籤遞給我時，口中喃喃自語。我盯著手上的棉花糖，盡可能讓它靠近火焰。

爹地幫我拿穩竹籤，因為我一直讓竹籤垂落到火焰中，使得棉花糖在火焰中往上燃燒。

「哇，小心點，小公主。」爹地柔聲說，聲音十分輕柔，只有我才聽得見。「別把它烤焦了。烤出完美棉花糖的祕訣在於讓它靠近火焰，但又不至於太靠近，這樣才能烤出美味的淺棕色。」

爹地身旁的那個男子哈哈大笑。

「沒關係啦，」他說：「就讓她把甜點烤焦，烤得越酥脆，她學得越多。她已經要變成一個大女孩了，是不是啊？」他倚身過來，觸碰我的膝蓋。

我彈了開來。

「妳不記得我了嗎，小公主？」他說：「我是妳最喜歡的舅舅，我是世界上唯一這麼愛妳的舅舅。」他朝媽咪眨了眨眼，兩人都笑了起來。

「我比任何人都愛妳，」爹地在我耳畔低聲說：「不要忘了。」

我伸出小指，要跟爹地打勾勾。勾小指是世界上最重要的承諾。

「她得上床睡覺了。」媽咪說。

爹地把我從他腿上抱下來，叫我去準備睡覺，還說他會去哄我上床。

我走回家裡，草地搔癢我的腿和腳。我自己刷牙洗手，穿上睡衣，坐在樓梯頂端等待爹地。我等了好久，但誰也沒來。我在房間裡聽見吵架聲。爹地不希望舅舅待在這裡，但媽咪希望。她說舅舅可以照顧我，這樣她就可以去找工作。我不希望媽咪去找工作，也不希望舅舅照顧我。我希望爹地來哄我上床，告訴我一切都會沒事。

但沒有任何人過來。

11

八月九日，星期五

早上大約十點，我還沒沖澡吃早餐，甚至還沒刷牙，整個人只是蜷縮在沙發上，翻看著艾拉的檔案。

我反覆思索著艾拉說的那句話，她說想坦承一件事。但當天她還沒說出是什麼事，計時器就響了，而她隨即就離開了諮商室。

我心中最大的恐懼，就是沒能在案主需要時提供協助。如果我沒能及時幫助他們……他們會怎麼樣？這個責任沉重地壓在我的身上。以艾拉來說，我們已經走了這麼遠，我只擔心我們會走上回頭路。

擔心自己沒能提供足夠協助的心情糾纏著我。我去了公園散步、寫下自己的想法、做冥想來釋放壓力，但恐懼卻一直在心頭徘徊不去，有如一隻狗不停啃食同一根骨頭。

每當想探究這份恐懼的根源時，內在就有個聲音發出咆哮，要我後退。

於是我照做，我後退了。

這算是逃避嗎？百分之百是。我是自己最糟糕的案主。我知道自己得找個人談談才行，也許現在正是時候。

譚美傳來的簡訊促使我從沙發上爬起來。

她說要順道來我家，還說她很想吃蛋糕。

我所承受的壓力根本無法和譚美相提並論。她承受的壓力比我大多了，所以我主動說要做她喜歡的蛋糕給她吃。

當譚美敲我家側門時，我已經煮好一壺咖啡，她最愛吃的圓環蛋糕（Bundt cake）也已在流理台上放涼。

「天啊，妳做好蛋糕了！我眞想狠狠親妳。」她直接走到蛋糕前，把從我家信箱裡取出的信件放在桌上，用鼻子吸入蛋糕的溫暖甜香。

她臉上浮現的笑容眞實、誠摯且美麗。

「還有咖啡？說眞的，阿丹，我能有妳這樣的朋友眞是三生有幸。」她從我手中接過咖啡杯，閉上眼睛，深深吸了口氣。

我沒見過比她更愛喝咖啡的人了。

「妳看起來有點緊繃，」她說：「別告訴我這是妳今天喝的第一杯咖啡。」

「比較像是第二壺。」我自己承認。我們把咖啡和蛋糕端到客廳，在沙發上坐了下來。

我看著譚美吸入蛋糕的香味，自己也吃了幾口蛋糕。

她的氣色告訴我說她累壞了。她的眼睛底下掛著黑眼圈，眨眼時眼皮出現微微皺褶。她光是拿起叉子、張開嘴巴、把蛋糕放進嘴裡，然後咀嚼，就顯得很費力氣。

「妳最近有過一夜好眠是什麼時候？」我的職業病發作了。

「我的臉色看起來很糟對不對？」她打個哈欠，伸手摀住嘴巴。「只要有空就睡個幾個小時，可是眞的很忙。」

「要不要去睡一下？下午之前我要研究一個案主的檔案，如果有人打給妳，我一定會叫妳起來。」她如果再不休息一下，對她的搭檔和案情都不會有幫助。

我想起昨天在家裡發現的紙條，很想告訴她這件事，說自己感到不安全，擔心有人可以輕易無痕地入侵我家。

但只要提起這件事，我就必須誠實說出自己有頭痛和夢遊的問題，而且非得說出紙條上寫了什麼不可。這表示也得提及艾拉的過去，而我不確定自己是否爲此做好了心理準備。

「只要喝幾口咖啡就沒事了。」她舉起咖啡杯。「跟我聊聊吧，說一些有趣的事給我聽。」

我想堅持叫她休息，就算是小睡一下也好，但轉念又想，如果我壓低聲音說話，說不定她自然而然就會睡著。

我將大腿縮在胸前，雙手環抱膝蓋，思索該跟她說什麼才好。

腦子裡藏著很多故事，但不是每則故事都能講給別人聽，更何況很多故事是屬於別人的。

我想了想沒告訴過她的事，那些關於我和我的人生、而我仍對她保密的故事。我知道可以相信譚美，可以跟她說一些從未向他人說過的事。

或許這正是個理想時機。

「我沒跟妳提過我父母的事，對吧？」

譚美把頭靠在沙發上，望著對面牆上掛的一張照片。

「其實也沒什麼好說的。」我也看著那張照片，只見一對和藹可親的夫妻伸出雙臂抱著彼此，臉上露出十分上相的完美笑容。「我通常都會跟別人說，他們是一對很好的父母，然後就不再往下多談。」

我沒說的，是他們常在半夜吵架。母親對於打掃和用餐有著嚴格的規定，以及我幾乎不認識父親，因爲他經常不在家。我從未跟別人說過自己有個孤獨的童年，因爲我母親不相信鄰居，她也不准我交什麼朋友。

我從未說過實話，只說別人期待聽見的話。

「妳的童年就跟童話故事一樣對不對？」譚美臉上那不可思議的表情，就像晴朗夜空中的月亮那麼清楚。「我眞希望能像妳一樣。我爸是個酒鬼，我媽得兼兩份差才能餵飽我們一家人。我的成長過程讓我明白，如果想過好日子，就必須力爭上游。」

我現在是不是該說實話，吐露實情？

「我的童年並不像童話故事，但原本可能更糟。我父母是中產階級，他們過著量入爲出的生活。我父親工作勤奮，我母親很懂得精打細算。」我母親做的食物十分簡單，但很能填飽肚子。現在的我也會做相同的餐點，而且通常會被視爲是療癒系食物。

「他們做出許多犧牲，讓我日後可以過好一點的日子。」我繼續往下說：「我知道他們犯過許多錯誤，但是相較於這些年來聽到別人的故事，我其實沒什麼好抱怨的。」這些話未經思索便從我嘴中說了出來，而平時只要想到父母，那種有如蟲子鑽上喉頭的感覺並未浮現。

這讓我感到十分訝異。

「跟我說說妳小時候辦的生日派對，還有聖誕節是怎麼過的。描繪出妳過的生活，不要錯過任何細節。」

我聽見譚美的要求，嘴角泛起一抹微笑。我等待片刻，看那隻蟲子會不會出現，但毫無動靜。

「生日是我家十分重要的慶祝活動，但不像現在的小孩會辦那種大型派對。我父母從未租下圖書館、請我最喜歡的公主來讀故事給我聽、舉辦溜冰活動，或是在週末租下附近公園好幾個小時。我媽只會親手烘焙我最愛吃的蛋糕，然後還讓我把碗舔乾淨。」我雙手捧著咖啡杯。「我爸會請假一天，帶我離開學校，跟我一起去探險。我們可能會去樹林裡健行，或是去鄉間開車兜風，但其實去哪裡都不是重點。等我們回到家時，晚餐已經煮好上桌，蛋糕也已裹上糖霜。我媽總是會做我最愛吃的雞肉餡派，旁邊放著新鮮的奶油比司吉。」

和父親出遊的那一天總是非常完美。直到現在，我晚上都還會夢見和父親一起出去開車兜風。那時，車子只要在紅綠燈前停下來，我就可以選擇要往哪個方向走，也因此最後我們經常迷路，有幾次甚至太晚回家吃晚餐。我們回到家時，我好幾次看見母親臉上擠出微笑，然後和父親低聲交談，他們總以爲我聽不見。

「我在生日會收到一份禮物，聖誕節我會收到三份。」

譚美臉上露出不可置信的神色，讓我聯想到母親聽見我撒謊時露出的表情。

「對，生日會得到一個禮物。年紀小一點的時候會收到洋娃娃，後來是腳踏車，再來是新鞋子或一本我迫不及待想打開翻閱的書。有好幾年我想要有個弟弟或妹妹，但收到的卻是洋娃娃或扮家家酒的家具。」

「妳不想當獨生女？」譚美問，聲音開始昏昏欲睡。

我怎能錯過自己不曾擁有的東西？

「我是那種想像力豐富的小孩，雖然家裡只有我一個小孩，但我從不覺得孤單。我有一個幻想的朋友，直到發現了閱讀的樂趣。」

「我從不認爲妳是那種小孩。」譚美閉上眼睛，嘴角泛起一絲微笑。

「**那種**小孩？」我裝作聽不懂，同時壓抑心中生起的怒意。

「妳知道啊，就是那種個性有點古怪、朋友不多、在學校裡有點害羞的那種人。」他睜開雙眼。「妳知道那種人吧？」

「那……那種人……」我激動地說，彷彿這三個字是舌尖上的毒藥。「……正好非常有創意、有天分，甚至可能是社會上最具生產力的人，我……」

譚美坐起身子，把手放在我的腿上，捏了捏我的膝蓋。「哎呀，我沒有冒犯的意思。」她睜大眼睛，憂心忡忡，呑口口水。我看見她臉上露出恍然明白的神情。

「啊，抱歉。」我用手指撥了撥頭髮，發現自己過度反應。

我不想看她，不想看見她臉上那種同情或擔心的表情。

但爲什麼？爲什麼我會突然對譚美發脾氣？她明明是世界上最懂我的人。

這實在太不像我了。頭痛的影響顯然超出我的預期。

「老實說，阿丹，我沒有要踩妳地雷的意思。」她捏了捏我的膝蓋，就像母親對孩子那樣。

「抱歉，我只是……覺得很累，而且我沒有藉口可說。」

「不，不，是我的錯。那顯然是我的痛處。」我深深嘆了口氣。「妳說得沒錯，我小時候很孤單，只是一直避免去這樣想而已。老實說……我小時候沒什麼朋友。」

譚美靠回椅背，頭擱在沙發上，雙眼瞇成一條縫。

「就這方面來說我們很像。」她打個哈欠。「我小時候也沒什麼朋友。實在很奇妙對吧？我們小時候的家境差很多，現在卻成爲最好的朋友，而且之間的共同點可能比我們願意承認得還要多。」

我也經常想到這點，照理說我們不太可能認識，現在卻結爲好友。也因此對譚美保密一事，讓我覺得十分難受。

「這不叫做奇妙，」我用溫暖的口氣說：「這叫做命中注定。無論我們在什麼樣的環境中成長，我們都注定會走進彼此的人生。」

接下來大約三十分鐘後，譚美陷入沉睡，我則再度瀏覽艾拉的筆記。

我很高興看到譚美休息，心想也許之後可以邀請她來過夜，理由是我想確定她有得到充分休息，而非害怕獨自待在家裡。

譚美醒來時，我把恐懼藏在心裡。我看著她又喝了一杯咖啡，然後回去上班。

我想再吃一片蛋糕，但這時譚美放在桌上的信件引起我的注意。我翻開許多廣告傳單，發現一個素色信封，上頭一個字也沒寫。

字條上只用黑色墨水寫了九個字。

我感到震驚、焦慮和恐懼，這些情緒全都和胃部的作嘔感碰撞在一起。我伸手按住桌子，穩住身形。我閱讀那九個字，只覺得一股涼意伸出觸鬚，沿著脊椎由下往上盤繞。

妳怎麼還不阻止他們？

12

八月九日，星期五

諮商個案：艾拉

「艾拉。」我讀完《愛麗絲夢遊仙境》的另一章節，發現自己無法再等待下去。我累壞了，只想爬回床上睡覺。自從收到第二張字條後，我一刻都無法放鬆，也無法把事情理順清楚。包括殺人凶手、字條、我的夢遊。

這對艾拉不公平，尤其上次諮商結束前發生了那件事。我需要處在當下並回到常軌。

「上禮拜二時，妳說想坦承一件事，但剛好諮商時間結束了。今天我想從那個地方繼續往下聊，妳覺得可以嗎？妳今天準備好要告訴我了嗎？」

艾拉雙唇顫抖，眼睫毛在陶瓷般的肌膚上眨動。我不確定她是否做得到。

「都是我的錯。」她說。

「妳說什麼？」

「他們會死都是我的錯。」

「妳是說妳的父母？」

「不是。」

我手中的筆差點掉落到大腿上。

「那是誰？」我抿了抿乾澀的嘴唇。「誰死了，艾拉？」

她的這番話讓我腦中閃過上百萬種情節。誰死了？她的錯？這是什麼意思？這話從何說起？我了解艾拉，雖然她的過去十分不堪，但她不會殺人，她再也不會殺人了。

但她說的話卻讓我心生疑竇。

「是誰死了，艾拉？」我又問了一次。

「我……」她清了清喉嚨，在沙發上坐立不安。「那對父母。」

「哪對父母？妳在說什麼，艾拉？」我口氣中帶著一絲驚慌，極力想了解她話中的意思。

「我認識他們，認識那對父母，認識那個母親，所以他們才會死。」

這句話彷彿將諮商室裡的空氣在一瞬間全部抽走。

艾拉認識那對父母？

疑問像黏在舌頭上，讓我問不出那個問題。我垂下眼簾，以免她看出我的詫異。

「圖書館，我是在圖書館認識他們的……」她斷斷續續地說，聲音十分不穩定。「最近上新聞的……那個母親……她……她帶女兒來參加我們的晨間活動。」她靠上椅背，手指在膝蓋上不停敲打。

艾拉只要一緊張，手指就會在手臂、大腿、膝蓋，以及身上各部位敲打。

在諮商過程中，我從未像現在這樣對艾拉感到無比困惑。

「她女兒就像一隻小蝴蝶，一踏進圖書館就非常興奮，張開雙臂，彷彿想拿取書架上所有的書。每當她發現一本新書，臉上都會露出燦爛笑容，那笑容極具傳染力，讓我很想把她抱起來帶回家。」

這一瞬間，艾拉突然變得很有生命力，整個人散發活力光彩，我從沒見過她的這一面。

我把她說的每句話都記下來。

「至於那小女孩的母親，對圖書館可能就不太有興趣。她會把女兒丟在圖書館裡，隨即轉身離開，甚至連假裝喜歡女兒發現的書都不願意。」她收起笑容，沉下了臉。「她通常會在三十分鐘之後回來，手裡拿著一杯咖啡，而且馬上就想離開。」

艾拉雙手握拳放在大腿上，口氣中充滿鄙視和厭惡。

「於是我開始讓那小女孩靠近身邊。我會把小女孩叫過來，對她母親視而不見，讓她等待的時間一次比一次久，最後她只好過來跟我說話。起初，我以爲她是那種把孩子當成麻煩事的母親，但跟她聊得越多，就發現事實並非如此。」

艾拉的口氣中帶有一絲好奇，彷彿她眞的想了解那位母親。

「妳發現了什麼？」

「她只是不知道如何教養小孩而已。」她用就事論事的口氣說：「大概在上星期，她跑來坐在旁邊聽我們說故事，還踏進走道，挑了幾本書回家看。我越認識她，就越發現她人還不錯。」

「妳聽起來很訝異。」我也不知道自己的口氣怎能如此平靜。

艾拉聳了聳肩。「應該是吧，當時我的確很訝異。」她的額頭出現W形的皺紋。「但我不應該感到訝異的。上星期，我們一整週都在發禮物袋給小朋友，那天我的職責，是讓每個離開圖書館的小朋友手裡都有一個禮物袋。」她搖了搖頭。

「當我發禮物袋給那個小女孩時，她的表情像是收到了一個大寶藏，但她母親立刻把禮物袋還了給我，沒有解釋，也沒有說明，甚至連一聲『不用了，謝謝』也沒說，就只是拉著女兒離開圖書館。」

艾拉縮起嘴唇，用力咬住，在嘴唇上留下凹痕。她的目光投向遠方，額頭形成一道道皺紋，眉間起伏不定。我不確定她是憤怒或悲傷。

「我不在乎別人怎麼說，但我覺得那是很不好的教養方式。」

我回想那天在圖書館外曾看過類似的情節上演。我明白那種憤怒和忿忿不平，發生那種事是不對的，但艾拉的反應幾乎像是……有著切身之痛。

「妳會不會覺得自己有點太快下結論了？說不定她們碰上了其他事情，才導致了這種行爲結果。」我提出別的看法。「妳剛才也說她似乎有在努力。」

艾拉的表情沒有改變。

「禮物就是禮物。」她臉頰上的一條肌肉鼓了起來。

「妳爲什麼如此生氣，艾拉？」

她曾零星地對我說過她的童年，這時我試著回想，並未想到任何被剝奪禮物的情節。

她別過頭去，無法或不願正視我的雙眼，我不確定是哪一種。

我沒有給予壓力刺激或逼迫她，儘管我很想。我保持靜默，靜靜等待，等她願意打開心房，分享其他想法，告訴我爲什麼她只是個旁觀者，卻會如此生氣。

「我……我小時候家境不是很好。」艾拉說：「但禮物一旦送出去是不會被拒絕的，絕對不會，不管禮物是什麼，不管禮物是誰送給你的。」她的聲音低了兩個八度。「你收到禮物要說謝謝，你必須心存感謝，絕對不能表現出不領情的樣子。」

我記在筆記本上。

「這有點像是妳的地雷，艾拉。我們以前沒有討論過這個主題。」我們已經有一段時間沒有討論新主題了。

艾拉看起來像是喝了糖蜜似的。

「我想是吧。」

「這件事讓妳有什麼感覺？」

我看見她的腦中正在思索這個問題。艾拉需要把事情想清楚，進行分析，找出結論，然後才能接受這是事實。

「現在我感到生氣，生氣那位母親。」她頓了一頓，望向旁邊。「還有生氣妳。」

我的目光和她稍微相對，她瞇起雙眼。

「原來如此。」我發現很難抑制話聲裡的驚訝之情。「爲什麼？」

「妳是問哪一個？」

「妳想說哪一個都可以。」

艾拉低下了頭，下巴幾乎碰到胸部，維持了這個姿勢大約三分鐘。如果是剛認識她時，很可能會以爲她睡著了，但這種情形以前出現過。只要觸及較爲困難的主題，她就會出現這種反應。

「看到兒童受到不當對待，心裡總是會很難過。接受那份禮物，對她來說沒有任何損失。那個禮物袋是免費贈送的，而且會讓羅蘋很開心。我心裡有一部分覺得，羅蘋値得這個世界給予她的一切。」她把聲音壓得頗爲低沉，下巴稍微抬高，直到和我四目相對。

「我對妳感到生氣，是因爲妳逼我討論這件事。我們本來已經走到一個不錯的地方，不是嗎？我之前已經覺得好多了，但討論這件事……討論那些舊感覺……那些回憶……」她搖了搖頭。「我不想談自己的過去，妳知道的。」

我需要時間反應，所以寫下艾拉說的這段話，但同時腦子裡想的卻是之前做的筆記。有人知道了艾拉的過去，知道她做過什麼事，現在那人把命案怪罪到我的身上。

妳怎麼還不阻止他們？

這句話縈繞在我的腦海中。

「藉由討論妳的過去，可以證明它不再影響妳。」

艾拉的肩膀垂了下來。

「我的過去永遠都會影響我。」她說。

「爲什麼？」

「妳知道爲什麼。」

這個主題我們討論過無數次，亦即「過去」，以及過去對我們的影響力。艾拉深信她永遠無法逃離過去，而且終有一天，「過去」一定會令她付出代價。

「妳還是不肯原諒自己，對不對？」

艾拉發出介於輕蔑和大笑之間的聲音。

「我不值得被原諒。」

「每個人都值得被原諒，艾拉。」

她搖了搖頭。「不包括我。我做過的事不值得被原諒，我已經接受了這個事實。但也許……也許我能贖罪？彌補一些過錯，即使只有一點點也好。」

「妳在監獄裡度過十年已經算是贖罪了，難道這還不夠嗎？」

「以我做過的事來說嗎？當然不夠。」她囓咬嘴唇。「我是不是該去警局？」

「妳想告訴警察什麼，艾拉？」

我小心衡量自己的用詞。我想讓她知道我支持她，但同時也得小心翼翼。我覺得現在似乎在兜圈子。我們必須討論某件事，但每次只要一靠近，她就會躲開。

「我想把我知道的事告訴警察。」

「妳知道什麼事？」

艾拉縮起了臉，整張臉越來越像一顆葡萄乾。

她的目光在諮商室裡遊走，彷彿跟隨著一隻蛾的飛行軌跡。她沒有回答，我也不確定她會不會回答。

「艾拉，」我在心裡嘆了口氣。「我們先回到之前的話題，爲什麼妳認爲那對父母的死是妳的錯？」

這就是我想不通的地方。她只不過是在圖書館認識那位母親，還跟她女兒有過互動，這怎麼能說是她的錯？

如果是她殺了那對父母，那才叫做她有錯。

但凶手並不是她。我很清楚這點，就像我知道一天快結束時，自己得喝更多咖啡一樣。

「我沒想到他們會死。」艾拉用兩隻手掌蓋住了臉。「我不喜歡他們對待羅蘋的方式，但他們罪不至死。」她胸口起伏，用手拭去眼眶中的淚水。

「但這怎麼會是妳的錯？」我又問了一次。

「我想陪伴她，想陪伴羅蘋。」她對我說的話充耳不聞。「不知道爲什麼，我覺得我應該要陪伴她才行。」

不健康的關係。我在這句話底下畫了兩條線。這可能會很危險。

「有家庭會領養她，協助她度過這個難關。」我想卸下艾拉身上扛著的責任。

她思索片刻。我看見她正在釐清思緒、臉上漸漸泛起一絲笑意，但我卻越看越擔心。

妳認識一個殺人凶手。

到底是誰知道這件事？他們是怎麼進來家裡的？現在我該怎麼做？

「我可以彌補這件事。」她的聲音讓我把注意力放回到她身上。

「這是什麼意思，艾拉？」我傾身向前。

艾拉睜大雙眼，快速吸了口氣，然後緩緩吐出，胸口隨之塌陷有如一顆氣球。

「羅蘋的人生已經永遠改變了。」艾拉把頭埋在雙臂之中。「殺死他們是錯誤的。**大錯特錯**。他們可以改變。他們可以改變的。他們只是自己不知道而已。」她喃喃自語，身體不停前後晃動。

「艾拉。」我叫了她名字好幾次。「艾拉，不會有事的。那個小女孩不會有事的。」我想把她抱在懷裡，像母親安慰傷心的孩子一樣，但我克制住這個衝動。

我必須克制才行。

「又有一個家庭因我而毀，」她說：「又有一對父母被殺害了。」淚水滑落她的臉頰，睫毛膏暈染開來，弄花了她的臉。

「是妳殺了他們嗎？」我直接了當地問。

「對。」她低聲說。這低聲的自白具有摧毀生命的力量。

她是殺人凶手。我的心被緊緊揪住，像一條抹布般被擰成一團。我無法呼吸、無法說話、無力做任何事情。

有人知曉這件事。有人知道艾拉是殺人凶手。他們的動機是什麼？想要警告我嗎？還是想看看我會怎麼做、我能怎麼做？醫病保密協議指出，即使她對我供出過去犯下的罪行，她也依然受到保護。除非她坦承即將犯罪的意圖，否則我必須替她保守祕密。

譚美一定會殺了我、責怪我。我也會怪我自己。

「都是我的錯。」艾拉又說了一次。我想對她大吼，叫她閉嘴。我不想再聽下去，也無法再聽下去。

「我殺了自己的父母。我殺了他們。我殺了他們，就像羅蘋的父母被殺害一樣。」

她抬起了頭。我看進她的雙眼，只見裡頭充滿一種令我恐懼的東西。

「是我造成他們的死亡，」她又重複先前的說詞。但這實在說不通，尤其現在聽起來更是如此。「都是我的錯。」

13 八月十日，星期六

我們全都是瘋子

茶館可以避開尖叫的兒童、擁擠的街道和酷熱的陽光。我以最快速度躲進茶館裡。這週末的柴鎮簡直像是瘋人院。

我推開瘋帽客茶館的門，發現莎賓娜的頭有一半埋在一個大盒子裡。她的灰色大鬈髮在腦後胡亂地綁成了髮髻，粗硬的髮絲散落在脖子上，營造出光暈般的效果。她猛然抬頭，像個小女孩正在媽媽的縫紉櫃裡探頭探腦、被當場抓到。

「天啊，丹妮爾。」她一手按住胸口，臉上露出尷尬笑容。「我可不再年輕了，妳這樣會把我嚇出心臟病。」她往後撥了撥頭髮，理順桀傲不遜的髮絲。

茶館裡一個客人也沒有。

「我才驚訝妳竟然沒出去逛。」我朝外頭指了指。

「妳在開玩笑嗎？我今天難得可以清靜一下，何況我這輩子看過的遊行已經夠多了。妳來看看這個。」她用手指比了比，催促著我。「這是今天剛送來的。」她的聲音難掩興奮，像是發現了愛麗絲和紅心皇后（Red Queen）的罕見畫像。

她拿了一組茶杯和茶碟給我看。

那可不是普通的茶杯和茶碟。

它們以骨瓷製成，上頭用黑色顏料繪以雙手負在身後的愛麗絲，邊緣用扭曲字體寫著「**越奇越怪**」四個字。茶杯裡畫著一把附有標籤的鑰匙。茶碟上畫著許多《愛麗絲夢遊仙境》中的人物，放茶杯的位置寫著「**我們全都是瘋子**」。

莎賓娜的茶館入口處也有這句話的標語。

我家客廳同樣掛著這句話的裱框文字。我曾想過把它掛在諮商室裡，但想想又覺得不妥。

「我一直在等這批貨送來，這是跟英國下訂的。」

「是要拿來賣的嗎？還是要在店裡使用？」我的視線無法從手上的茶杯移開。

「拿來賣的。想要一組嗎？」她指了指右邊的展示櫃。「我把最後幾組的蛋糕盤也搶到手了。」

每週六下午，莎賓娜都會舉辦預約制英式下午茶派對，以書本、懷錶型馬卡龍和可放心飲用的藥水爲主題。派對總是擠滿了人，必須至少提早一個月才訂得到位子。

我離開原地，走到展示櫃前，在心中記下每一件新商品，伸手撫摸棉質擦碗巾、白色桌巾和彩釉茶壺。

這些東西我全都想要。

最後我看見了一樣最想擁有的東西。

「那是非賣品。」莎賓娜開口。她何不乾脆說，是我標購到了，妳輸了。

我假裝沒聽見。

莎賓娜在架上放了一本《愛麗絲夢遊仙境》，我把撫摸斑駁書脊的手縮了回來。那本書獨自放在櫃子上，沒有和其他版本的書疊在一起。它倚著一個茶杯，書脊和書封清楚可見。

那本書年代久遠，是一本收藏品，雖然不算很稀有，但是相當古舊。

我認得那本書。莎賓娜擺出一副先搶先贏的表情。

「我決定這是最後一次通知妳線上拍賣會的消息了。」我說。莎賓娜認識我時並不是收藏家，她是後來才受我影響。

「我有個禮物要送妳。」她蹲了下去，打開一個櫃子抽屜，拿出一個尚未拆封的包裹。

「不用這麼客氣啦。」

「我知道，」她臉上露出眞實、誠摯和興奮的笑容。「但我一看到它就覺得想送給妳。」

我打開包裹，掀開蓋子，倒抽一口氣。

「妳在哪裡找到的？」我雙手顫抖，拿出盒子裡的東西。

那是一副古老的「新愛麗絲夢遊仙境卡牌遊戲（注）」，裡頭共有四十八張卡，上頭繪有《愛麗絲夢遊仙境》中的人物。卡牌的盒子甚是老舊磨損，但卻是我見過最美麗的東西。

「我看過這個卡牌遊戲的照片，但從未……」我話沒說完，就給莎賓娜一個大大的擁抱，手裡拿著那副卡牌遊戲，內心雀躍無比。

「這是我在一場遺物拍賣會上發現的，我知道妳比任何人都懂得欣賞它。」她也緊緊回抱。

「再說，我在那個線上拍賣會上贏過妳，心裡也過意不去。」

「好吧，原諒妳了。」我對她眨了眨眼。

莎賓娜把其他戰利品拿給我看，它們全都跟愛麗絲有關，當中還有一些讀物和書籍，我看了幾乎每一樣都想擁有。

「發生那種事眞是太可怕了。」莎賓娜突然說。我知道她指的是最近發生的命案。「一想到那些孩子就讓我心碎。」她雙手按住胸口。「我想幫助他們，但不知道該怎麼做。」

「我也很難相信會發生那種事。」

莎賓娜看了看四周，倚身過來。「我向來不贊成死刑，但是這次……它離我們的生活太近了。被害人是我們的鎮民，是社區的一份子。那些小孩來過我店裡，我招呼過他們一家人。我只是……」她壓低聲音說，突然頓了一頓。「不管凶手是誰，絕對是個瘋子，可能有精神病或什麼的。」

我挪開身子，震驚於她說的話。**死刑？**

「我的意思是，怎麼會有人殺死父母、留下小孩？這種人一定有病。有人說凶手跟父母親一定

注 新愛麗絲夢遊仙境卡牌遊戲（The New and Diverting Game of Alice in Wonderland），創始於十九世紀，上面的圖畫是根據John Tenniel爵士的原畫忠實地複製而成，並被收錄於一八九六年版的《愛麗絲夢遊仙境》一書中。

有未了結的糾葛。聽說警察正在探詢本地的精神科醫師，看看他們手上有沒有高危險患者。」莎賓娜繼續壓低聲音。「他們來問妳了沒？老實說，丹妮爾，這種事把我嚇壞了。我們鎮上竟然有這種心理障礙的人，而且還會殺人……這種人應該關進監獄才對。」她的身體微微顫抖，彷彿被內心釋放的怒氣占據。

我搖了搖頭。也只能搖頭。如果我一開口，肯定會說出很難聽的話。眞不敢相信這種話會從莎賓娜的口中說出。人們處在這種危機時刻，往往會拋開腦子裡的篩選器，吐露出內心的眞正想法和感覺。

我一步一步慢慢退開，話到嘴邊又吞了回去。她也許覺得跟我在一起很安全，什麼話都可以說，什麼情緒都可以表達，但我可不這麼想。

「丹妮爾？妳還好嗎？」我聽見她話中的擔憂，這才發現自己臉上可能流露出不悅神情。

「我沒事。」我回話的速度，比被馬鞭抽打、即將奔到終點線的賽馬還快。「我聽見妳說的話了，但不太同意妳的看法，而且……我還是先離開比較好，以免說出讓自己後悔的話。」我沒等莎賓娜回答，也沒等她道歉或收回先前說的話。

「我先走了。」我匆匆離開茶館，穿過街上的擁擠人群。我只想回家。我需要回家。

一打開家門，疲憊感立刻席捲而來。我拖著沉重腳步走到沙發前，覺得頭痛欲裂。莎賓娜說的話宛如烏雲般籠罩著我。我癱倒在沙發上，閉上眼睛，迎接黑暗的來臨。

一陣微風吹過我的肌膚。我想睜開眼睛，但沒有力氣。陽光溫暖了我的身軀，學校樂團的演奏聲迴盪在空氣中。

我奮力睜開眼睛。

只見我竟然身處在室外。

我猛然起身。

不在屋內，也不在沙發上，而是在我家的前陽台。我的雙腳擱在白色籐椅上，邊桌放著一杯冰紅茶和我的筆記本。

爲什麼我會在外面？我是什麼時候出來的？

我從不曾在大白天夢遊，連一次都沒有。夢遊症狀都在半夜發作，而且只發生在童年時期。

也許……是我承受的壓力太大。莎賓娜說的話、命案、字條，以及覺得自己的諮商成果失敗……也許這些事對我衝擊太大。

也許我該找人談一談，這個人必須能協助我整理思緒、減輕壓力。

這個人必須能幫我釐清一切，尤其是查出那些字條到底是誰寫的。

14

八月十一日，星期日

今天是星期日，也是我享受的日子，唯一的目標就是百分之百放鬆。我可以看電影、看Netflix，或是烘焙糕點。此外當然還有每日固定行程，就是去公園散步。

星期日是屬於**我**的日子。我可以什麼事都不做，只專注於照顧自己的心理健康，讓自己喘口氣。

這就是爲什麼看見莎賓娜踏入我家走道時，我呻吟了一聲。

昨天莎賓娜傳來許多簡訊，還留了四則語音留言，但我都沒回應。我還沒調整好心情要跟她對話，今天當然不是時候。

我還有很多事情需要釐清。

例如，爲什麼昨晚我睡了十小時，今天還是覺得很累？

例如，寫紙條給我的人究竟是誰？

例如，我該如何處裡艾拉的問題，該和譚美透露多少資訊？我什麼都還沒跟譚美說，以致於內心罪惡感越來越重，這該怎麼辦？

現在我沒空去處理某人在昨天抒發完情緒和感受後，所產生的罪惡感。我通常不太容易被人冒犯到。我們生活在一個對人不友善、喜歡冒犯別人的社會裡，但我比較喜歡保持一種心態，就是每個人都有權利表達自己的感受和意見；然而相對來說，當別人不同意我的想法時，我也有權利忽視對方。這並不會使我不再被別人冒犯，但讓我有權利選擇自己的朋友。

莎賓娜站在我家台階底下，手上拿著一個加蓋托盤。

「我很焦慮，所以烘焙了很多點心。今天早上時間過得很慢，我的食材又剩下很多。」莎賓娜望著手上的托盤，而不是望向我。

她覺得難爲情。我可以了解。昨晚她跟我說，沒想到自己會說出那種話，眞是太可怕了，她需要跟我道歉。

「我沒生氣。」我在台階上坐下，並留下足夠空間給她坐。

她把托盤遞給我，我接過之後放在地上。

「妳絕對有權利生氣。」

我點了點頭。

「我昨天想了很久，就連我先生都說我說了不該說的話，這表示我眞的說錯了話。」她先生說什麼對我來說沒有意義，因爲我跟她先生不熟，只有在茶館裡見過幾次面、打過招呼而已，但我並沒有把心裡的想法說出來。

「丹妮爾，我最近太情緒化了，我好怕那些命案，也好怕凶手一直沒落網。我知道這不是藉口，但我讓別人說的話影響了自己，也認同了他們的觀點，這就像一種暴民的從眾心理……」

「人們眞的都那樣說嗎？」若眞是如此，那有需要尋求協助的人不是都慘了？這麼一來，沒有人逃得過公眾質疑，心理諮商也無法幫助到有困難的人。

我心裡想到艾拉。

「大家都很害怕啊，」莎賓娜用雙手上下搓揉手臂。「難道妳不怕嗎？」

恐懼這種情緒有許多層次，很多人不知道該如何處理。「我對自己的生命不感到害怕，但替這個小鎭感到害怕。」

莎賓娜點了點頭。

「而我信任警方緝捕凶手的能力。」我的口氣十分堅定，這似乎讓莎賓娜鬆了口氣，她的背部放鬆下來，口中呼出一口長氣。

「基本上妳是在叫我冷靜下來。」

「試試看不要給自己這麼大的壓力。人們去妳店裡可能是想喝杯茶放鬆一下，而不是被灌輸恐懼和聆聽八卦，妳這樣不是正好相反嗎？」

她似乎陷入沉思。

「我在想，也許可以爲被害人的小孩成立一個基金會來幫助他們。我們可以義賣一些特製甜點或特別茶品，把收入捐給基金會，妳覺得這個想法如何？」

我站了起來，轉身面對莎賓娜。

「我認爲這是個很棒的主意，用一種很好的方式來轉移大家的注意力，把注意力從命案轉移到小孩身上。如果我能幫得上忙，請跟我說。」

莎賓娜跟我一起站了起來，給我一個擁抱。

「所以妳原諒我了？」

我直視她的臉，並未立刻回答，只見她立刻斂起笑容。

「自從我們認識以來，妳對我總是實話實說。當我退縮時，妳叫我要走出去。當我說出愚蠢藉口時，妳把我拉出去。我喜歡跟妳做朋友。我們的友情不會因為彼此有不同看法，或是妳買下了我參與競標的書而有所減損。」

莎賓娜那不確定的笑容變得堅定了些。

「我也愛妳。」她勾起我的手臂。「妳知道，我很久沒來這裡了。這間房子看起來沒什麼改變，跟妳祖母住在這裡的時候一樣。我小時候會跟著教會唱詩班來這裡唱聖誕歌曲，妳祖母總是會在門口準備一盤餅乾給我們吃。」她的微笑充滿回憶，讓我覺得有點悲傷，因為我小時候從未在這裡度過聖誕節。

「我們竟然都沒見過面，眞是奇怪。」莎賓娜繼續說。

「我小時候不常來這裡玩，只記得有兩年夏天來這裡住了一星期。我成長的地方是在國境的另一端，而我父母付不起那麼多旅費。」其實這不關莎賓娜的事，我卻必須和她多加解釋。

她一定發現了我口氣中的不耐煩，因爲她把目光從我身上移到房子上，側過了頭，皺起鼻子。

我知道這房子看似有些年久失修，但屋頂不會漏水，蟲害也不多，只要稍微整修一下就能煥然一新。不過，目前我先把整修重點放在屋內。

「如果妳有需要，我可以介紹維修工人給妳。」莎賓娜說。我知道她一定會這樣說，這不是她第一次暗示我要整修這棟房子。

「妳上次介紹的工人名字還貼在我家冰箱上。」我還不急著要整修房子。「對了，這禮拜我們吃個晚餐好不好？我一直想介紹一個朋友給妳認識，會問她能不能一起來。」

莎賓娜的臉亮了起來。

「喔，我知道有一家餐廳不錯，名字叫做大禮帽（Top Hat），妳有去吃過嗎？幾個月前才開幕的。他們只接受預先訂位，但我認識他們的廚師，說不定可以訂到位子。」

「那就訂訂看吧。」

莎賓娜返回茶館之後，我終於又清靜了下來。回想剛才的對話，我是否原諒了莎賓娜的無心之言和衝動情緒？這是當然。但我無法忘記她說過的話，無法忘記她對尋求心理協助的人，所施加的批判和恨意。

現在我沒心情深入探討這些事，但終有一天我們得好好聊一聊。並不是每個來做心理諮商的人都很危險，但基本上她話中之意就是如此。

然而，我必須承認其中有些人確實有點危險。我立刻想到自己的三個案主，莎瓦娜、泰勒和艾拉。這三個人有著迥然不同的問題。艾拉曾經很危險，泰勒可能危險，而莎瓦娜出現的一些跡象讓我感到擔憂。

我收到的那兩張字條，代表有人知道我的案主當中有人是殺人犯，他們責怪我爲什麼不阻止凶手犯案。我發現字條指的應該不是艾拉的父母，它指的應該是凶手現在可以被阻止。這只可能意味著一件事。

他們認為莎瓦娜、泰勒或艾拉之中，有人犯下最近鎮上發生的命案。
但究竟是哪一個？

15

八月十二日，星期一

諮商個案：泰勒

我稍微研究了一下，發現有個治療師也許可以幫助我。她的評價很高，而且就住在鎮上。我跟她約了星期四的時間，平日我只有那天沒有排工作。希望我不會後悔做出這個決定。

我必須應付頭痛、壓力和那些字條，而且已經難以獨自招架了。通常我會跟譚美聊一聊自己的擔憂，但她最近壓力已經夠大，最好不要再給她壓力。

泰勒應該半小時內就會抵達。我一邊等他，一邊整理諮商室和打掃客廳，做些日常瑣事。

「萊克夫醫師？」我在廚房泡咖啡時，聽見有人叫我的名字。下午的天氣可能會變熱，冰咖啡是不錯的選擇。希望譚美晚上會過來，我很想跟她聊聊天。

「馬上就來，泰勒。」我倒了咖啡，加入奶油，前往諮商室跟泰勒碰面。

泰勒在諮商室裡來回踱步，從牆的一邊走到另一邊，雙手握拳插在口袋裡，臉頰上的青筋隨之鼓動。

「泰勒，你怎麼不坐？」

他在沙發上重重坐下，手臂擱在大腿上。

「你看起來很焦躁，」我說：「發生了什麼事？」

他用手指撥弄一頭亂髮。

「我犯了一個錯誤。」

我伸手去拿筆記本。「什麼錯誤？」

他的右腳開始抖動。「我知道妳說過不要這樣做，但我還是跟蹤了她。我不得不這麼做，她讓我別無選擇。」他又用手撥弄頭髮，接著又把頭髮弄順。「她如果發現的話一定會暴怒，但我還是決定放手一搏。」

「你什麼時候跟蹤她的？」

「昨天晚上。」他呻吟一聲，腳的抖動速度加倍。

「你說她讓你別無選擇，這是什麼意思？」

他跳起身，又開始在諮商室裡踱步。

「最近她不快樂。她只要不快樂，就會忙中有錯。」

我心想到底是什麼錯？我想開口問他，但決定還是先別問，說不定他會自己說出來。

「泰勒，記住，她是否快樂並不取決於你。」

「不對。」他一邊搖頭，一邊來回踱步。「我的責任是幫助她，讓她保持冷靜。如果我沒辦到，如果我失敗……結果一定會很糟。相信我，最後每個人都會付出代價。」

這是我們之間經常出現的對話。無論**她**究竟是誰，他必須讓**她**保持快樂。我們經常討論這個主題，但他始終無法接受那女人的快樂不是他的責任。

我得想別的辦法來幫助他才行。

「泰勒，你要不要先坐下？你可以把幫助她的方法列成一張清單，這樣會不會有用？」

他呼了口氣，釋放壓力，慢下腳步，呼吸也稍微平靜下來，聳起的肩膀放鬆了，不再緊繃。

「列一張清單，對，這會有用。」他坐了下來，這次翹起了腿。

我遞了紙筆給他。

「我們一起來列這張清單。」這樣可以讓他安坐在椅子上，也讓他覺得事情比較在掌控之中。

「什麼事能讓她快樂？」我問。

「小孩。」他毫不猶疑。「她想當母親。我們嘗試過……天啊，我們很努力地嘗試過。如果我能爲她找到一個寶寶……我已經……我的意思是說，我什麼都願意去做，只要能讓這件事發生。我知道她一定會是個很棒的母親。」他的臉上掠過一絲溫柔，看得出他對她的愛不只是需求，更是他的一切。

但他的用詞有點奇怪。**為她找一個寶寶**？他的意思應該是說爲她**生**一個寶寶吧？

「你們有去看過醫師嗎？」

「還沒。她還不想去看醫師。她比較想找一個小孩，一個適當的小孩，一個需要被愛的小孩，而不是自己生一個。」

那就是領養。未來我們可以討論這個主題。

我看著他寫下：**幫她找一個小孩來愛**。這句話的用詞和語法有點奇怪，但我不想介入他寫清單的動作。

他用筆敲打膝蓋，敲了好一會兒。

我不想提供建議。他需要自己想辦法，進而明白要讓她快樂，他可以做的事其實很少。

「我今天晚上要再跟蹤她一次。」他不停按壓原子筆。

「為什麼跟蹤她很重要？」

他舔舔嘴唇，又揉了揉鼻子，似乎無法保持不動。

「我必須知道發生了什麼事。我必須做好準備，以防萬一。妳不懂……妳不可能懂。」

對，我是不懂。我怎麼可能會懂？他總是不肯說出全部的事實。

我將筆記本放在大腿上。除非他放鬆下來，否則今天不會有任何進展。

「下次諮商你要不要帶她一起過來？」這不是我第一次提出這個建議。

「不，不。那……不行，她不會同意，現在還不行。」

「為什麼不行？」

他側過了頭，仔細看著我。「她說妳還沒準備好，但是快了。」

我還沒準備好？要準備什麼？

「**快了**是指什麼時候，泰勒？下星期？下個月？她是不是期待你在諮商中到達一定的進度？她是在期待什麼？」我無法不讓挫折表現在臉上。不管這女人是誰，她對泰勒療程的控制程度比我還高，這讓我開始感到生氣。

他不停眨眼，還瞇起雙眼，彷彿十分煎熬。

「我只能說，妳必須有點耐心。」他的話聲單調，面無表情。我朝旁邊彈了一下手指，而不是正對著他，只是想看看這樣會不會提高他的注意力。

「這樣沒有用。」他直接了當地說。我不明白發生了什麼事。他一下冷、一下熱，上一秒還需要我的幫助，下一秒卻把我推開。

「什麼沒有用，泰勒？」我問。

「這個。」他指了指自己，又指了指我。「妳應該要幫助我。爲什麼妳不幫助我？我應該要變得更堅強、更穩定、更能控制自己。妳承諾會做到這點的，妳承諾會幫助我變得更好。如果要讓她繼續待在我身邊，我就必須變得更堅強才行，但我還是跟以前一樣軟弱。」

責怪。我寫下這兩個字，筆記本呈傾斜角度拿在手裡，不讓他看見我寫了什麼。

「我沒有做過任何承諾，泰勒。你的進步都來自於自己的努力，我只能提供建議。如果你不聽從建議，那我也沒有其他辦法。」

他的眉頭漸漸蹙起。

「如果你認爲我們的療程沒有幫助，那我跟你道歉。」我從未這樣想過，但得知他的想法，只是讓我覺得自己更失敗而已。

我該如何幫助他？該如何努力？除了已經提出的建議之外，還能提供什麼方法？

他突然站起來。

「我得走了。她就快回家了，我也得回家才行。我答應她說我會在家。」

他走到門邊，握住門把，遲疑片刻。

「妳有幫助到我，萊克夫醫師。很抱歉剛才說了那些話。如果沒有妳，我絕對無法在她身邊待這麼久。妳做得很好，謝謝妳。」

然後他就走了，留我坐在椅子上，對他的臨別之言感到困惑不已。

剛才到底發生了什麼事？

一小時後，譚美來到我家。

「我只能待一下子，喝完咖啡就得回警局了。」她走進來，把我的信件放在桌上。

我看向那疊信件一眼。**天啊，拜託不要再有字條了。**

我倒了一杯冰咖啡，加入冰塊和鮮奶油，等譚美啜飲一口。

「有妳這個朋友，我眞是三生有幸。」

我微微一笑，很高興自己做的咖啡得到她的青睞。我在網路上找到一部影片，依樣畫葫蘆，用一種不同的方法來製作冰咖啡。

「對了，可以請妳幫個忙嗎？」我討厭做這種事，但只要想到泰勒和今天的諮商，就覺得越來越不舒服。

「悉聽尊便。」

「妳可以稍微調查我一位案主的背景嗎？他有些地方怪怪的。我對他了解不多，他不肯給我住址，只給了電話和姓名。我也不知道他在做什麼工作。」

「姓名和電話應該就夠了。妳需要什麼樣的資訊？」

我聳聳肩，並給了她資料。我其實一點頭緒也沒有，還希望譚美能給我一點方向。

「天啊，就是那個泰勒嗎？沒問題，我會去查。」她說。「我一直不明白當初妳爲什麼要接下他的案子。」

之前有天晚上我喝了點酒，對譚美提到泰勒。其實我不應該提的，事後也一直懷有罪惡感，但此刻那些罪惡感幾乎都消失了。

16

八月十三日，星期二

等了艾拉四十五分鐘後，我終於決定放棄。

原本希望我們能繼續上次討論的話題，爲什麼她會因爲自己的過去，而覺得應該對最近發生的命案負責？我並沒有過於擔心，過去她也曾經爽約，但要是能打通電話或傳個簡訊通知我就好了。

喝完茶後，我清理桌上爲艾拉準備的一盤杏仁餅乾，用渴望的眼神看著沙發。

我很想睡個午覺。昨晚我在床上輾轉難眠，後來甚至還嘗試喝了溫牛奶，希望有所幫助，但是才喝一口就覺得很噁心。也許該去附近的藥房問問是否有助眠的花草茶，我記得莎賓娜提過她晚上都會喝一款茶來幫助睡眠。

我不想服用任何太強烈而會導致昏睡的藥物，只要能幫助入眠就好。但最近我終於逼近臨界點，願意嘗試任何可以幫助入睡的東西。

我拿起錢包，鎖上前門，朝藥房走去。

對街的一個人影引起我的注意。

那是個身高和我相仿的女子，身穿夏季長洋裝，頭上綁著一條辮子，從我的反方向走去。她的背影看起來很像艾拉。

「艾拉！」我高聲喊道，聲音大到讓周圍的人都轉頭朝我看來。

女子並未停步，也沒四處張望，甚至沒對我的聲音做出反應。但我知道那就是艾拉。

她就在我家外頭，爲什麼不進來做諮商？

我又喊了一次她的名字，這次喊得更大聲，然後趁沒車時奔越馬路。

「艾拉！」我跑到她背後，又喊了一次。

她聽見我的聲音，倒吸一口氣，轉過身來。

「萊克夫醫師，妳嚇了我一跳。」她雙眼圓睜，面露驚嚇。

「我叫了妳好幾次，妳還好吧？」她的模樣讓我感到震驚，只見她身上的洋裝甚是骯髒，頭髮十分油膩，指甲底下還藏著黑垢。「今天早上妳沒來做諮商。」

她快速地眨了眨眼睛，看起來像剛從漫長的午覺中醒來，失去方向感，注意力渙散。

「是嗎？但今天是……」她聲音粗啞，環目四顧。「今天是星期二？」

我用手托著她的腰，領著她走到前方不遠處的公園長椅。

長椅上坐著幾個青少年，嘴裡嚼著口香糖，正在分享聆聽同一副耳機。

「抱歉，可不可以讓我們坐一下？我的朋友不太舒服。」

「沒關係啦，萊克夫醫師，我們可以去找別的椅子，我沒事的。」艾拉低頭看著人行道，臉上出現紅暈。

其他長椅都有人坐，不是老夫妻，就是母親帶著小孩。我眞的不認爲這幾個青少年會介意讓出位子才對。

但顯然我錯了。只見他們臉上露出難以置信的表情，看了看彼此，又看了看我，暗暗竊笑，然後才站起來。

「好啦，無所謂。」其中一人嘀咕著說。

「瘋婆子。」一名少女臨去前回頭丟下這句話。

「妳說什麼？」搞什麼鬼？

「沒關係啦，」艾拉咕噥說：「沒關係的。」她抓住我的手臂，阻止我追上去質問他們到底有什麼問題。

「抱歉，艾拉，讓妳無緣無故受氣。」我覺得既驚詫又尷尬，沒想到艾拉在公共場所竟然會被人如此對待。

「這不是第一次，也不會是最後一次。」她低頭看了看自己身上的洋裝。「天啊，我真是一團糟。我看起來像個遊民，或是在外面喝了一整晚的酒。」

「妳有喝酒嗎？」我從沒看過她這副模樣。

她搖了搖頭，同時試圖擦去裙襬上的污漬。

「妳今天早上去哪裡了，艾拉？」

「不知道。」

「妳說什麼？」我把頭靠向她。

「我不知道自己去了哪裡，我……」她皺起鼻子，又清了清喉嚨。「說不定是去整理花圃，或是……」她的聲音越來越小，又四處張望，眼睛搜尋任何可以激發記憶的物體。

她身上飄來一股奇特的味道。

「天啊，我身上很臭。」艾拉從長椅上跳了起來，雙臂緊緊抱住胸部。

「聽著，跟我回家，我拿衣服給妳穿，妳還可以洗個澡，然後我們再一起釐清妳去了哪裡，這樣好嗎？」

我們慢慢朝我家走去，一路上我說著漫無邊際的話，只爲了先不讓艾拉去想她到底去了哪裡，還有她爲什麼會是這副模樣，以及爲什麼喪失了記憶？

我不去理會路人投射來的眼神，以及路人閃避我們的樣子。我什麼都不理會，只專注在艾拉身上。

回家之後，我帶她穿過諮商室，直接走進浴室。我借給她一套很少穿的夏季洋裝，然後等她洗完澡。

她問可不可以在陽台上喝甜茶，我想都沒想就答應了。今天我打算全力協助艾拉。

「妳覺得怎麼樣？」我們就坐之後，我如此問。

艾拉沒有回答，只是看著一隻大黃蜂在盆栽之間飛行。

我沒有給她壓力，而是稍微閉上眼睛，讓夏日的聲音滲入身體，聆聽暖風吹拂樹葉的溫柔窸窣聲，以及對街公園裡孩童在遊樂場嬉戲的歡笑聲。

「我想自己是去垃圾桶尋寶了吧。」最後艾拉說，聲音中帶著一絲驚訝和笑意。我完全沒料到她會是這個反應。

「垃圾桶尋寶？那有找到什麼寶物嗎？」我張開眼睛，正要露出微笑，卻發現她沒在看我，而是低頭看著自己的指甲。

「以前我常跟我爸做這件事，」她說：「只不過是沿著老農莊附近的道路開車，查看他們有沒有把東西扔在車道上。我們家的第一張沙發就是這樣撿來的。我爸發現一個老人把他家沙發抬出來，放在路邊，所以就停下車，接收那張沙發。他雖然說要付錢，但那老人堅決不收。」

我在腦中想像那個畫面，因爲多年來我也常在人家的二手物品中尋寶。

「我小時候也常做這件事，」我分享自己的經驗。「但我們是在鎮上開車，我爸會收集故障的除草機、收音機或檯燈，拿回家修理，重新上漆，或好好清潔一番，然後再賣出去。」

艾拉臉上的笑容充滿追憶之情。「我的童年沒有很多快樂回憶，但我永遠不會忘記這個。」

「有時我們只需要快樂回憶就夠了。」

「我比較喜歡假裝根本沒有回憶，這樣比較輕鬆。」她玩了玩玻璃杯上的水珠，然後啜飲一口甜茶。

「爲什麼？」我很高興她談及了過去。

「因爲我會覺得停不下來，妳知道的。我沒辦法只停留在快樂回憶裡，會一直把它們推開，直到不快樂的記憶浮現。也許我只是想合理化自己做過的事吧？我也不知道。」她低下了頭。她頭上的辮子已經梳開，頭髮垂落而下，遮住面容，讓我看不清楚她的表情。

但我聽出了她的心情。

「艾拉，我們很久沒談這個主題了，但妳是否原諒父母對妳做過或沒做過的事？」眞希望剛才有把筆記本帶出來。

她搖了搖頭，長髮掃過大腿。

「如果原諒他們，就得原諒自己，而我做不到。」

「爲什麼？」

「因爲我不値得。一日殺人犯，終生殺人犯。那種原諒只會發生在《聖經》或童話故事，不會發生在眞實世界。」

聽她說出這種話，讓我感到難受。原來這就是她的生活，她每天都抱著這種烏雲罩頂的心情在過日子。無論她做什麼來贖罪，無論她做多少諮商，她永遠都會被視爲這種人。

一個殺人犯。

我不願意去想那句話，但它一直縈繞在腦海中。

一日殺人犯，終生殺人犯。她會不會根本沒改變呢？

17

八月十四日，星期三

諮商個案：莎瓦娜

明天我將坐在治療師的沙發上，講述自己的困難和憂慮，但今天的時間屬於莎瓦娜。

上次莎瓦娜來坐在我的沙發上時，她承認自己想殺死父母。

那次諮商結束後不久，她的母親來找我，要我停止探索這個話題。

莎瓦娜對我說過的話之中，最讓我震驚的莫過於那句。

「我們可不可以聊聊上次結束前妳說的那句話？」我看著手中的筆記本，再次閱讀那句話，感覺胃像是打了個結。我努力解讀那句話背後的涵義，看入沙發上這位少女心中的恐懼和痛苦。

「妳是說我想殺死我爸媽？那句話怎麼樣？」她顯然在挑戰我。這是我頭一次感到無論我們開闢哪一個戰場，我都必輸無疑。

她記得我們討論過的話題，這並不讓我感到訝異。

「我不相信妳眞的想殺死他們。」

「我想不想做什麼，輪不到妳來告訴我。」如果她的舌頭是一把刀，那麼她已將我一分爲二。

「的確輪不到我來說，但我還是可以指出妳並未對自己誠實。」

她臉上的表情顯然是說：妳去死啦。

「如果我說錯了，請妳告訴我。」我在這盤心理西洋棋中犧牲了一個士兵。

「妳說錯了。」她抬起下巴，像是在看我敢不敢背叛自己的羞愧。

我眨了眨眼，又眨了一次。當我眨下第三次時，終於想到自己要說什麼。

「妳嫉妒那些父母親被殺害的小孩，因爲他們現在都變成孤兒了。我想上次妳是這樣跟我說的，對不對？」儘管心中有很多情緒，我依然微低下頭，放鬆肩膀，做出莎瓦娜的身體反應相反的姿態。

我已經挑起她的防衛心。她不確定事情會如何發展，因此以平常最熟悉的方式來回應。

她聳了聳肩。

「我是個很可怕的人，對不對？」

我打了個哈欠。

她皺起眉頭。

若不是現在兵凶戰危，我看見她對我的故作姿態而做出這反應，肯定會噗嗤一聲笑出來。

我眞心認爲莎瓦娜會殺死自己的父母嗎？其實不然。但是面對她，我絕對不能認爲自己的假設是正確的。

「我想殺死我爸媽，那又怎樣？對大多數的青少年來說，這不是很正常嗎？」

「正常?那可未必。一般來說，青少年會迫不及待想搬出家裡，而不是殺死父母。」

她翻個白眼，十七歲少女的典型動作。

「那我不正常，去告我啊。」

莎瓦娜是個問題少女，幻想自己能過更好的生活。她父母有一段時間非常怕她。我承認自己也曾經害怕過，因爲發現她內心的黑暗面可能很危險。

她過去對於父母虐待和忽視她的指控，以及認爲自己痛恨父母一事，這些其實都來自於她的幻想。後來我教她做冥想練習，那些幻想才不再那麼猖獗，或至少我這麼認爲。

莎瓦娜十分聰明，她知道如何在自己周圍玩弄這些把戲。當初我也曾被她矇騙過去，後來才發現那只是她自己的妄想。如今她父母已自願接受藥物檢驗，也會有人不定時去她家檢查。據我所知，很多父母不願意做到這種程度。

「再過不到一年，妳就要畢業了，莎瓦娜。這只是暫時的。」

「妳是說我得忍受那些虐待，只因爲它是暫時的?這種說法也太低劣了吧。」她靠上沙發，臉上露出得意的笑容。

「莎瓦娜。」我不想跟她玩這個遊戲，諮商時間不應該浪費在脣槍舌戰上。

「好，隨便啦。」她用手轉動頭髮，將頭髮緊緊纏繞在手指上。「不過妳有沒有興趣知道，我最近常上圖書館。我看過網路上每一篇關於命案的文章，還有最近報紙上的命案新聞。我可能是唯一知道兇手爲什麼只殺害父母、留下孩子的人。」她一股腦地說出這些話，越說越興奮。我直視她的雙眼，不是很喜歡她眼神裡迸發的火花。

玩火是一件危險的事，只要有一點火星，或是一陣微風吹過餘燼，火焰就可能熊熊燃起。我對一個活在妄想中的人撥弄偏執之火，很可能會是火上加油。只要一個不小心，就有可能像飛蛾撲火，被捲進她妄想偏執的漩渦之中。

「我把注意力放在別的事情上，妳不是應該覺得高興才對？」她用挖苦的口吻說。

「但妳是跑去研究連續殺人犯。」

她又聳了聳肩。

「抱歉，我看不出這當中的關聯。」我說。

「爲什麼我就不能快樂？我爸媽不滿意我所做的一切。他們應當愛我的，但他們沒這麼做。他們總是把**注意力**……」她強調這三個字。「……放在自己身上，那我爲什麼不行？」

注意力。我寫下這三個字，底下還畫了好幾條線。

「把自己放在第一位，或關注自己是否快樂，這些並沒有什麼錯。」這個主題我們過去討論過。「我只是看不出熱衷於研究命案，跟把自己放在第一位有什麼關聯。既然妳提起這個話題，我想我們應該找出更健康的方法，妳說是不是？」

「只要他們還活著，我就永遠不可能健康。」她瞪視著我，雙手握拳擺在腰間，看我是否膽敢提出反對意見。

「他們死了妳才能快樂。」我替她直接解釋。

「還有自由。」

「所以他們死了，妳才能快樂和自由？」

她翻個白眼。「我就是這個意思啊。」

「我只是想確定有充分理解妳的意思。那麼，妳對於實現這件事有擬定任何計畫嗎？」如果她有傷害父母的一丁點可能，我就會通知有關當局。以一到一百的量表來說，我認爲她會動手的可能性有二十五分。從她過去的行爲史來看，這個比例是相當高的。

她沒有回答。

「莎瓦娜，」我把筆記本放在桌上。「妳有任何計畫嗎？不要忘了，這個地方對妳來說很安全。」

我開始有點擔心了。

她重重靠上沙發，肩膀壓入沙發織布，將我和她的距離盡量拉開。

「妳自己說過，」她嘲弄我說的話。「妳不相信我說的，他們確實有嚴重虐待我。」

她的父母有虐待她嗎？沒有。她說得沒錯，我不相信她。我只相信她覺得自己過得很糟，所以傾聽她的心聲，試著幫助她創造一個自己能夠掌握的生活。

「一直把注意力放在生命的黑暗，很容易就會看不見光明面。我們在這裡，就是試著幫助妳看見生活中的光明。」

「隨便啦。」她咕噥說，啜飲一口茶，表現得像是個任性的小孩。「不過妳老實跟我說，妳會不會覺得連續殺人犯的心理很有意思？」

「有意思？我不會這麼說。我覺得用複雜來形容比較貼切。」

「複雜，妳說得對。以我來說，我就很像是道謎題對不對？妳覺得這是先天還是後天的問題？

或者……」她的聲音越來越小，我不確定她是不是在煽動我。

我決定放棄，陪她玩這場遊戲。

「我覺得先天和後天的問題很有意思。」我坦承道。究竟偏差行爲是壞基因所形成，抑或後天教養所導致？人類是否可以改變自己的傾向，或者總是被命運捉弄？

「人生和選擇有關，莎瓦娜。我們所做的選擇定義了我們。」

「但究竟是命運引領我們去做決定，還是世界上眞的有自由意志這種東西？就拿上帝來說吧，」她眼中的火光再度迸現。「我爸總是稱頌上帝是全知全能，若眞有這麼一回事，那祂應該老早就知道我們會做什麼決定，那還有什麼自由意志可言？」

我不確定上帝爲什麼會出現在我們的話題中，但我並不意外。莎瓦娜的說話和思考方式本來就頗爲跳躍。

「妳認爲呢？」

「我認爲我爸滿口胡言。」

我讓這句話在我們之間沉澱很長一段時間。

「有可能，」我說：「但原因是什麼？」

「他只會滔滔不絕地講一大堆宗教屁話，什麼神愛世人之類的。言語是沒有意義的。他自己都沒有活出信仰，憑什麼我要相信他說的話？」

她的話聲中再度出現任性的少女，這少女非常想得到父親的愛，卻又不敢承認。

「父母總是會令人失望，莎瓦娜。他們不是完美的。」

「這有什麼關聯？」她的目光從我的雙眼上移開，站了起來。「我知道他們不完美。」她推開窗簾，往外看去。「每次來這裡，我都這樣跟妳說。」她在窗戶上畫了個圖案，手上的皮脂在玻璃上留下污漬。我分辨不出她畫了什麼。「但他們也絕非什麼僞裝成父母的該死天使。」

我的腦海閃過她這句話所構成的景象：一個美麗又怪誕的天使張開雙翅，每根羽毛都染上鮮血。

我打了個冷顫。血淋淋的景象從腦中的天使轉移到站在窗前的天使。陽光穿過窗戶，在她頭部周圍形成光暈，並在她肌膚上投下朦朧的紅色光影。透過窗戶反射，她露出「我知道我很邪惡」的笑容。我吞了口口水。

非常用力地。

危險量表的分數瞬間跳升，跳到了四十或四十五分。

「妳……」我清了清喉嚨。「妳今天有什麼計畫嗎？」我從桌上拿起筆記本。

「有什麼計畫？」她轉過身來，臉上露出疑惑，表示不明白我問這句話的用意。

「妳在諮商結束、離開這裡之後，要做什麼事？妳想要討論方法和策略去……」我停頓下來，沒把話說完，希望她能接下去說。

「我要去圖書館。」她低下了頭。「我要去研究命案、研究殺人犯的心理，找出什麼會激起他們的興趣，還有他們爲什麼能做出那種事。」

一聽她要去圖書館，我心裡不免高興一下，但她選擇的主題似乎不太理想。

「妳覺得自己上大學以後，會想攻讀相關領域嗎？」我沒有那麼天眞，只希望在她心中播下種子，希望有一天她會改變方向。

她聳了聳肩。

「莎瓦娜，我在每次諮商裡只容許三次聳肩，妳知道的。」她已經用完額度了。「請用言語表達。」

她的眼睛睜得比遊樂園裡的摩天輪還要大。

「好，可能吧，誰知道呢？」她走回來坐在沙發上。「我正在學習，我以爲妳會覺得高興。」

我不會用高興這兩個字來形容。

「我比較喜歡健康一點的主題。」

她又翻個白眼。「例如說自我覺察嗎？研究是一件好事啊。」

這個用詞很有趣。**研究**。研究什麼呢？

「我舅舅會來鎮上。」

她舅舅？

「因爲我爸媽要去度假，他們需要放個假，遠離**當父母**的壓力。」

我不只感到驚訝，更覺得十分震驚。她父母要出遠門通常都會先來跟我討論、事先計畫，因爲他們不在時，莎瓦娜每天都會來我這裡，但她父母對此卻隻字未提。

她父母也沒提過這位舅舅要來訪的事。

「妳舅舅應該會住在妳家？」

她的嘴角泛起一絲微笑，我知道她很想忍住不笑。

「我應該跟妳提過他的事吧，他每隔幾年就會來我家。他在某間大公司當顧問，每次他來造訪，我爸媽就會把握機會趕快出去玩。」

我寫下這件事，並注記要和莎瓦娜的母親追蹤這件事。

「反正呢，妳想不想進入殺人犯的心靈，對那些從來沒人提出過的問題一探究竟？」

我想回答「是」。我確實感到十分好奇，卻不太願意承認，因為眼前這位十七歲青少年並不需要知道這件事。

「看來妳很有興趣，所以才一直提起這個話題。那我問妳，妳認為那些問題是什麼？」我反問。

她思索片刻，用食指輕點下唇，目光在諮商室裡游移，但並未聚焦在任何事物上。

「莎瓦娜，」我打斷她的思緒。「剛才妳提到對最近的命案有些想法，妳想說說看嗎？」

她坐直身子，下巴微抬，嘴唇張開形成微笑，笑中充滿……不能說的祕密。這讓我頗為不安。

「凶手正在練習。」

「練習什麼？」我沒料到她會這麼說。

「我的推論是，」她的臉龐散發光彩，彷彿內心正在哈哈大笑。「凶手痛恨自己的父母，因此正在練習殺人技巧，直到有勇氣殺死自己的父母。目前凶手下手的目標都是不配當父母的人。」

我一個不留神，重重嘆了口氣。

「怎麼了？我的推論有什麼問題嗎？」她聽起來很受傷，因為我竟然沒誇她聰明。

「推論就是推論，推論是沒問題的。我只是在想，會不會還有其他原因？」

「何必要做出超過事實範圍的推論呢？凶手痛恨自己的父母，想要置他們於死地，所以最好的方式是確保自己有辦法一次得手，否則只要出差錯，就會被關進瘋人院或監獄。」

她說這些話的樣子就像在對自己說話，提醒自己這件事。

我不喜歡這樣。

「莎瓦娜，如果妳喜歡研究心理學，我可以推薦一些個案讓妳去圖書館查資料，這總比妳去看連續殺人犯的自傳來得好。」

她抬起雙臂，伸個懶腰，站了起來。

「爲什麼？」她邊問，邊彎下了腰，臉幾乎貼到膝蓋上。「我對這些命案很感興趣。還記得我想問的問題嗎？我已經想過了，我想知道凶手記得的第一個殺人本能是什麼？它是何時開始出現的？是不是像人家說的，從虐待小貓和嘲笑殘障人士開始？他們是不是從小就很邪惡？又或者他們曾經善良，即使是很短暫的一段時間？嬰兒是不是邪惡的？嬰兒可以是邪惡的嗎？諸如此類的。」

「嗯。」我沒說話，只是發出嗯的一聲，但她明白我的意思。

「也許我應該攻讀心理學，鑽研頂尖知識。」她的笑容充滿譏刺之意，似乎是說：**我沒有妳想得那麼笨**。

不，她絕對不笨。

「那妳問過自己這些問題嗎？」我繼續提問，她坐回到沙發上，盤起雙腿。「妳記得小時候的自己是什麼樣子嗎？」我問：「記得自己第一次發脾氣嗎？妳小時候是不是很難搞？」我還沒來得及收口，問題就如連珠炮般脫口而出。我不假思索，也沒考慮她聽了會作何感想。

但這些問題只是一般性的問題，普通人不會有嬰兒或幼童時期的記憶。當然，我也不認爲她有犯下命案的能力。

應該是吧？

「爲什麼要這樣問？妳認爲我天生就有殺人傾向嗎，萊克夫醫師？」她的雙眼閃爍黑色光芒。

我看著她的神情，手臂不禁泛起雞皮疙瘩。

這時計時器響起，打破了魔咒。

「時間到了，醫師。」

隨即她就離開了。

回憶 18

我覺得很冷、很餓、很害怕。

我用雙臂抱住自己，身體不停顫抖，但依然一步一步繼續往前走，逐漸遠離他們。

我心中只有一個念頭，就是遠離他們。

我被禁足了，因為媽媽回家時心情很糟，而爸爸依然不在家。

爸爸上禮拜出門工作，下下禮拜才會回來。

家住鄉間，卻還離家出走，這主意真是爛透了。

一路上看見的除了牛還是牛，臭味撲鼻而來，田野上吹過一陣又一陣的寒風。

我應該穿一件厚一點的毛衣，但其他衣服都還沒洗，身上這件是衣櫥裡唯一的外套。

後方傳來低沉的轆轆聲響，接著是一聲長長的喇叭聲。

真的假的？

我沒回頭，不想確認是不是他追上來。

我走在路中央，一步一步往前走。

他距離我多近了？我會不會感覺到背後傳來卡車引擎的熱氣？卡車會不會撞上我的腿？他應該不敢把車開得離我這麼近吧？

沒錯，他是個孬種。他只是把車開到我旁邊，降下車窗，朝我的方向彈了彈菸灰。

「我要去鎮上，」他說：「要搭便車嗎？」

我繼續往前走，面向前方絲毫不轉頭，避免讓他看見我臉上的訝異表情。

他要載我去鎮上，而不是載我回家？

媽媽知道我離家出走嗎？

「別這樣，小螢火（Firefly），上車嘛。我們可以去吃冰淇淋，去鎮上兜風，打開車窗，大聲聽音樂。我們可以大玩特玩，妳覺得如何？」他在車門上拍了兩下，把車停下。

我繼續往前走，但轉過了身，小心翼翼地倒退走著。

「你為什麼要叫我小螢火？」我一直很想知道這件事。

「妳只要上車，我就告訴妳。」他眨了眨眼，我不禁微微一笑。毫無疑問，他知道這招一定會成功。

「好。」我收起臉上笑容，只見他哈哈大笑。

「我媽知道嗎？」我爬上了車，關上車門後接著問。

「妳在說笑嗎？妳媽如果知道妳離家出走，一定會發飆。」他把卡車往前開，卻又踩下煞車。

「想開開看嗎？」

「什麼？我不能開車！我還沒成年，再說……」我的雙腳朝空中踢了踢。「我根本踩不到踏板。」我看了看自己的腳，又看了看他雙腳踩踏的位置，就知道自己的腿不夠長。

他在座椅上往後挪動，在雙腿之間空出一個位置。我突然感到腹部一陣騷動，猶如腹部有一對被關在玻璃罐裡、試圖爬出來的金龜子。

「來吧，妳知道自己也想開開看。我們開到停車標誌那邊就好，妳說呢？」

「如果被我媽發現，她一定會殺了我們。」我跨越座椅，爬了過去，坐在他的雙腿之間。我坐得有點不舒服，但他握住我的雙手，引導我握住方向盤。一時之間，我把一切都拋到腦後，專注遊玩。

我在開車！車速很慢，我把車子開得左搖右晃，這才發現要讓車子直行，雙手其實不必有太大動作。

他哈哈大笑，我也哈哈大笑。這是我體驗過最好玩的事情了。

一如他所說，我只把卡車開到了停車標誌的位置。

「真是太棒了，」我的嘴角忍不住上揚。「但這件事千萬不能告訴我媽。」

「天啊，當然不行，不然我們一定會惹上大麻煩。」

舅舅總是知道怎麼逗我笑，這感覺很好，因為媽媽只知道怎麼惹我生氣。

「這是我們之間的小祕密。」他說。

「其中一個小祕密。」我伸出小指，跟他勾了勾手指。

我望向窗外，看著剛才經過的農場，心想我還得再過好幾年才能逃離這一切。我的年紀還很小，但知道自己的人生絕不應該在農場度過。

「所以你為什麼要叫我小螢火？」我望著田野、穀倉和農舍，只覺得頭有點暈。我的視線離開窗外，轉頭望向他，等他回答。剛才他答應過要回答這個問題。

「從妳很小的時候開始，妳就是我生命中唯一的光亮。我等不及要看妳長大成人、展翅高飛，因為我知道，妳注定要超越這些……」他揮了揮手。「超越這一切。妳的內心深處有一團熊熊火焰，沒有人可以把它熄滅。我只想靠近那團火焰，幫助它繼續燃燒。」他看著我的眼神，就像以前爸爸看媽媽那樣。金龜子再度在我的腹部騷動起來。

我不知道該說什麼。

他伸手握住我的手，將我的手緊緊握在手心。

每當我想到自己的家庭，舅舅總是其中的一份子。自從我五歲那年他來我們家住，他就一直是我們家的一員，而爸爸卻只會離開這個家。爸爸替一家卡車公司工作，只為了賺更多錢回家，好讓媽媽不必那麼辛苦，但他總是不在家，而我們也總是缺錢。

總之媽媽是這麼說的，她老是以為我沒在聽。

「妳說呢，小螢火？妳願意讓我激起心中的那團火焰嗎？」他放開我的手，捏了捏我的大腿。

「家裡好像只有你關心我。」我在座椅上盤起雙腿。他的手從我的大腿上方滑到內側，並停止不動。

「我愛妳，我會永遠愛妳。」

我知道爸爸不喜歡舅舅常來我家。

他說舅舅太溺愛我，這樣太不自然、太不健康。

我知道媽媽一點也不這麼認為。

她說舅舅和我這麼親近是非常自然的。

但從來沒人問過我有什麼感覺，也許他們認為我還不夠成熟，不應該發表自己的意見。

沒有人了解舅舅和我之間的關係。他是我真正的家人。真正的家人會無條件地愛對方；真正的家人會接受彼此，不會拋棄對方。

真正的家人會把孩子優先放在自己的需求之前。

學校要我們寫下最愛家庭的哪一點。我花了很長時間思索自己最愛家庭的什麼地方，最後才發現我有個舅舅。舅舅會逗我笑，讓我相信自己對他來說很重要。於是我便如實寫下。

舅舅放棄自己的人生，搬來我家住，只為了照顧我，好讓媽媽去上班。他放棄自己的工作和朋友，而且維持單身，只為了照顧五歲大的外甥女。

爸爸由於工作的緣故，一出門就是好幾個星期。

媽媽的工時很長，回家總是精疲力竭、大吼大叫，很少陪伴我。

這不叫做愛。

等我長大、有自己的家庭，我會把孩子放在第一順位。我會犧牲一切，只為了讓孩子知道我愛他們。我會當一個比我媽更稱職的母親。

我們開車到鎮上，買聖代冰淇淋來吃。

「要跟我說說妳為什麼離家出走嗎？」舅舅問著，我的嘴巴正好滿口都是冰淇淋。

我連想都不用想就能回答。

「有時我好恨她，你知道嗎？她認為人生很苦，但她從未想過自己的痛苦人生會如何影響我。我總是得想辦法逗她開心，你知道這一點也不好玩嗎？」我又往嘴裡送進一大匙冰淇淋。

舅舅用他手中的湯匙輕輕敲打我的湯匙。

「照顧她不是妳的責任，小螢火。妳得停止去想讓自己照顧她。」

「對，說得好像這行得通一樣。」我把熔岩巧克力醬攪拌到冰淇淋裡。「我就是因為這樣做，才會被她禁足。」

媽媽回家時我正在看電視。她為了訓練新進人員，所以加班到很晚。這又不是我的錯。但很顯然地，沒有幫她煮晚餐、沒有在餐桌上擺好餐具，以及自私地坐在沙發上看電視，這全都是我的錯。是我不懂得感恩，只想到自己，沒顧及她會有什麼感受。

我告訴她說，也許她該表現得像個大人和母親，而不是期待我當她的母親。

這句話換來我臉上熱辣辣的一巴掌，以及一整個星期的禁足。

好像禁足會有什麼差別似的，我本來就毫無生活可言。拜託，我可是住在這座鳥不生蛋的鄉下地方。

「小螢火，我就在這裡，我支持妳，我也是來幫忙妳母親的。她的心靈不是很堅強，她從小就不是個堅強的孩子，我總是得照顧她。妳知道，我們的父母很……很忙，就像妳的父母一樣，所以照顧妳媽的責任落到了我的身上，晚上我都得照顧她吃飯洗澡，還有哄她上床睡覺。」

這讓我感到難過。我不是替媽媽感到難過，而是替他感到難過。

「那誰來照顧你？」

他聳了聳肩。「也許有一天我會找到一個很愛我、願意照顧我的人，但是在那之前……」

這下子我真的覺得很難過了。

我把頭靠在他的肩膀上，抱住他的手臂。

「在那之前，」我說，臉上露出燦爛微笑，抬頭看著他。「你還有我。」

他倚身向前，在我額頭上親了一下。

他比我的父母更愛我。

我們回到家時，媽媽已經睡了。

如果她發現我不在房裡還依舊能倒頭呼呼大睡，那只代表她一點也不在乎我。

說不定她根本沒去我房間查看，畢竟她已經把我禁足了。

如果舅舅沒注意到我離家出走，可能要到明天早上才會有人想到我。

至少他愛我，所以他想到了我。

19

八月十五日，星期四

我坐在布朗（Brown）醫師的諮商室裡，心想自己來這裡會不會是個錯誤。

也許是我判斷錯誤，或者反應過度？或許事情其實沒我想像的那麼糟？

我從不曾對自己和自己的直覺如此不確定。

只見前方的書架上擺著一塊黑板，黑板上寫著幾個字。

深呼吸，數到三。

好建議。

但不論深呼吸多少次，數字數到多麼大，我的雙手都無法停止顫抖。

我伸手在褲子上擦了擦，再把兩手塞到大腿底下。手汗在褲子上留下水痕，我噁心地皺了皺鼻子。

鎮定下來，丹妮爾。我不該這麼緊張的，但我已經很久沒坐在諮商室的這一邊，難怪會這麼反應異常。

我的新心理治療師布朗醫師，此刻將一本筆記本緊緊抱在胸前，正在低聲和門外的人說話。

我假想她和我一樣溫暖、親切、鼓舞人心、不加批判。

「一切都還好嗎，丹妮爾？」她的聲音甚是溫柔，和冷硬外型不甚搭調，讓我頗感驚訝。她是位年長的女子，頭上有著一綹綹白髮，衣著光鮮，腳上穿著黑色低跟女鞋。我做過功課，知道她是本地備受推崇的心理治療師，而這正是我所需要的。

「妳的諮商室很漂亮。妳在這裡開業很久了嗎？這個房間可能需要增添一點色彩，也許在牆上掛幾張照片，或是放一、兩株盆栽？」我像個牙牙學語的幼兒，說出一連串不著邊際的話，嘴巴就像一台故障的口香糖販賣機，不停地把話語吐出來。

該死、該死、該死。

如果再繼續表現得像個菜鳥，她一定不會把我視爲是一個堅強又穩定的專業心理治療師。

「這間諮商室是新的。我們以前的辦公室在皇宮巷（Palace Lane），就在鎮上的另一頭，但那棟大樓很老舊，上個月還有好幾條水管爆裂，所以就先搬到這裡來。我還沒什麼時間裝潢。」她環目四顧，似乎第一次發現這間諮商室很陽春。「聽妳這麼一說，放幾個盆栽或新抱枕的確可以讓空間柔和一點。」

我的肩膀稍微放鬆下來，心情也不再那麼緊張，但也只是稍微和緩一點而已。

她從門外接過兩個杯子。我表達謝意，並接過其中一杯茶，用汗濕的手指緊緊抓住杯子。

我舉起茶杯，啜飲一口。茶並不燙，只是微溫，但已足夠。

過去這一星期來，我就像是被冰凍在冰塊裡，寒意滲入骨頭，沒有任何東西能溫暖我。

「妳去過瘋帽客茶館嗎？」我問道，假裝自己沒有表面上那麼緊張。「我認識老闆，如果妳有特別喜歡的茶款，她可以幫妳訂。」

布朗醫師的眼中放出光彩。「我的茶就是在那裡買的，」她說：「我很喜歡那家店，裡頭擺了很多書，裝潢很溫馨，而且老闆娘親手做的司康鬆餅很好吃。」

我們相視而笑，都因爲有了交集而感到開心。我胸口緊箍的老虎鉗鬆了開來，坐下時，心裡的不安也幾乎消散。

這時我看著她，頓時覺得可以信任她。我可以說出自己的恐懼和擔憂，她不只會傾聽，還會幫忙。

「妳感覺如何，丹妮爾？」

我咬住嘴角，思索該如何回答。

最初的時刻十分重要，日後的諮商都會以此刻作爲基礎，它的重要性往往超過案主的認知。

這時我眞希望自己是一般的案主。

「妳會評估情緒嗎？妳是用數字、顏色，或是……」我知道方法有很多種，但這時我絞盡腦汁卻一個也想不起來。

她搖了搖頭。

「先暫停一下。這是個很安全的地方。現在妳感到緊張不安，而且自我意識感高漲，這我可以理解，但先試著放鬆下來。」她靠上椅背，雙手交疊在大腿上，面露微笑，宛如一隻準備猛撲的貓。「放開糾結在腦裡的思緒和問題，我們只是兩個女人坐在這裡聊聊天，妳覺得這樣可以嗎？」

我十分驚訝，揚起右眉，使得眉毛被凌亂的劉海蓋住。

她輕笑幾聲，聲音十分溫柔，而且裡頭不帶批判，反而充滿了解。

「我知道，」她說：「兩個女人在諮商室裡聊天，這不是一般人開始一段關係時會採用的方式，不過呢……妳會在這裡，是因爲妳需要一個可以信賴的人，想跟這個人說一些心裡話，而妳選擇了我，我感到十分榮幸。」

榮幸？我沒有勉強擠出笑容，只是點了點頭。我會在這裡，是因爲自己犯了錯，因爲我難以應付一個案主，而且渴望聽見有人說我沒有過度反應。

「所以妳現在覺得如何，丹妮爾？」

我把卡在喉嚨、宛如長了尖刺般的壓力球吞下去，說出腦子裡閃現的第一個念頭。

「老實說，覺得有點頭痛。我感到有點不安，而且……」我的目光在諮商室裡搜尋，彷彿要說的話就藏在隱形的書本裡。「……不舒服。」

她記下筆記。「很遺憾妳覺得頭痛，妳常頭痛嗎？」

我聳了聳肩。我每天都在頭痛、經常性頭痛，腦袋老是覺得快要爆炸。然而當你說出這種話，人們總是會用異樣的眼光看待你。

「算是很常。我會吃泰諾（Tylenol）止痛藥，它可以舒緩一點頭痛。」

「除了吃止痛藥，妳有沒有試過其他方法？像是瑜珈、按摩、冥想或精油？」

我伸手搓揉脖子上戴著的金色小十字架。十字架的邊緣一直摩擦肌膚，讓我覺得很不舒服。

「這些我都嘗試過，但好像都沒什麼用，可能是因爲壓力大的關係吧。」我望著地板，嘴角微微上揚。「這就是我來這裡的原因。」

一般人對於承認自己壓力大不會有什麼問題。

但我不是一般人。

我是受過訓練的心理治療師，應該要能承受得了壓力才對。我知道關於壓力的典型症狀，也了解人與人之間的界線，更懂得該如何減輕壓力，但……我還是來到了這裡。

我知道有哪些方法可以使用，但我使出渾身解數，仍然沒有一種方法能奏效。我就像一隻騎在鱷魚頭上過河的老鼠，鱷魚即將把我拖進湍急河水中，我即將面臨滅頂之災。

「有壓力是正常的，丹妮爾。就算是最頂尖的心理治療師……」她頓了一頓，用力呑口口水。「……也會陷入壓力的泥淖。很遺憾妳今天頭痛，我們會讓這次諮商盡量輕鬆一點，好嗎？在開始之前，有什麼能夠幫助妳放輕鬆嗎？妳希望把窗戶打開，或者要再喝點茶？」

我用手指撫摸脖子底部，並用力按壓肌肉組織，希望稍微釋放壓力，因爲在這裡坐得越久，壓力就累積得越多。

「這樣很好，謝謝。」

我們兩人陷入沉默。她伸手去拿檔案夾，我拿起自己的筆記本，翻了幾頁。

我心跳加速，額頭冒汗。我試著讓呼吸淺一點，使得鼻孔張開，但胃裡的那一窩蛇卻讓我覺得反胃。

「在開始之前，我想先跟妳說，我完全了解妳今天的感覺。」布朗醫師微微一笑，闔上檔案夾，放在桌上。「我也曾花很多時間坐在諮商室的沙發上，只能信任一個素昧平生的陌生人，向對方說出我羞於承認的事實。這個地方很安全，丹妮爾。」她傾身向前，雙手交握，放在膝蓋上。「承認自己需要幫助沒什麼不對。這點妳知道，我也知道。但身爲心理治療師，我們似乎認爲自己是神力女超人，不需要別人在背後支持，就能面對全世界的挑戰。」

「妳曾經……」

她點了點頭。

這讓我放下戒心。她當然有自己的心理治療師，這十分合理不是嗎？她怎麼可能沒有？這爲我帶來一些幫助，現在我比較能輕鬆呼吸了。

「那麼情況會好轉嗎？」我問：「我的意思是，情況當然最終會好轉，但妳是如何度過那種什麼都不夠的階段？」

布朗醫師直視我的雙眼。

我感到有點不舒服。

「妳是指不夠應付妳的案主嗎？」布朗醫師問。

我點了點頭。

「可以跟妳說實話嗎，丹妮爾？」她翹起了腿，用筆輕輕敲打大腿上的檔案夾。「妳永遠都無法滿足他們的需求。如果這是妳的目標，那妳永遠都會覺得自己是失敗的。」她十指相觸。「我很辛苦才學會這一課，但有時還是會感到自己很失敗。」

「覺得自己失敗，和知道自己失敗有很大的不同。」我此刻只想躲起來，像一顆球般縮起來，不去理會這個世界一直刺激我、要求我。

「妳沒有失敗。」她的微笑中蘊含著一種我所缺乏的自信，我想把它抓住、占爲己有，但卻辦不到。

「我不只覺得自己失敗，我清楚知道自己失敗了。」回憶不斷襲擊、辱罵我，逼迫我質疑自己從一開始所踏出的每一步，以及做出的每個決定。

「告訴我原因，告訴我如何能夠幫助妳。」布朗醫師的聲音，猶如母親溫柔梳理孩子那一頭又長又亂的頭髮。

「原因？」我之所以會在這裡的原因，就是關鍵所在。我抬頭看著她，眼眶泛淚，但我其實還沒準備好要掉眼淚。「我是最糟糕的心理治療師。」這句話赤裸裸地摩擦我的喉嚨。

不願接受的情緒迅速浮現，這讓我感到十分震驚。

「妳爲什麼會這樣覺得，丹妮爾？」她的話語猶如一條救生索，賦予我自由，讓我有安全感，願意承認一直以來我所忽略的事實。

我的羞愧、恐懼、失敗。

「我認爲……」即使已事先做過練習，但這實在太難以啓齒了。然而現在該把這件事告訴別人了。「我認爲自己的其中一位案主是連續殺人犯，只是不知道究竟是誰。」

20

八月十六日，星期五

和布朗醫師的第一次諮商在我的腦海中縈繞，揮之不去。

當告訴她關於字條的事、我的恐懼和一位案主可能是連續殺人犯時，我同時感到羞愧和自由。我大聲把話說了出來，這讓我覺得痛苦。

我背叛了他們。背叛了他們的信任，也背叛了他們的祕密。但如果不背叛他們，我就會背叛我自己。我如果不求助，把事情說出來、拯救我自己，那我也無法幫助他們。

昨晚我睡得很不好，似乎只入睡一下子而已，直到凌晨一點還輾轉難眠。我試了各種方法來讓頭腦平靜下來，包括長時間散步、聆聽有聲書、喝一壺剛買的甘菊茶，甚至是泡熱水澡。

我知道和艾拉做諮商需要集中精神，因此今天早上用了所有方法來讓自己保持清醒。我去跑步，還喝了好幾杯咖啡，希望激起一些能量，以避免中途睡著。

再過不到一小時，艾拉就會來了，我得趁這時間先去做一件事。

我打開瘋帽客茶館的門，走了進去，只見裡頭坐滿了人，還充滿各式各樣的聲音，包括湯匙和茶杯的碰撞聲，以及廚房和用餐區之間那扇彈簧門的低沉開關聲。莎賓娜可能正在忙，這時不該打擾她。

我正要離開時，聽見嘈雜聲中有人叫我的名字。

「丹妮爾！我在這裡。」

我在禮品區看見了莎賓娜。

「我正好想到妳，」她給了我一個擁抱。「今天早上妳放我鴿子。」她嘖了一聲，手指輕擺，做出假裝生氣的模樣。

我睜大眼睛，從包包裡拿出手機確認。我怎麼可能會忘記跟她有約？

「妳沒事吧？」她把我拉到一旁。「我很不想這樣說，但妳的臉色好難看，眼睛底下的黑眼圈好明顯，妳是不是沒睡好？」

她轉過了身，打開一箱散裝茶葉。「這個給妳，睡前一小時喝，可以讓頭腦冷靜下來，幫助妳入睡。」她裝了一袋茶葉遞給我。「第一包免費。」

她怎麼會知道我是來跟她拿助眠的花草茶？

「今天早上真抱歉，我完全忘了跟妳有約，手機也沒有設定提示。」

她揮了揮手，表示沒關係。「不用想太多。如妳所見，今早有個讀書會臨時來訂位，我整個早上都在準備派對的事。」她朝滿座的店內比了比。「再說，我猜妳可能睡過頭了。」

「這哪叫睡過頭，」我摀住嘴巴，打個哈欠，咕噥著說：「昨晚我有睡跟沒睡差不多。」

「這種睡眠最糟了，我只要太忙也會這樣。妳的腦子一定動個不停，到底是什麼事讓妳壓力這麼大？」

我伸手在她手臂上捏了捏。「我不會說壓力大，只是最近很忙而已。」我環視用餐區。「我從來沒加入過讀書會，妳呢？」

「加入過一次，那是很多年前的事了。但我討厭他們選的書，他們也不喜歡我選的。我本來想另外找一個比較適合自己的讀書會，但一直沒去找。」

「妳應該自己開一個才對。」我有點訝異莎賓娜竟然沒這麼做，畢竟她在柴鎮幾乎每件事都有插一手。

她雙眼發亮。「這可能是個好主意，妳想加入嗎？」

「除非妳願意看經典文學或心理學書籍，否則我還是別參加比較好。」我說：「但如果妳有需要，我可以幫妳宣傳，像是做傳單、去圖書館張貼之類的。」

莎賓娜呵呵一笑。「說得好像我真有時間來開讀書會一樣。店裡的訂位和派對已經夠多了，更何況我還得替孤兒成立一個基金會，上次我們不是討論過嗎？」

一提到這件事，我們便陷入尷尬的沉默，兩人都站在原地，玩著大拇指，努力想換個輕鬆一點的話題。

「還是我們改成明早喝咖啡？約早上店裡剛開門的時候，那個時段客人比較少，也比較安靜。喔，我可沒忘記要訂餐廳、認識妳朋友這件事。妳何不請她明天一起過來？」

這時，一位服務生走上前來，把莎賓娜拉到一旁。我於是揮手道別，踏上返家的路，沿途買了一杯拿鐵，還停下腳步和幾位女子討論一家居家飾品店的茶葉展示櫃十分可愛，然後正好回家趕上艾拉的諮商時間。

我傳了一則簡訊給譚美，告訴她明天有個咖啡聚會。

約定時間已經過了十五分鐘，我開始懷疑艾拉可能又爽約了。

我們還沒討論上星期她坦承的事。我本來打算在星期二提起這個話題，但她沒出現，後來在街上發現她，當時又覺得她應該不會想討論命案的事。

我很擔心她。星期二的她很不正常。我從沒見過她那個樣子，如此迷惘、如此不像她自己。

我怕最近發生的命案對她來說難以承受。

無論上星期她怎麼說，我都拒絕相信她跟命案有關。是的，她殺過人，但那是以前的事了，現在的她不一樣了。

三十分鐘過去，我坐到了前門的台階上。

四十五分鐘過去，我終於接受她不會來的事實。

我打電話給她，鈴聲響了三次之後，電話被轉入語音信箱。

「艾拉，我是萊克夫醫師，請回電給我。妳今天沒來做諮商，我們另外再約一個時間。最近發生這麼多事，我覺得我們見面聊一聊會比較好。」

我腦子裡想到的，都是她很害怕人們一旦發現她的黑歷史會有何反應。現在的她是否很不安、很恐懼？肯定是的。

她不能再逃避了。如果她願意，我可以提供幫助。

但為什麼我的心頭浮現一種已經太遲的感覺？

21

八月十六日，星期五

凶手

這空間有一種靜謐感，書架上擺滿老書和現代小說。這股靜謐比雷雨來得沉重，又比呼吸來得輕盈，而且比單句禱告還來得寧靜。

這是我的休息處、我的基石、我的避風港。

我造訪過無數圖書館，這是我最喜愛的一間。兒童區就位於大廳中央，這裡有大型書架，還有兩層樓高的柱子。樓上的書架顏色頗爲暗沉，老書封和木材看起來似乎融爲一體。

樓上禁止兒童進入，迴旋樓梯只提供給知識鑽研者使用，例如研究員或學生，這些人的腦袋裡裝滿了一般人難以了解的知識。

我喜歡上來這裡放鬆心情，用手指撫摸書脊，想像一種截然不同的人生。

有時我會坐在這裡望著樓下的兒童，聆聽他們輕聲細語，或是興奮地央求圖書館員延長說故事時間。我把手肘放在膝蓋上，拉長耳朵聆聽說書者的聲音，只聽見她朗讀童話故事的聲音在大廳裡迴盪。

今天我坐在主樓層。

今天我看著一個吸引我注意的小男孩。

這時是盛夏，天氣十分酷熱，小男孩卻身穿長褲和長袖上衣。

我已經坐在這裡一小時了。我在大腿上放了一本書，隨便翻到一頁，卻一個字也沒看。

自從上次造訪這間圖書館以來，柴鎮已經懂得什麼叫恐懼，他們也應該感到恐懼。

但不是每個人都學到了教訓。

尤其是樓下那位父親。

我在外面注意到那個小男孩，他捲起袖子的手臂上有著手指形狀的瘀青。他用警惕、恐懼、害怕的眼神看著父親。

這不對勁。

我不喜歡看見兒童遭受不當對待。

虐童有許多不同的形式，但只要你懂得如何去看，很容易就分辨得出來。

瘀青和斷骨可以痊癒。

心靈創傷難以癒合。

小男孩的心靈已然破碎，永遠無法恢復原狀。再多的道歉或玩具糖果，都無法彌補已經造成的傷害。

我希望做父母的可以學到教訓，學會關心自己的小孩。

很顯然的，那位父親一點也不想待在圖書館，他每隔幾分鐘就查看手機，與兒子走在走道上時也顯得十分不耐煩。

男子在走道盡頭站了一陣子，便朝門口走去。小男孩沒發現父親已經邁開腳步，他正在翻看一本書，盯著書裡的圖畫瞧。男子怒斥一聲，粗嘎的聲音傳遍整間圖書館。

一名圖書館員在電腦前抬起頭來，皺著眉頭朝男子望去。

男子揚起雙臂又放下，做出一個「關你屁事」的手勢。小男孩依然沒聽見父親在叫他，因此男子氣沖沖地走過去，一把抓起小男孩的襯衫領子，將他提了起來。

我在椅子上往前傾身，坐到椅子前緣。我不喜歡眼前上演的這齣戲碼。

小男孩掙扎著站了起來，書本掉落地上。他想彎腰去撿書，但父親抓住他衣領的力氣遠勝於他。男子拉著兒子在走道上前進，另一隻手在身側握起拳頭，兒子掙扎著跟上他的腳步。

我立刻站了起來，奔下樓梯。我想撿起那本書，還給小男孩，讓男子因爲自己的缺乏耐心而感到羞愧。

小男孩在背後拖著一籃書。一名圖書館員來到男子面前，蹲了下來，直接跟小男孩說話。

我停下腳步。這時我很靠近剛才小男孩看書的兒童區，想得知事情如何發展。我希望那名圖書館員發現了男子怒氣衝天，也注意到小男孩受虐的跡象。

男子和小男孩停下腳步，但接下來男子就把女圖書館員推開，差點讓她跌倒在地。他抓住小男孩的手臂，把小男孩往前推。細小的哭泣聲傳來。我聽見圖書館員叫男子停下來，但男子腳下絲毫不停，只是大步往大門走去，每走一步就推兒子一下。他的意圖非常明顯。

他想離開圖書館。

圖書館大門被打開，小男孩手中的籃子被扯掉。男子將籃子丟到一旁，裡頭的書散了一地。整間圖書館都聽見了男子的聲音。

「以後不准不理我！」

大門關上。那圖書館員快步跑進櫃檯，拿起電話。

我希望她報警。

如果她不報警，如果警方不派人去調查、查看小男孩是否安全，我就會採取行動。

我跟在那對父子後頭，打開大門跑出去，在正午陽光下瞇起雙眼，四處尋找，不料卻找不到他們的身影。我沒看見男子，也沒看見小男孩。

直到聽見一道聲音。那聲音讓我怒不可遏、全身發抖。

是道刺耳的掌摑聲。

是肌膚接觸肌膚的聲響。

聲音從我左方傳來。那對父子在階梯旁邊，別人看不見的地方。那個王八蛋。

我跑到階梯旁，往下看去。

我的身體因狂怒而顫抖。我很想縱身躍下，狠狠毆打男子，把他打到稀巴爛。我想讓他感受到自己加諸在兒子身上痛苦的一百倍，不，一千倍。

只見男子在兒子臉上打了一巴掌，接著又是一掌。

小男孩只是站在原地，簌簌發抖，但沒發出半點聲音。

然而小男孩露出了一種眼神。我了解那眼神，那眼神讓我感到心碎。眼神裡有悲傷、困惑和痛恨。

兒童不應該學會憎恨父母。

一旦他們學會，靈魂就會被摧毀，並迫使他們偏離正軌，成為另一種人。

男子掌摑兒子的力道十分猛惡，打得兒子跌倒在地。他高聲咒罵。任誰都不該對兒童罵出那麼難以入耳的字眼。

我跑下階梯，正要彎過轉角找男子理論，這時一輛警車駛來，警笛聲大作，警示燈不停旋轉。男子叫兒子站起來。小男孩慢慢爬起來，一手摀住發紅的臉頰，身體因疼痛而緊縮。

一名警員開門下車，朝我望來，我朝階梯後頭指了指。我看著警員依照我的指示走去，臉上露出滿足的微笑。

我留在原地，豎耳聆聽，得知了男子的姓名、小男孩的姓名，以及他們的住址。我走到一旁，在長椅上坐下，等著看好戲。

我原本沒打算搜尋獵物。上次的獵殺行動已讓我心滿意足，清除了靈魂中的怒火，直到它熄滅，留下一縷白煙。

但此時，心中的怒火再度被熊熊點燃。我必須確定小男孩不會再受到傷害。

我很快就會去拜訪他們。

22

八月十六日，星期五

艾拉每次爽約之後，從不會打電話來解釋，但我仍殷殷期盼。我內心有一小部分希望她會打來，但有一大部分知道她不會這麼做。今天下午我打掃家裡，還睡了個午覺，雖然只睡了幾小時，但能補眠的感覺眞好。

幾小時前我開了一瓶紅酒，我把剩下的酒倒進杯子，整個人蜷縮在沙發上。就在此時，一輛車子的頭燈光束掃過窗戶，接著便傳來譚美那輛車的熟悉關門聲。我知道那是譚美的車，因爲只有她的車在車門打開時，會發出那種嘎吱聲。

我到廚房裡等她，替她倒一杯紅酒，希望她會帶來好消息。

「我不該喝酒的。」她說，但仍拿起酒杯，在餐椅上癱坐下來。「妳一定不會相信，阿丹。我們把更多命案跟這起命案連結起來，現在一共有六起了，天知道還會不會出現更多。」她垂下了頭，頭髮蓋住臉頰。

「六起？」我的胸口像是洩了氣的氣球，虛弱地起伏。「六起命案？被害人一共有十二個？」

我覺得快要吐了。

譚美沒有回答。

除了難過和疲憊，憤怒也如利爪深深嵌入她的肩膀。我對她的擔憂倍增。

「我能幫上什麼忙嗎？」我的聲音甚是細小，不確定她是否聽見。

我看見她從內在深處擠出力量，將酒杯湊到唇邊，一口氣喝了半杯酒。

「妳能不能幫我了解凶手的心理？到底是什麼樣的人會把父母殺了，只留下孩子？到底是哪個人幹得出這種事？」

哪個人。

譚美說的是單數，不是複數。某個男性或女性摧毀了這麼多家庭，動機究竟是什麼？這背後一定有個原因，凶手身上一定發生過什麼重大事件，才會走到這一步。

「沒有側寫師來協助你們嗎？」

「有，聯邦調查局派了一個團隊過來，但……我想跟妳討論，可以嗎？」

我靠上椅背，打個哈欠。下午雖然睡了幾個鐘頭的午覺，但我仍覺得很累。就算睡上一星期，可能還是會覺得沒有獲得充分休息。「我不是側寫師，譚美。這不是我的專長，我只是個心理治療師。」

我對連續殺人犯所知的不多，我比較熟悉心理衛生、青少年問題和其他心理情結。

「但妳懂得人類的心理及其運作方式。」

我的腦海中盤旋著恐懼、懷疑和案主的祕密。

「我不是連續殺人犯專家，先記住這點，好嗎？」我得先把話說明白。她應該仰賴局裡派來的側寫師，但我可以提供意見，確認她已知的事實。

「連續殺人犯看起來多半都很正常，」我繼續說：「他們住在顯眼的地方，可能有家庭、可能是教會幹部，甚至可能是小聯盟球隊的教練。」我對連續殺人犯所知甚少，這些都是從書上看來的。

我的書架上擺著各種有關心理衛生和心理學的書籍。我總是想吸收更多知識、想更上層樓、想做出更多貢獻……我的確有幾本關於殺人犯的書，但是……

「了解，所以被害人應該都認識凶手囉？」譚美說。

我搖了搖頭，隨即又點了點頭。「可以說是，也可以說不是。凶手可能是衝動犯案，也能是預謀犯案。妳說所有被害人的小孩都沒受到傷害？」

「只有父母被殺害，小孩都一覺到天亮。」

小孩。

我的內在有一道磚牆，它的功用是保護我的心，但「小孩」這兩個字卻動搖了這道磚牆的地基，這讓我感到害怕。

這是爲什麼？

因爲治療過童年有創傷的個案？

我的童年雖然十分複雜，但相對來說，並沒有受到太多創傷。

「妳仍然確信凶手是一個人嗎？會不會是一組人？」我不想深入探索自己的問題，只想先專注於譚美手上的命案。「無論如何，主導犯案者一定在童年遭遇過重大事件，才會進而犯下這種罪行。我認爲大部分的連續殺人犯都是環境的產物，所謂環境，是包括成長過程，以及青少年時期所做的決定。」

譚美從包包裡拿出一本小筆記本，寫下筆記。

「所以他們可能遭受過虐待，」她說：「可能受到忽視，而且能取得毒品……」

「譚美……」我伸手蓋在她的筆記本上。「……連續殺人犯沒有固定的特徵，也沒有一個通用的標準。有些連續殺人犯身上找得到共同點，有些則找不到。」

譚美手上的筆掉了下來。

「我本來希望妳會有不同的說法，但……好吧，我知道了。」她伸出手指，用力捏了捏頸背肌肉。「一定有某件事或某個人可以把這些命案串連起來，我只希望知道那個關鍵到底是什麼。」

我在椅子上縮起右腳，大腿緊貼胸口，雙手抱著小腿。太陽穴的鼓動猶如遠方的鼓聲，節奏輕柔而穩定。我等待片刻，看它會不會發展成頭痛，或純粹只是緊繃而已。

我想提醒譚美一件事，卻怎麼都想不起來是什麼。我張口欲言，它卻從我的舌尖上溜走；我想抓住它，它卻像細沙一樣從指縫間流過。我一定比想像中還要累。倘若不是累了，就是醉了，再不然就是又累又醉。

「我們正在調查整個地區，想找出更多關聯性，任何的小細節都有幫助。」譚美用力抹了抹臉，露出疲憊的眼神。「眞不敢相信會有那麼多命案。」

六起命案。實在令人髮指。

「妳是怎麼把它們連結起來的？」

譚美躊躇片刻。我一看就知道自己快要踩到紅線，她正在評估我有多接近案情核心。「犯案手法相同，但命案發生在不同的城鎮，橫跨了將近三年。」

三年？「這段期間都沒有人把它們連結起來，直到現在？」這怎麼可能？

譚美又喝了口酒。「這又不是在演電影或電視劇，阿丹。前三起命案都發生在不同的郡，由不同的刑警負責，而且上一起命案已經是兩年前的事。我們能把它們連結起來已經算是奇蹟了。」她抹了抹臉，這動作表示她又累又沮喪。「我必須找出被害人的共同點。明天我要去小朋友聚集的地方，包括托育中心、學校……」

「公園、圖書館……」我接著說，這時腦部感到有顆炸彈在裡頭引爆似的，太陽穴的鼓動彷彿變成拳擊場，而我的腦子變成了沙包。

「妳怎麼了？」

譚美的聲音聽起來十分扭曲，像是在水裡說話。

「阿丹！」她伸手抓住我，力道很大，我知道一定會留下瘀青。「發生了什麼事？」

痛楚越來越強烈，猶如飛彈爆炸一般，結結實實地在我腦中炸開。我體內的每根神經都像觸電般嘶嘶作響，臉頰上滑落的淚水幾乎有如岩漿那樣滾燙。

我想表示自己頭痛欲裂，但卻說不出話。

我覺得喉嚨裡像塞了顆拳頭，整根氣管都被堵住。

我的胸口收縮得比絞繩還要緊。

我無法呑嚥。

我無法呼吸。

我什麼都不能做。

我看著譚美，哀求她幫忙。她一下子在我旁邊，一下子又蹲了下來。我把腳從椅子上放下來，把頭塞到雙膝之間。

我發出痛苦的尖叫聲。她的手按壓我的後腦杓，我的叫聲在腦子裡的每個縫隙中迴盪。

我需要她停止，需要她拿開手。這真的太痛了，但那些話……我說不出口。

我無法動彈，完全凝結。

她手上傳來的壓力，以及我的頭部傳來的痛楚，讓我難以負荷。

我的無聲尖叫吞噬了自己，直到一切都陷入黑暗之中。

恢復意識時，我發現自己躺在沙發上，身上蓋著柔軟的白色毯子，譚美坐在我的腳邊。

「妳應該放幾個盆栽。我一直在想妳家客廳究竟是哪裡怪怪的，其實除了很亂之外，就是少了綠色植物。」

譚美看著我。我眨了眨眼，霧濛濛的視線逐漸清晰。

我環目四顧，心想我當然有盆栽，但她說得沒錯。

客廳裡一株盆栽也沒有。

怎麼會有人家裡沒有盆栽呢？

我怎麼從未想過要在家裡放盆栽？

「妳不用問，我自己先回答，是我把妳扶到了沙發上。妳喝醉了，我把妳扶到客廳的時候，妳還暈倒了兩次。妳已經睡了超過一小時。我包包裡有偏頭痛的藥，所以我就餵了一顆給妳吃，希望妳不介意。我知道妳不喜歡吃比泰諾藥效還要強的藥。」

我舔了舔乾燥龜裂的嘴唇。譚美遞來一杯開水，還附上一根吸管。我喝完了水，把頭躺回到枕頭上。

我暈倒了？

「妳跟我說過沒關係，這種事經常發生。」她嘴角下垂，顯然不太開心。「為什麼我現在才知道？」

她究竟在說什麼？

「什麼事經常發生？妳是說頭痛還是暈倒？」

她說的話一點道理都沒有。

譚美緊咬下顎，雙手在沙發一撐，站了起來。

「妳說呢？」她將空水杯拿回廚房。

我聽見水龍頭打開的聲音，掙扎著坐起身子。我的頭已經沒有先前那樣痛了。

剛才簡直是……太恐怖了，感覺就像有十幾個銅鑼同時在腦子裡敲響。我從未經歷過這種感覺，也絕對不希望再來一次。

不知道一個人的腦子有可能內外都瘀青嗎？

「謝謝妳留下來陪我。」譚美回到客廳，我如此說著。

「不然我要去哪裡？好了，妳還沒回答我的問題。」她在對面的椅子上坐下，翹起了腳。

「對，我會頭痛。可是我從來沒暈倒過。」

「妳應該去看醫師。」

「爲什麼？」

她臉上露出難以置信的表情。

「只是暈倒一下，不需要去醫師吧。」

「丹妮爾。」

有一個刑警朋友的好處，就是如果夜裡發生騷動，我可以打電話向她求救。由於我住在公園對面，所以夜裡經常會出現騷動。

然而有一個刑警朋友的壞處，就是她會看穿太多事情，而且一定要打破砂鍋問到底才會滿意。

「我沒事的，譚美。眞的。我今天沒吃什麼東西，那瓶酒應該是壓垮駱駝的最後一根稻草。我今天一整天都在頭痛，眞不該喝酒的，可惡的偏頭痛。」

她臉上露出懷疑神色，看得出正在思索我的說詞。接著我知道她最後相信了，因爲她在椅子上放鬆下來，靠上抱枕，盤起雙腿。

「妳不該喝酒的，」她的微笑溫柔了些。「妳得把自己照顧好才行。妳這樣讓我很擔心。」

我不希望讓她擔心我。「嗯，妳不用擔心，我已經去找心理治療師做諮商了。」

她沒說話，但我看見她的眼神流露喜色。

我發現我們之間的角色對調了。稍早之前，譚美到我家時看起來十分疲憊，需要被人照顧。

「妳自己才是體力透支，拚老命要去阻止命案再度發生吧？」

「聯邦調查局派了心理治療師來協助我們，可是……」

「沒有什麼可是。」我知道她想說什麼。「妳一定要向他們求助，你們隊上的其他人也是一樣。」我一定會追蹤她這件事。「既然我都能去向心理治療師求助，希望找出自己壓力這麼大的原因，那妳一定也可以。」

「我知道、我知道。」她揉了揉眼睛。「看報告和現場照片是一回事，但親眼目睹凶案現場又是另一回事……」這次她揉了揉整張臉。「我一定會做好幾年的噩夢。」

她可能目睹的現場景象閃過我的腦海。

一張床沾滿鮮血，鮮血噴濺到床頭板上，地毯上也遍布血滴。

「我可以想像。」

譚美拍了一下大腿。「明天會是漫長的一天，所以我要回家睡覺了，但得先看見妳平安地上床躺平才行。」

她把我從沙發上扶起來，用沉靜的眼神看著我。

「我沒事。」雖然嘴巴上這樣說，但我的雙手卻緊緊抱住手臂，只覺得一站起來整個客廳都在旋轉，但沒必要讓她知道。

「沒事才怪，」她的嘲諷口吻十分明顯。「我扶妳到房間。」

我翻個白眼，但還是讓她扶著我。

「妳明天早上會去赴約嗎？我希望妳能認識莎賓娜。」

她沉默了一下。

「抱歉，阿丹，我不能去。我知道妳想介紹我們認識，但……明天會很忙，這件案子是我的優先考量。」

這是當然，十分合理。

不久後，家裡再度剩下我一個人，我準備上床睡個沒有噩夢的好覺，並播放助眠的大自然聲。昨晚就該播放了，也許這樣能幫助我睡得好一點。

然而燈一關上，我的大腦就醒了過來。白天被壓抑的思緒、感覺和情緒，趁我降下防護罩時全力反撲。

我睡前通常會唸〈主禱文〉（*Lord's Prayer*），直到自己睡著。

但這招已經不管用了。

所以我專心聆聽海浪聲。

腦子裡的思緒繼續翻騰。海浪的拍打聲逐漸淹沒思緒，最後只剩下某種模糊的吼叫聲。

每當案主跟我抱怨這件事，我總會跟他們說沒關係，這是正常的，你的大腦終於有機會放鬆下來，釋放那些白天無意識中壓抑下來的東西。我會跟他們說，在身旁準備一本日記，寫下所有的憂慮、恐懼、擔心和想法，到了早上再看一遍。

這個方法一定有用嗎？並不盡然。

有時我會想，這會不會是有些人發瘋的原因？這會不會是夜晚的犯罪率高於白天的關鍵？因為每個人都想盡辦法壓抑瘋狂的念頭，而有些人就是……無法辦到。

但話又說回來，有些人純粹就只是瘋了而已。

23

八月十七日，星期六

我甩了甩麻木的雙手，在沙發上從蜷曲的睡姿中爬起來。窗簾是拉起來的，旁邊沒有手錶或手機，所以不知道現在幾點。

我努力讓自己清醒過來，而記得的最後一件事，是譚美在離開前扶我上床睡覺。我是睡在床上，而非睡在沙發上。

空氣有點冰涼，於是我將毯子裹在身上，拉開窗簾。往窗外看去，和煦的陽光照射進來，溫暖了我的臉頰。

現在是清晨，草地上凝結著許多露珠，路上有個少年騎著單車經過，將一綑傳單丟在門廊草坪上。這是我喜愛柴鎮的其中一點，就是它洋溢著小鎮風情。在大城市裡，信件會投遞到集合式信箱裡，但在這裡，郵差仍會徒步將信件投遞到你家門口的信箱裡，報紙和傳單會也都擺在你家門廊上，而不會被丟到草叢或外院裡。

我準備去沖澡，經過床邊，在浴室門口停下腳步。

我轉頭望去。

只見床鋪整理得十分整齊。

我昨晚穿的衣服掛在床邊的椅子扶手上。房間收拾得很乾淨。原本要折的一籃衣服已經收好，丟在角落的袋子也不見了。床邊桌上堆疊的書消失無蹤，只放著一本我一直想閱讀的書。

譚美眞是個天使，她一定是留下來幫我整理房間。

我的手機放在櫃子上，正在充電。我滑了滑手機，看譚美有沒有傳簡訊給我。

我在妳家沙發上睡到凌晨兩點，希望妳不介意。我很早就被叫回警局。抱歉留下一個爛攤子給妳收拾！我會補償妳的，今晚我會帶餐點過去。

所以不是譚美打掃的？

我拿起手機時，披在肩膀上的毯子掉落地上。我彎腰撿起毯子，掛上手臂，這時才注意到自己身上穿的衣服。

我穿的是一條藏青色慢跑褲和一件白色T恤。

冬天結束之後，我就沒再穿過這條褲子。事實上，當夏季來臨時，我就把這條褲子收進衣櫃裡了。爲什麼現在這條褲子會穿在我身上？

譚美說抱歉留下爛攤子，但家裡一點也不亂。

我一定是在譚美離開後打掃過。也許她把車駛離車道時吵醒了我。也許我無法再入睡。也許我太累了以致於什麼都不記得。也許我的夢遊症狀加劇了。

我討厭什麼都不知道。

我討厭什麼都記不起來。

我最討厭這種狀態。

我拉開桌前的椅子，重重坐了下來。

雙手正在顫抖，胸口感覺像有隻綠巨人浩克的手正在擠壓，每根肋骨幾乎都要被壓碎。接著，我看見有一張紙放在插有野花的花瓶旁。我的耳朵瞬間充血，發出高頻的尖銳耳鳴，瞳孔因焦慮而收縮，眼前發黑。我的恐慌即將發作。

我用力咬了咬臉頰內側，迎接劇痛，甚至嚐到鮮血的滋味。我朝那張字條走過去。

上帝，求求祢。上帝，求求祢。上帝，求求祢。不要又是字條。

我快要哭了。我不想哭，但眼眶已泛出淚水，視線模糊。恐懼沿著血管緩緩蔓延全身，將一切凍結。我想甩掉恐懼，但卻失敗了。

我打開那張紙。

我不能一直幫妳收拾善後。時間快要用完了。快點阻止他們，以免太遲。

24

八月十九日，星期一

諮商個案：泰勒

泰勒走進諮商室已經五分鐘了。這五分鐘過得十分漫長。

這五分鐘對我來說相當折磨，我看著他在不大的諮商室裡來回踱步。

第一分鐘，他喃喃自語。

第二分鐘，他盯著我的腳，兩手在褲子上不斷擦拭。

第五分鐘，他偷眼朝我望來，雙手緊抱自己。

「泰勒，你要坐下來嗎？」我再度提議。我在兩分鐘前就已不再看他，因爲他只是在我周圍走來走去，或是假裝看書。

「妳……妳看得見我，對不對？」他邊問，邊指了指自己。「我的意思是，我對妳來說是眞實存在的，並非存在於妳的想像之中，對不對？」

我在筆記上潦草寫下：**妄想惡化**。

「對，我看得見你，你不是隱形的。」我思索著是否要建議他去街上買一杯咖啡，來證明我說的沒錯。

「我是眞實的，」他握拳搥打胸部。「我是眞實的。」他舉起雙手，看了看手心，又看了看手背，彷彿第一次看見自己的肌膚。

「泰勒？」我傾身向前。「你感覺如何？會頭痛或頭暈嗎？你有沒有吃東西？」我把可能造成目前情況的原因都說了出來。

他搖了搖手。「沒有、沒有。我沒事，沒事。」

「那麼……」我柔聲說：「你爲什麼會覺得自己只是我的幻覺？」

「因爲她說我什麼都不是。」他整張臉皺了起來。

「她有說明原因嗎？爲什麼她會說這句話，你們有吵架嗎？」也許，只是也許，他會告訴我更多關於這個女人的事，讓我更清楚她是如何掌控他。

他搖了搖頭，蓬亂的頭髮在眼睛上方晃動，接著又聳起肩膀。

「不算是吵架，但是……」他用力吞口口水，坐立不安，一下翹腳，一下又把腳放下。

他的肢體語言就算不是專業人士也能解讀。

「我又跟蹤她了。」

「爲什麼？」

「因爲她需要被阻止。」

他臉上的表情令我感到錯愕，因爲他似乎覺得我應該知道才對。

保持耐心、保持耐心，不要著急……我的腦子裡響起這首兒歌(注)的旋律。小時候我坐在烤箱前等待鬆餅烤好時，母親總是會唱這首兒歌給我聽。

「告訴我發生了什麼事。」我放下筆記本，拿起水杯。

今天水裡放的是冷凍草莓和奇異果。

泰勒一口水都還沒喝。

「我只想幫助她，妳知道的。我想成爲她的伴侶、成爲她的力量，但她並沒有這樣看待我。不管我爲她做了什麼，永遠都不夠。」

我聆聽泰勒對這女人的描述，心裡對她實在沒什麼好感。

「搬來這裡對我們有幫助，事情本來都很順利。我們來這裡重新開始，一起重建生活。我們本來是一對快樂的情侶，我也一直很努力幫她找個孩子來養育，這樣就能組成一個家庭。可是後來……」他吞口口水，喉結上下移動，然後開始咳嗽。

他咳個不停，身體往前傾，同時劇烈抖動，雙手壓住喉嚨和胸口。

我將水杯遞給他，希望他能喝口水，但他辦不到。咳嗽聲轉變成哽噎，他掙扎著想吸到空氣。

他哽噎到一半，身體突然挺直，吸了一大口氣，胸部有如氣球充氣般鼓起。

泰勒眼神僵直，盯著我瞧，裡頭充滿恐懼。他突然尖叫出聲，喊著我聽不懂的話，直到緊繃的

注 即一九七七年發行的兒歌〈*Have Patience*〉。

身體逐漸放鬆，胸腔的空氣被釋放出來。

他劇烈喘息，臉上出現絕望的神情。

「泰勒，不會有事的。」我說出毫無意義的安慰話語。

「對不起，」他話聲中的恐懼讓我的皮膚泛起雞皮疙瘩。「對不起、對不起、對不起。」

「不用道歉，你剛才應該是恐慌發作。」

「我只是……」他吞口口水，臉上的掙扎表情十分真實。「妳不明白，她喜歡妳、在保護妳，但妳不能知道，我不能告訴妳。」他把頭埋進雙手之中，身體前後搖晃，不停發抖。

我心中有無數疑問。首先，她到底是誰？她要保護我什麼，還有我不能知道什麼？而且，我根本不認識她，她要怎麼喜歡我？接著念頭一動，心想難道我認識她嗎？

泰勒露出狂亂的眼神。

「對不起，」他又說了一次。「我不會再說了。」他緊閉雙唇，眼神一變，彷彿正在看著我背後的人。這時我彷彿感到有一股溫熱的氣息噴到頸背上。

我打了個冷顫，但拒絕轉頭去看。我一定是被他誘導到了幻覺中，開始胡思亂想。那應該只是一陣微風從窗外吹進來。然而泰勒聲音中的恐懼確實讓我的心情降到冰點。

「你不用道歉，泰勒。」

他的頭前後搖晃，嘴巴閉得死緊，防守得比軍事基地還要嚴密。

「或者……跟我說說這幾天你過得如何？」我試著打開另一個話題，希望讓他再度開口說話。

他看了看水杯，又看了看我。我意識到他不想問出口的問題。

「水裡只是加了草莓和奇異果，你看。」我伸手去拿自己的水杯。「你應該有看見我用同一壺水替我們兩人倒水，而且我喝了沒事吧？」如果我還能替他提供什麼協助，那就是解除他對於下毒的恐懼。

當他用雙手拿起水杯時，我甚至沒有隱藏自己臉上的笑意。

「剛才你提到有跟蹤她，她去了哪裡？」

「那天晚上的時間已經很晚了，她只是走在街上。」泰勒依然低著頭。

「她是走在鎮中心還是住宅區？」

「那裡的房子都很好。」

「什麼意思？」

泰勒站了起來，朝他最喜歡的位置走去，也就是諮商室的窗戶前。他朝窗外的公園望去。

「我們的……家……很小。擁有的東西不多，但我們過得很快樂。或者應該說……」他的肩膀垂了下來。「我們原本過得很快樂。但她現在經常外出，晚上幾乎都不回家，我對她在做的事感到很害怕。」

「例如什麼事？」

他回過頭來看著我，臉上爬滿絕望。他盯著我的雙眼，然後又轉回了頭，望著窗外。

「你害怕她認識別人嗎？」

「不，不是那種事。」

「那你是害怕她去做什麼事？」

我回想過去的諮商狀況，每次觸及這類話題時，他曾短暫地表達憤怒。他說我不明白，而且今天又重申了一次。

「泰勒，」我在心裡大膽做出一個假設。「你覺得自己可以從今天開始採取什麼方法，重新找回你跟她的伴侶關係？」

「我們之間沒有伴侶關係，萊克夫醫師，難道妳還不明白嗎？」他的眉毛因憤怒而幾乎連成一直線，這使得我把手中的筆握得更緊了。

「我明白，」我柔聲說：「你覺得你們之間沒有伴侶關係。但我在想，是否有辦法能找回你們原本的關係？有時只是需要一個開放式對話，也許下週她可以一起來跟你做諮商？」我以前也提過這件事，但他總是拒絕。總有一天他會改變心意。

我做好心理準備，準備面對他的憤怒和情緒爆發，並藏好自己的情緒。

但是對於他接下來給的回答，我一點準備也沒有。

「時間還沒到。」泰勒的語氣中帶有一絲堅定。「她說妳還沒準備好要見她。現在時間還沒到，但是快了。」

蜷曲在我腹部的蛇突然展開攻擊，毒液在血管內散布。冰冷的恐懼感流竄全身，讓我從頭到腳都感到麻木。

「這是什麼意思，泰勒？」我的聲音十分穩定，與內在的狀態全然相反，連我也不知道自己是怎麼辦到的。

「妳還沒準備好，但妳會準備好的。」他側過頭。「我不能再透露更多了，」他轉過身來，露出哀求的眼神。「請妳別再問了。」

「你今天剛來的時候問我，你是不是眞實的。我們可以談談這件事嗎？」我不確定該如何繼續進行這次諮商。我們有很多條路可以走，但終究會到達同一個目的地，那就是他和她的關係，無論她到底是誰。

不知道他是否明白這點。

他看了我一會兒。

「我的人生跟她緊緊綁在一起。」他坐了下來，雙手交握，放在雙膝之間。「我以前從未注意到。我的人生只需要她而已，她等於是……是……我的生命、我的呼吸、我的心臟。沒有她，我什麼都不是。有她在我的生命中……我活著才有意義。沒有她……我會不知道自己是誰。沒有她，我將不復存在。我不能失去她。有一天，我會替她找到一個完美的孩子，那時她就不必再繼續尋找，她會知道自己也需要我。」

最後幾句話他在嘴裡咕噥著，聲音小得幾乎聽不見。

但我還是聽到了。

「你們想領養小孩已經多久了，泰勒？」我腦中閃過一個念頭，難道他是指要把小孩變成孤兒？我立刻推開這個念頭。他一定不是這個意思。

上帝，求求祢，不要讓他是這個意思。

「我只希望她能再快樂起來，妳知道嗎？以前的我做得到，以前的我總是能讓她快樂，也知道如何讓她快樂。但現在……現在的我……」他搖了搖頭。「現在的我什麼都不是。」

什麼都不是？隱形？他的用詞令我感到不安。我的腦中響起警鈴。他這種失去自我和個體性的症狀，需要特殊的治療方式，這已超越我的能力。

他的需求必須擺在第一位。

「泰勒，你從沒跟我說過她叫什麼名字。」

他沒有回答。

「讓我們談談遇見她之前，你是什麼樣的人，好嗎？」無法得知她的名字令我十分挫折，這也讓我下定決心要找出她的身分，尤其是現下這種時刻。

「這就是重點所在，認識她之前我什麼都不是。」他的話聲敲響眞相的音符，猶如教堂鐘聲在正午響起。

我必須讓他看見自己是獨立個體，他的自我認同不該跟這個女人綁在一起。我得找到一個方法，讓他不只是看見，更必須是完全了解和明白。

「你以前喜歡聽什麼音樂？你住在哪裡？你喜歡相處的朋友和家人呢？你是獨立的個體，泰勒。」我的嘴唇做出一個「你可以相信我」的微笑，並希望他能相信我說的話。

但這招沒有奏效。

「這些都不重要，因爲我原本就無關緊要，直到她走進我的生命。那就像是……」他用手爬梳頭髮，呼出一口氣。「就像是當她決定自己需要我時，突然間，我便變得重要了、被人需要了。我不知道還能怎麼解釋。」

「但你現在不再有這種感覺？」

他張開嘴巴，嘴唇微動，似乎要說什麼，卻最後一句話也沒說出來，也沒發出任何聲音。他只是面露惱怒之色，接著又露出恍然大悟的神情。

「她不再需要我了，」他低聲道：「她……不……喔，天啊。喔，天啊。我晚了一步，一切……一切都太遲了。」

看著一個人明白眞相總是讓人感到難過。當你目睹別人在腦海中形成顚覆人生的想法，總是令人心碎。世上沒有任何話語、安慰或行動，可以讓對方好過一些。

泰勒整個人癱軟下來，下巴幾乎頂到胸部，肩膀聳起，微微顫抖，身體搖晃，口中喃喃自語，不知道說些什麼。

直到剛才爲止，他還一直怕那女人不需要他、不想要他、打算拋棄他。但現在，他明白自己害怕的事早已成眞。

接下來這幾分鐘，將會決定此事帶來的影響。他是否會徹底崩潰，想要了結自己？他是否會傷心欲絕，在悲傷中失去自我，最後又找到路歸來，重新開始生活？他是否會讓憤怒吞噬自己？

多數時候，我知道自己的案主會如何應對。

多數時候，我可以預期他們會如何回應。

但以泰勒如今的情緒和心理穩定度來說，我完全捉摸不透他將如何反應。

「如果我……」他伸手去拿面紙。「如果不能成爲她的伴侶，那我一定得阻止她。」

「你說阻止她是什麼意思？」我幾乎坐到了椅子前緣，在大腿上的筆記本上振筆疾書。「泰勒？」我又問了一次。

「我……我必須自己進行這件事，請妳……」他站了起來，臉上露出難以解讀的表情。「請妳多加小心，好嗎？」

「泰勒，這是什麼意思？」

他身上的確有遭受虐待的跡象。從他說的話、眼中的恐懼、回應特定問題的方式就能知道，但不確定是斯德哥爾摩症候群（注）或是其他症狀。

他把手放在我的肩膀上。

這個觸碰出乎我的意料，使我全身緊繃。

他的手垂落下來，眼神中充滿悲傷。

「我會盡全力保護妳，丹妮爾。但我需要妳答應我一件事。」

他直呼我的名字，這讓我感到震驚，腦子裡頓時一片空白，不知道該說什麼。

「別找得太用力好嗎？妳現在是安全的，但如果她認爲妳越過紅線，妳就危險了。只要任由事情自然發展，我們就不會有事。」

我想說點什麼，但還沒來得及開口，泰勒就已離開諮商室，連同我的個人安全感也一起帶走。

可能是我起身太慢，也或許他走得太快，當我來到門邊時，他早已不知去向。

注 斯德哥爾摩症候群（Stockholm Syndrome），又稱人質情結，指被害者對加害者產生情愫，甚至認同其觀點，反過來幫助加害者。

25

八月二十日，星期二

手機時間顯示再過幾分鐘就是午夜。

我的廚房宛如災難現場。不僅圍裙上沾滿奶油起司，我還喝了半瓶葡萄酒。

我睡不著，腦子裡奔騰著無數思緒。我擔心艾拉，也擔心那些字條，於是想著乾脆來實現諾言、烘焙起司蛋糕好了。這次譚美可找不到不和莎賓娜碰面的藉口了吧。

我能把起司蛋糕的食譜倒背如流，至少以前如此。我已經重做了三次蛋糕的配料，但它看起來還是不太對勁。

我一次加入一顆蛋，一共加了三顆，並在砂糖裡加入奶油。我沒有用太多香草，而是選用酸奶油。但配料一直結塊，沒辦法形成柔順口感，而且嚐起來難吃死了。

我坐在餐桌前，啜飲紅酒，思索到底是哪裡出了問題。同時也注意到，這個蛋糕一直做失敗，幾乎就和我的人生現況一模一樣。

我早該知道，半夜頭腦不清楚時做蛋糕會有什麼下場。

我看了看散布在流理台上的食材，又低頭看著最後幾條奶油起司。

不知為何，上次採買時買了大包裝的奶油起司。接著我又查看糖罐，看是否需要添加，這時卻發現砂糖的顆粒看起來怪怪的。我嚐了一口，驚覺那竟然不是糖，而是鹽？**我的老天……**此外，從冰箱裡拿出來的容器裡，裝的不是酸奶油，而是茅屋起司。

我把剩下的紅酒全都倒進杯子，一仰而盡。

接著我花了一小時整理廚房，把所有東西都丟進早已塞滿的垃圾箱，將流理台擦拭乾淨，然後看了看時鐘。

酒精加上睡眠不足，讓眼前視野來回搖晃。我頭昏眼花，步履蹣跚。

這樣今晚總該睡得著了吧？

我把垃圾袋從垃圾箱裡拿出來，走出前門，準備拿去外面的垃圾桶丟。

「阿丹！妳在幹嘛？」

我發出尖叫，腳步踉蹌，手中的垃圾袋掉落地上。我趕緊往後一跳，躲避門外的不明人士。

「阿丹？是我。」譚美朝我踏出一步，攤開雙手。

「我的老天，妳在這裡幹嘛？嚇死我了。」我此刻只覺得心臟劇烈跳動，胸口發疼，身體每條肌肉都做好快速逃跑的準備。

「抱歉，」譚美咧嘴而笑。「不過妳應該看看自己剛才的樣子，我發誓妳一定跳了有兩呎那麼遠。」

「這不好笑啊，譚美，一點也不好笑。」我噘起嘴唇，不是因為生氣，而是為了忍住笑意，不讓自己跟她一起笑。「妳在這裡幹嘛？」

「我值勤的時候，大概每晚都會過來這裡，只是想確定一切平安，門有鎖好之類的。」

我奔上前去，給她一個大大的擁抱。

「妳不知道這對我來說有多重要。」我就像在流沙中快被滅頂，這時突然有人丟了一條繩索過來。盤踞在我心中的恐懼被驅散了。

「怎麼回事？」她用雙手抓住我的肩膀，仔細瞧著我。「妳有什麼事沒告訴我？」

我很想告訴她關於字條的事，解釋爲什麼她來確認我的平安對我來說非常重要。但她的眼神讓我打消這個念頭。她雙眼中流露出的情緒不太像是害怕，反而更像在警戒和憂心。

她肩上的壓力已經很沉重了，我不能再增加她的負擔。

「沒有啊，」我又抱了抱她，不讓她看見我說謊的神情。「妳爲我這樣做讓我很感動。」

她立刻開始打量我，評估我說的話、聲音和神情。

我必須通過她的評估才行，因爲她看了看錶，蹙起眉頭。

「妳怎麼這麼晚還不睡？我以爲妳又在沙發上睡著了，所以廚房燈才開著。」

「我睡不著，想說與其在床上輾轉反側，還不如來做我答應過妳的起司蛋糕。」

她的眼睛亮了起來。

「先別這麼興奮，我應該在床上輾轉反側才對啊。」我對她說自己把鹽當成了糖，還把茅屋起司當成了酸起司。她聽完大笑不已。

「儘管笑吧。我家廚房現在亂成一團，今晚我不想再做起司蛋糕了。」

「妳眞的應該上床睡覺。妳沒有服用任何助眠的東西嗎？」她帶我到門口，打開了門。

「妳知道我不喜歡吃藥。」我用手背摀嘴，打個哈欠，走進門內。

「所以寧可睡眠不足嗎？別這樣，阿丹，妥協一下。妳的身體需要休息，妳自己應該知道。妳的眼袋超誇張的。再過不久，妳就沒辦法再幫上案主什麼忙了。」

她翻了翻包包，拿出一個小紙盒。

「這是我從開架式藥櫃上買來的助眠劑，成分是褪黑激素。」她將紙盒丟給我，拿出一個杯子，在裡頭裝了水。

「妳得把盒子打開來啊。」她催促著。

我撕開紙盒，拿出藥罐看了看。她說得也沒錯，吃一顆又不會怎樣。莎瓦娜的諮商時間是明天下午，如果我現在去睡，說不定可以睡到晚一點再起來。

「我要看見妳上床睡覺後才離開。」她盯著我吞下一顆藥，然後推我進入臥室。

她等我躺上了床，幫我蓋上被子，然後坐了下來。

「妳能排開明天的諮商嗎？」

我搖了搖頭。「明天是莎瓦娜，她的舅舅明天也會來，最好不要改時間。但時間是下午兩點，所以我有很多個小時可以睡覺。」

「把手機關機。」她讓我聯想到母親抓到我半夜還在看書的模樣。

「我起床以後會傳簡訊給妳，好嗎？」我提議，話聲帶著笑意。

「我只是很擔心妳，阿丹。照顧別人的心理治療師也是需要被照顧的。」她按摩我的腿。

「真的很謝謝妳照顧我。」我又摀嘴打個哈欠，閉上眼睛。她關上電燈，帶上了門。

有人關心、有人照顧眞好。

這麼多天以來，我終於覺得有安全感，可以好好睡上一覺。

26

八月二十一日，星期三

諮商個案：莎瓦娜

滴答，滴答，滴答。

莎瓦娜來到諮商室已經十五分鐘，但我們連兩句話都沒講到。

她舅舅應該來的，但他遲到了。

她打了電話、傳了簡訊、留了言，但毫無回應。

「他會來的。」

我低頭看著莎瓦娜抵達之後，自己所寫下的筆記。

她今天全身上下都是哥德式打扮。黑色破牛仔褲、黑色無袖上衣、左手戴著一只寬大的黑色手環，以及黑色唇膏、粗眼線、濃睫毛膏、指甲油。

才過一星期，就有這麼戲劇化的轉變。

「妳的父母有跟妳聯絡嗎？」

她的臉拉得更長了。她倚在沙發裡，雙腳擱在咖啡桌上。她明知道我很討厭她把靴子擱在家具上。

而且她依舊自顧自地把玩牛仔褲破洞的棉線，並不回話。

「莎瓦娜？」我問，聲音尖得有如鐵絲網。我沒心情應付她耍脾氣。雖然今天睡到下午一點，但我醒來後仍覺得頭腦昏沉、心情煩躁。

「他們有打來，但是跟我舅舅說話，不是跟我。」她繃著臉、懷著敵意、鬱鬱沉思。這些都是我今天不想應付的情緒。

「這是妳的選擇，還是妳舅舅或妳父母的？」

「我的。」

逃避父母，我如此寫下。

「我不想跟他們說話，好嗎？我不在乎他們是不是享受了有史以來最棒的假期、看見了海豚，還是在沙灘上做愛。」

我盡量壓低笑聲。「他們應該不會提到在沙灘上做愛吧？」

「我不知道，我沒跟他們通話。」

「聽起來妳似乎有點不高興，或許是因爲他們沒帶妳一起去旅行？」

「我才不想去什麼爛沙灘、度什麼爛假。我也不想整天去潛水看那些爛魚。」她在沙發上更坐得更低了。

我聽了她的用詞，揚起一道眉毛。

「聽起來這種度假方式的確爛透了。」我開玩笑地說。

我看見她的嘴角微微上揚，但她馬上就注意到我看見了。

「希望我舅舅快點來。」她繼續玩著牛仔褲膝蓋上的棉線，一點一點拉扯，把破洞越弄越大。

「妳舅舅來玩得開心嗎？這趟旅程是否如同他期待的那麼棒？」從她的服裝來看，我想答案是否定的。

她聳了聳肩。

「你們有沒有去做什麼好玩的事？」他們應該有開披薩派對，或至少有享受電影之夜吧？

她又聳了聳肩。

「莎瓦娜，妳可以開口說話嗎？我沒有那麼會解讀聳肩的動作。」

「我們是有做一些事，」她低聲說：「有看一些電影。」

「還有什麼其他的活動嗎？」

她搖了搖頭。「他說要帶我去露營，但他似乎只喜歡待在家，然後扮家家酒。」

我豎起了耳朵，不太喜歡她說的這句話。

扮家家酒？選用這個說法很怪。

「那妳對此有什麼感覺？」我維持穩定緩慢的語速，話聲輕柔。

「無所謂。就像剛才說的，我們看了很多電影。我就算睡到很晚，他不會像我媽一直唸我。」

我暫時把剛才的擔心放到一旁，情不自禁地輕笑幾聲。「當媽媽的好像都會這樣，以前我媽也愛唸。她總是天亮就起床，對她來說睡到八點就很晚了。」

莎瓦娜眼睛發亮，充滿驚奇。

「很難想像少女時期的我嗎？」我的筆在筆記本上移動，彷彿要寫什麼似的。

「我很難想像任何大人曾經是青少年的模樣。」莎瓦娜把腳放到地上，稍微坐直身體。「我舅舅把我當成大人來對待，就跟妳一樣，但方式不同。」

「怎麼個不同？」

她玩弄自己的劉海，用手指緊緊地把頭髮捲起來。「他把我當成大人看待，認爲我可以應付大人的事。他不會把我當成小孩，好像什麼都不懂。他會問我的意見，不會用跟小孩子說話的口氣來跟我說話。」

「這感覺一定很好。」我試著保持正向，不讓自己的思緒被她話中的黑暗面干擾。

「沒錯。他……他說他愛我，他看得見我內在那個眞實的自己。他說他不會試圖把我塑造成別的樣子，因爲他能看見眞正的我。」

此刻我像隻被車輛頭燈照到的兔子，身體頓時僵住，心跳加速。最終我只是點了點頭。我不喜歡聽見她的這番陳述。

「他尊重妳嗎？」我必須這樣問，這是身爲心理治療師和朋友必須盡到的本分。

「尊重和表現愛不是一樣的嗎？」她話聲細小，帶著一絲不確定，聽起來像個小女生或小孩子。

現下這個時刻十分重要。我只有一次機會說出她需要聽的話，因爲接下來她的防衛心就會升得比柏林圍牆還要高。

「莎瓦娜，我必須非常直白地跟妳說，如果他觸碰妳的方式是不適當的，那就不叫愛或尊重，那叫做侵犯。首先，他是妳的舅舅，更何況妳還未成年，他應該懂得拿捏分寸。」我緊緊握住手中的筆。

舅舅對她性侵？我在這行字底下畫了條鋸齒線。如果她遭受性侵……

「未成年？我已經十七歲了。」

「妳還是未成年，而且他是妳舅舅。」我試著將情緒轉移到手中緊握的筆上。

「他是世界上唯一真正愛我的人，不會那樣傷害或不尊重我。我以爲……我以爲妳是別的意思。」她的手滑到小腿，接著又放回到腿上。

「莎瓦娜，我很擔心妳。」

別的意思？她的腦袋很聰明，應該清楚知道我是什麼意思。

「爲什麼？」

我指了指她的衣服。「從打扮指數來看，妳的衣服告訴我有些事不對勁。妳表現出疏離和逃避，而妳的肢體語言和說的話都告訴我，確實有什麼事情不對勁。我一直是出自眞心地關心妳，只是想確定妳平安無事。」

她那劍拔弩張的眼神逐漸緩和，肩膀也放鬆下來。過了一會兒，她臉上浮現過於溫柔的微笑。

「謝謝妳，」她低聲說，聲音甜美。「我跟妳保證我沒事。」

如果她以爲我會相信這種說詞，那她可要大失所望。我才不會買她的帳。

「我覺得長久以來，妳的情況都很難稱之爲沒事。」

我想釐清她到底發生了什麼事。

她是不是因爲沒和父母說上電話，所以感到失望？

她和舅舅一起過的生活，是不是沒預期中那樣精彩？

她的舅舅是不是傷害了她？

或者另有隱情？

「我希望他趕快來，」她看了看手機。「他答應要來的。他說要先去辦一點事，然後我們會一起去圖書館。」

時間已經過了半小時。

「妳還是花很多時間上圖書館嗎？」

她眨了眨眼，眨了一次、兩次、三次。她每眨一次眼，臉上就戴上一層面具。這看起來十分有意思，同時也令人不安。她爲什麼要隱藏自己？

「妳知道有些書會詳細說明殺人的方法嗎？書裡不只闡述連續殺人犯的心理，還會寫出重現命案所需的每個步驟，非常有意思，我甚至還做了一張表。」

「妳說什麼？」我氣急敗壞地脫口而出：「妳做了一張如何殺人的表？」

「對啊，只是研究而已，殺人可沒有妳想的那麼簡單。」

「什麼？」**研究？**

她面無表情，臉上的情緒全都消失了。

「莎瓦娜。」

「幹嘛？」這句話彷彿帶有毒液，我們坐在這裡越久，毒液就把焦慮的傷口侵蝕得越大。「天啊，妳好嚴肅。好啦，如果我跟妳說，我想寫一本驚悚小書，所以正在做研究，這樣妳會不會覺得好一點？」

我揉了揉額頭的皺紋。「如果這是眞的，我的確會覺得好一點。」

「好，這是眞的。」

我很想相信她，眞的很想。但這是我頭一次聽見她對未來有所計畫，也是頭一次聽見她談及未來時沒有提到父母。

如果她說的是事實，那麼這是個好徵兆。至於當作家這件事嘛，誰不希望自己有能力寫書呢？

「如果這是妳去做研究的原因，我覺得非常棒。」

「喔，這不是唯一的原因，但妳早就已經知道了。」她又露出那種青少年有自己的祕密、而大人太蠢無法了解的表情。「我舅舅也對這件事很有興趣，他覺得最近柴鎮發生的命案很有意思。」

有意思？應該比較像是瘋狂和令人髮指吧？這是邪惡的事，不是什麼有意思的事。

「我等不及想見見妳舅舅了。」

她的視線從我身上移到門上，又移到地上。

「他會來嗎，莎瓦娜？」

她避開我的目光，基本上已經算是回答了我的問題。

我緩緩呼吸，在心中數息數到五。**一**，胸部擴張。**二**，手指放鬆下來。**三**，肌肉放鬆下來。**四**，慢慢呼氣，釋放沮喪。**五**，我覺得……自己冷靜了一點。

「他一定會來。」她清了清喉嚨。「他說要去辦一點事，然後就會趕來……」她臉現紅暈。

「趕來在諮商結束後接妳？妳是要這樣說嗎？」我並未掩飾自己的失望。「如果他不想來，那請妳一開始就直說。」

我越來越想見這個男人。如果他眞的那麼愛莎瓦娜，眞的關心莎瓦娜過得好不好，那他爲什麼不來？

一想到莎瓦娜可能受到任何形式的傷害，我的腳趾就不停伸縮，鼻翼翕張。

「妳生氣了。」莎瓦娜的語氣流露驚訝。

我決定誠實以告，於是點了點頭。

「爲什麼？」

「爲什麼？」她是眞的不懂嗎？「莎瓦娜，我之所以生氣，是因爲我沒有看見尊重，沒有在他身上看見妳所說的那種愛，尤其是他根本不想出席，而妳父母卻已經來過無數次了。」我想點出這當中的差異。每次請她的父母前來，他們總是二話不說赴約。

「但若要老實說，我生氣的，其實是他的缺席告訴我有些事不對勁，就像我剛才說的，我很擔心妳。」

她所築起的防衛之牆越來越高，現在說什麼或做什麼都沒有用了。

我傾身向前，握起她的手。

「我關心妳，只希望妳平安。」這句話不管要我說幾次都行，我會一直說到她相信爲止。

「但我不快樂啊。」譏諷似乎已成爲她的第二母語。

不，她提到了不快樂，這件事我沒辦法幫得上忙。

「快不快樂是一種選擇，莎瓦娜。妳快不快樂，全都取決於自己。我雖然希望妳快樂，但更希望妳安全、堅強、平安。只有妳能為自己的快樂負責，不是別人。」

我看得出她十分訝異，不然她期待我會怎麼說？

「從來沒人說希望我平安，他們只會說希望我快樂，願意做任何事來讓我快樂。」她的雙眼閃爍著輕蔑的光芒。「媽的他們又懂得什麼叫做快樂了？」

「是誰說要讓妳快樂？」

「每個人啊。我爸媽、我舅舅，每個人都他媽的說他們愛我。」

這整段對話彷彿像在搭乘一趟看不見盡頭的雲霄飛車。

我需要把焦點轉回到今天所談論和揭露的不同主題。

「這讓妳有什麼感覺？」對，我逃開了，但我需要時間整理出結論，以免留下尷尬的情緒。

「天啊，我真受夠妳說什麼感覺的了。」她說著便從沙發上跳了起來，走到窗前。

為什麼我的案主總是喜歡走到窗前那個位置？

「我可以走了嗎？我根本不知道自己為什麼要來。我應該打電話來說，去妳的，下星期見。」

她纖細修長的身軀倚著窗台。

「我不會硬把妳留下來，莎瓦娜。妳隨時都可以離開。」我對她的反應並不訝異。過去每當觸及不舒服的主題，她都會出現這種反應。

每次我都給出相同的回應。

每次她也都沒有離開。她只是繃著臉，陷入沉思，但最後總會回到沙發上，繼續先前的對話。所以我並不擔心。

「隨便啦。」她低下了眼，看著地面，朝沙發的方向走來。接著她從沙發前方經過，直接朝門口走去。

「我不需要這些鬼扯淡，我要去外面等舅舅了。」

我還來不及開口，她就已經離開了。

我想大叫出聲，叫她回來。

我想跟上去，把她拉住。

我想叫她留下來跟我說話，真正敞開心房跟我說話。

我想確定她是平安的。

我想確定她的父母是平安的、她的舅舅是平安的。這裡的平安，是指她沒有遭受性侵，也沒有被鼓勵去殺害自己的血親。

但最後我只是坐在椅子上，什麼都沒做。

因為當她開門時，我看見地上躺著一張字條。字條上用紅筆寫著：

更多人會死。

回憶 27

廚房裡的沉默令我十分難受。沉默中充滿了傷害、仇恨，以及有害的情緒。多年來，這些情緒一直圍繞著我的家庭。我想把玻璃杯砸到地上，甚或砸向桌子對面的父親，好讓他看看我，把注意力放在我身上。

天啊，我真可悲。

杯子如果打中他的眼睛，那也是他活該。

我在手中轉動杯子，讓它傾斜，先往左傾斜，再往右傾斜，看看要傾斜到何種角度，水才會灑出來。

「我的老天，孩子，別再玩杯子了，妳會把水倒出來的。」母親的聲音中混雜著疲倦和沮喪。她伸手搶走我手中的杯子，杯子滾落地面，裡頭的水灑得到處都是。

「擦乾淨。」父親坐在椅子上說，就像個鐵面無私的長官，用冰冷的口氣下達命令。

他的溫暖跑哪裡去了？愛跑哪裡去了？我已經記不得他上次親我、跟我打招呼或說晚安，或是哄我上床，甚至是打開房門確定我是否在床上，是什麼時候的事了。可能是在舅舅搬進來以前吧。

我沒理他。

「擦乾淨。」他的聲音沒有拉高或壓低。他是這座城堡的堡主，以高高在上的姿態處理這些狗屁倒灶的瑣事。

「又不是我弄的。」我說，逼他看我，卻只是浪費時間。他再度用叉子舀了一大團馬鈴薯泥，送入口中，同時看著我的成績單。

「妳知道自己是個忘恩負義的小孩嗎？」母親搖了搖頭，起身去拿抹布。

她走路一跛一跛的，我知道那是因為昨晚她被推下床所造成的。

親愛的父親在離家兩星期後，終於決定回來了。

真希望他沒回來。

為什麼他不乾脆離開、永遠不要回來？或是喝醉橫屍在水溝裡會更好。

「好了，如果妳不起來幫忙擦乾淨，我會讓妳再也沒辦法坐下，聽見了嗎？」這次他的聲音拉高了，但也只是稍微拉高而已。

天啊，他還是有感覺的。不知道要發生怎樣的事，他才會對我大吼。

但他也可能不會大吼，至少不是對我。他會把氣全出在母親身上，最後搞得我心裡滿是罪惡感，因為母親身上有瘀青都是我害的。

我用力把椅子往後推，讓椅腳在廉價塑膠地板上留下一道道刮痕。

他低吼一聲。

我沒理他。

「讓我來。」母親跛腳走回來，我從她手中接過抹布，丟在地上，用腳踩著把水擦乾。

母親坐了下來。我蹲下去撿抹布時，聞到一絲伏特加的味道。我正要把抹布拿回廚房，耳中又聽見熊一般的低吼聲，我轉過頭去。

「還有洗衣服。」

「好啦。」

我從他身旁經過時，他抓住我的手腕，抓得比卡住的果醬罐蓋子還緊。

「下次再這樣不尊重妳母親，妳就別想再見到明天的太陽。」

我站在原地不能動，彷彿一座故障的老爺鐘。我的手感到麻木。他的手指深深掐進我的血管。我知道明早手腕一定會瘀青，又得穿長袖襯衫來掩飾了。

我試圖扭動手指來促進血液循環，但是一點用也沒有。

「很痛對不對？妳再動手就會斷掉。」

他一鬆手，我立刻把手抽回。

我一句話也沒說，朝洗衣間走去，回到餐桌上時依然保持沉默。

「妳想跟我解釋，這鬼東西是怎麼一回事嗎？」他揮舞成績單，然後丟在桌上。

「不是很想。」

母親倒抽一口涼氣。「別做傻事。」她低聲對我說，聲音只有我聽得見。

「妳要不要再說一次？」

我很想用力推開他，就像他推我們一樣，但這不僅會讓他對我發火，母親也會遭受池魚之殃。

我雖然恨她，但也不希望她受到傷害。

真希望舅舅在這裡。如果舅舅在家，父親就不可能做出這種行為。我認為他怕舅舅。他的確應該怕舅舅。

父親是個又老又胖的卡車司機，而舅舅有健身習慣，渾身肌肉。有一次舅舅看見母親臉上有瘀青，就把父親狠拋到了屋子另一頭。

如果舅舅在家，父親做出這種舉動一定會被打得半死，他自己也心知肚明。

昨晚我打電話給舅舅，把母親的遭遇告訴他。他說自己正在幫朋友處理一項工作，但他答應我會盡快趕回來。

我知道他想回來，也因離開我們而感到歉疚，但沒人預料到這週末父親會回家。

「妳為自己的成績感到驕傲嗎?妳是不是突然變笨，還是妳媽太寵妳了?怎樣?說話啊。」

「上學很無聊。」我實話實說，上學的確很無聊。舅舅說我是他見過最聰明的人。我們會一起做功課，我從來不會寫錯答案。但是一到班上，那裡感覺就像有道高牆，我跳得再高都無法翻越。我的腦袋一團混亂，文字無法浮現，數字全都亂成一團，無論在家裡如何練習和用功，考試時我一題都回答不出來。

「她不笨，我哥每天晚上都幫她複習功課。」

父親哼笑一聲。「這就是問題所在。」

「那也許你應該待在家，自己教我才對。」我衝口而出，話語就像自來水從軟管裡噴出來。

父親站了起來，笨重的身軀塞滿整個空間，空氣似乎瞬間凝結。母親坐在椅子上瑟瑟發抖。

我坐直身體，抬起下巴，準備迎接最糟的事即將發生。

「妳覺得自己很強悍是不是？妳只是一個他媽的青少年。看來妳是日子過太好了。每次我出門都得賣命工作好幾個星期，回到家卻像是個陌生人，妳竟然還敢不尊重我？」他的巨大軀體佇立在我面前，說話時口水噴到桌上。

我拒絕退縮，拒絕讓胃裡翻騰不已的恐懼流露在眼神中。

舅舅說過，擊退惡霸的唯一方式，就是讓他知道自己對妳來說不算什麼。

我父親不只不算什麼，他根本什麼都不是。如果可以的話，我恨他。

我希望他死。

以前我很愛他、很崇拜他，並相信自己在他的保護下很安全。以前，我認為天底下沒有任何事可以奪走他對我的愛。他是我的英雄。

但這是哪門子的英雄？只見他舉起手臂。我知道他準備要揮拳揍我。

我想像著他揮出拳頭，想像著拳頭中蘊含的力道，想像著自己坐的這張脆弱椅子應聲崩塌，我也跌落在地。

我想像著母親坐在椅子上啜泣，沒有膽量插手。

我想像著父親用鄙夷的眼神看著我。

「發生了什麼事？」

舅舅的聲音阻止了即將招呼在我身上的父親拳頭。

舅舅的聲音救了我。

「我在問你，發生什麼事？」舅舅走了進來，站在我背後，一手放在我的肩膀上，另一手在身側握緊成拳。

父親看了看舅舅，又看了看我。他看見舅舅的手放在我肩膀上，便後退一步。

「你……你提早回來了。」母親膽怯地說，但聽得出她鬆了口氣。

「顯然回來得不夠早。」

「我把成績單拿給他們看。」我說，試著解釋發生了什麼事。

舅舅點了點頭。

「成績沒有太大的意義，妳知道的，對不對？」他說：「那些老師都很懶惰，他們認為每個人都只能用一種方式學習，然後再用不正確的假設來批判妳。妳比他們替妳打的分數還要聰明，沒有任何考試成績能改變我的想法。」他看著我，眼中流露出愛和接納，讓我全身震顫不已。

我的朋友都為他傾倒。他有六塊腹肌，所以她們都稱呼他為腹肌舅舅。每次她們看見我跟他在一起都無比嫉妒，非常希望自己也能受到那麼多關愛。

但他只關愛我。她們儘管嫉妒沒關係。他絕對不會愛她們，也絕對不會要她們。他只愛我。

我曾聽見母親和舅舅在夜裡低聲交談，他們以為我已經睡著了。我聽見母親要舅舅小心對待我，不要傷害我，像他傷害她那樣，並且要他發誓自己已經洗心革面。他說自己已經改頭換面，還說我很特別，沒人能夠了解我有多特別。世界上沒人像他那樣了解我，沒人像他那樣愛我。他絕對不會傷害我。

母親相信了他。

「現在你變成她爸了嗎？」父親大吼，但他的吼聲像隻小獅子，他以為自己的吼聲很凶猛，但事實上他只是一隻可悲的貓。

「小螢火，妳回樓上房間好嗎？」舅舅拿起自己的包包，遞了給我。「可以幫我拿上去嗎？別打開來看，因為裡面放著要送給妳的禮物。」他對我眨了眨眼，這表示他希望我做的正好相反。

我就像準備要舔蛋糕盤的小女生般咧嘴而笑，爬上樓梯，完全沒理會其他人。

但我想在樓梯頂端停下腳步，偷聽他們說些什麼。然而舅舅看著我爬上樓梯，不發一語，要確定我離開他的視線，走進房間。

他不知道，其實我可以透過衣櫃牆壁上的洞來偷聽。那裡有個通風口，只要打開蓋子，聲音就會傳上來，清楚得就像在隔壁房間一樣。

「我以為我們已經說好了，」我聽見舅舅說：「這個週末你不會回家。」

「媽的，我想什麼時候回家關你屁事。」父親吼道。

我想像他那又肥又醜的胸部上下起伏，然後坐下來。

「可以不要吵了嗎？現在很晚，大家都累了。」母親哀求說。

她知道自己的聲音聽起來有多虛弱嗎？

我搬離這個家之後，絕對不要像她一樣。我一定會很堅強，什麼事都難不倒我。我絕對不會讓男人傷害我，就像父親傷害她一樣。

「小妹，妳要不要先去睡覺？這裡交給我就好。妳丈夫和我需要好好聊一聊。」舅舅話聲中的權威感讓我手臂起滿雞皮疙瘩，他生氣起來十分可怕。

我敢發誓，他憤怒的眼神可以殺死人。

我常常在想，他有沒有真的殺過人？我想應該有。

「女人，坐回椅子上，他沒有權力指使妳。」父親說話時差點嗆到。

我想像著母親正在思索該站在誰那邊才好。她夠聰明的話，就應該站在舅舅那邊，只有他能保護她不受父親傷害，即使她不配獲得保護。

舅舅說他已經對她感到厭倦，總有一天他得處理她的事。

不知道他是什麼意思。我曾問過他，但他說當他準備好，以及當我準備好，就會告訴我。

我想我已經準備好了。

「我還得整理廚房……」

她話聲突然停住，我猜一定是舅舅瞪了她一眼。我在心中數算，看她要花多少時間才會爬上樓梯，上床睡覺。一秒、兩秒、三秒、四秒……這時第二階樓梯傳來嘎吱聲。

我趕緊離開衣櫃，蓋上通風孔，坐在床上。

她會進來我的房間嗎？她已經很少這麼做了。

敲門聲輕輕傳來，門把轉動。她探頭進來，臉上掛著悲傷的微笑。

「妳打電話給他，對不對？」

我點了點頭。

「謝謝妳。」

我們對看一眼。這一眼超越年齡，也超越我們之間的疏離關係。我永遠都會記得這一眼。

這一刻，她把我當成大人，一個比她更有勇氣、更有力量的大人。

我眼睛都還沒眨，她已關門離去。

我悄悄走到門邊，把門打開一條縫，聆聽她是否把房門鎖上，看她是否覺得舅舅回來了比較安心。

每當父親週末回來時，不是睡在沙發，就是睡在卡車上。他再也不跟母親同床睡覺。

但昨晚他在房裡睡覺。

昨晚他趁母親還沒把門鎖上，硬是進了房間。

昨晚我聽見了小孩不應該聽見的聲音。

我從來不像昨晚那樣痛恨他們。

他……做他自己。而她……讓他做他自己。

我想回去衣櫃裡偷聽他們說些什麼，但我知道舅舅一定會問起這件事，而我想誠實回答。

於是我打開包包，發現裡面有個小禮物。

我把禮物拿出來，十分興奮，想看看他買什麼給我。

那是我見過最美麗的睡袍。它是棕色的，褶邊和腰際有粉紅色蝴蝶結，觸感柔滑得像是絲緞。

睡袍裡包著一本書。

那是一本二手的《愛麗絲夢遊仙境》。

封面有點破爛，書頁有點彎曲，而且聞起來有一股霉味。

這是我收過最美麗的禮物了。

我看著鏡中的自己，發現眼眶中竟然含著淚水。

鏡中之人也在回看我。

只見她眼中閃耀光芒，臉上散發叛逆神采。她擁有一副少女的身軀，內在卻住著一個老靈魂。

我不認得她，但我歡迎她的到來。

28

八月二十一日，星期三

凶手

恐懼是一種神奇的激素。

它在人體內引發的連鎖反應包含了準備和保護，這十分令人驚奇。腎上腺素會釋放到血液中，要我們做好準備。當感知到威脅時，這種人體反應的目的是要保護我們，以免受到傷害。

即使不知道威脅從何處而來，或何時發生。

我一直在向恐懼學習。在成長過程中，恐懼一直占據我的生命，直到我堅強得足以反擊。

恐懼不能控制我，而是被我控制。

我不能讓任何人發現我的祕密。我正完美地扮演自己的角色，沒有人對我有一絲懷疑，而我希望繼續維持下去。

白天的我扮演著某個角色，直到回到這裡、回到家裡，我才能放鬆下來，做自己想做的事。

今晚的我是獵人，也是觀察者。

過去這段時間，我一直在觀察一個家庭。

我同時在觀察好幾個家庭。

我已經延遲了做決定的時間，但今晚將是決定生死的關鍵時刻。

———

啪噠、啪噠、啪噠。三滴血形成了一座小血潭，生命的精華滲入地毯。隨著我手中的刀子滴落鮮血，血跡逐漸擴大。

那對父母死了。屍體底下流了一攤血，滲透床罩、床單、床墊。

稍早之前，我躲在他們家後院的胡桃樹後頭，靜靜觀察。那父親賞了兒子一巴掌，只因兒子打翻了手中的牛奶。巴掌聲傳來，我的心也揪起來。小男孩流下眼淚，哭聲和啜泣聲從敞開的窗戶內傳出，讓我心碎無比。

這種情況很難讓人坐視不理。要我抑制衝動、不衝進去阻止那位父親，更是困難。

我可以報警，也可以去按門鈴。我可以採取很多種行動，防止小男孩心碎，但我什麼都沒做。

那是我的錯。

而這……這是他們的錯。

今晚我本來想要離開、放過他們，信守我會停手的承諾，結果牛奶卻被打翻了。

他們本來不用死的。

我想朝床鋪吐口水。我希望時間可以倒轉，重來一次。這次會下手比較慢，可以好好品嘗殺戮的滋味。之前下手都太快、太倉促了。應該讓他們緩慢、痛苦地死亡才對。

我仔細觀看現場，記住每一處細節。我其實該停手了，我在短時間內殺了太多人。我太沒有耐心了。

我來到廚房，按下無線電話的通話鍵，撥打電話。

「這裡是九一一，您有什麼緊急狀況？」

「我是柴鎮瘋后（Cheshire Mad Queen），」媒體替我取的名字還挺適合的。「請你們來帽客巷（Hatter Lane）三四二號。前門開著，說話不要太大聲，小男孩正在睡覺。他的房間在二樓上來右手邊，我建議你們先把他帶走，不要讓他看到血腥場面。沒錯，這裡血流成河。」我把電話放回到流理台上，拿走冰箱上的一張照片。

他真是個小寶貝，有著藍色眼珠和寬大額頭，笑容更是燦爛。他有點與眾不同、小笨拙，但這不是他的錯。他值得一個更好的家庭，在那裡他會被接受，而不是被處罰。

我從後門離開，穿過院子，在圍籬的另一頭稍作停留。我的一連串動作十分精準，脫下衣服，用衣服把帽子、雙手戴的手套、鞋子一起捲起來，放進留在該處的背包裡。我用保濕卸妝棉輕柔地清潔臉頰，接著便穿過後巷，進入仙境公園的西側。這時遠處隱約傳來警笛聲。

他們太遲了。

他們總是太遲。

麥田在銀亮的月光下舞動，大自然的窸窣歌聲是我的舞伴。我循著窸窣聲，尋找那已然消逝的東西。

「控制」是一頭難以被馴服的野獸，但我還是不斷嘗試。我失敗過無數次，每次的反作用力都差點把我摧毀。

我以爲來到這裡會不一樣。

我原本希望有所改變。我抱著很高的期待，做出妥善的計畫，避免重蹈覆轍。

該死。

我是自己最大的敵人。

現在該怎麼辦？

我他媽的也不知道。

昨晚我收到來自於**他**的警告，他讓我感到害怕。我們做了約定，只要聽從他的指示，他就讓我做想做的事，除非我做得太過火。

他發出警告，我最好收拾自己搞出來的爛攤子，否則他就會親自出馬。我最好聽從他的警告。

該死！

一定有別的方法可以解決這個大麻煩。

遠處家中的窗戶燈光呼喚著我，它向我承諾未來將會和過去一樣美好。

那扇窗戶象徵我生命中所有的美好事物。熒熒亮光照破黑暗、照亮去路，迎接著我。它是我的心，它代表著我是誰。

我是照破黑暗的亮光，是那條道路，引導著我愛之人遠離黑暗深淵和滅絕。

我是保護者。我絕對不能忘了這點。

29

八月二十二日，星期四

眼前的女子和我面對面，我認不得她是誰。她臉色蒼白，滿臉倦容，憔悴不堪。我的視線從布朗醫師諮商室的鏡子中移開，在沙發上坐下。

我晚上仍舊失眠。如果有人再度侵入我家並留下字條，那該怎麼辦？我在家裡感到非常沒有安全感。我把針織薄毯拉到胸口，指尖甚是冰冷，身體異常疲憊。

布朗醫師遞了一杯水給我，不發一語，低頭看著我的檔案。她在看什麼？我很想倚身過去偷看她的筆記，但我沒這樣做。

「我很擔心幾件事，」經過彷彿長達一小時的靜默之後，她說：「首先是妳的睡眠模式。妳的睡眠嚴重不足，我不確定妳是否該繼續以現在的頻率爲案主進行諮商，因爲這會影響妳的認知能力，而妳會無法協助他們。」她等待我回答。

她說得沒錯。她說得當然沒錯。

「其次是妳的人身安全。如果妳有夢遊症狀，就會需要一些制衡方式。由於妳一個人住，所以需要想出一種方法來喚醒自己，或是讓自己留在家裡，不會遊蕩到外面。妳的朋友譚美有可能來家裡睡嗎？」

「我之前就問過了，她有空就會來，但她經常得二十四小時待命。」醫師皺了皺鼻子，我猜這可能是她原先最主要的計畫。

「我可不想把自己綁在床上，如果妳是在考慮這個的話。」我咧嘴一笑，降低話中的譏諷意味。

她格格一笑。「沒有，我只是在想，也許可以在臥室裡裝個鈴鐺之類的。如果裝設一個警鈴系統？只要妳半夜離開家裡，譚美就會收到簡訊。」

我考慮了一下。

「妳有沒有考慮服用安眠藥呢？」

這個建議讓我心頭一縮。我討厭吃藥，必須服用偏頭痛的藥就已經夠糟了。

「不是很想。」

她側過了頭，用筆敲打臉頰。「吃安眠藥這件事會讓妳覺得不安嗎？」

「我不喜歡吃安眠藥的感覺。」這不是藉口，而是事實。以前我吃過安眠藥，隔天早上卻覺得十分昏沉，更別說腦袋遲鈍了。

「有人侵入我家、留下字條，但我家的門二十四小時都鎖著。我覺得很沒有安全感，如果再吃安眠藥的話……」我沒把話說完，也沒有必要。

醫師點了點頭。「有道理，也因如此，我才建議找譚美去妳家睡。我不想這樣說，丹妮爾，但考量到妳根本不記得睡著後自己做了什麼，這樣一來吃藥的壞處也有限，妳懂我的意思嗎？妳說得沒錯，有人侵入過妳家，妳會覺得沒有安全感。」

我瞇起雙眼，明白了她的話中之意。

「妳是說，我有沒有吃安眠藥其實沒什麼差別？」

「對，可是……」她頓了一頓，低頭看著檔案。「我不會叫妳去做妳覺得不舒服的事。如果妳願意的話，有很多天然的助眠劑可以使用，多方嘗試看看什麼有效、什麼沒效。這些在一般藥局都找得到。」

我想了想這件事。「天然的助眠劑，例如花草茶？」

她露出燦爛微笑。她應該是在我的語氣中聽見了轉機，我接受了這個方式。

「我比較希望妳服用處方藥，但如果想喝花草茶，我也會覺得很高興。妳只要去詢問藥師就可以了。助眠劑的選擇很多，藥師可以幫助妳找到最適合的。我眞的覺得這會有幫助。」她傾身向前。「我自己也有在服用。」

知道這點很有用。

我會邀請譚美來我家過夜，但我會說得很隨興，讓自己看起來是想在她偵辦命案期間照顧她，而不是因爲自己很害怕。但……如果她在家裡時，我的夢遊症發作怎麼辦？過去她睡在我家時，我不曾夢遊過，但凡事總有第一次。

我不希望她擔心我，但她如果知道實情，一定替我擔心。

「我們來談談妳收到的字條，妳有把這件事告訴譚美嗎？」

她希望我說有，我也希望自己有。

「沒有。」

「爲什麼沒有？」她的眼尾和額頭出現失望的細小皺紋。

這是很簡單的問題，答案卻十分複雜。

「我知道字條上寫了什麼，但我不願意相信。我不相信自己的案主當中有人是凶手。」我的聲音中帶有某種肯定，如水泥般堅固穩定。她會相信嗎？我持懷疑態度。換作是我，我也不確定自己是否會相信。

「但如果那是眞的呢？如果他們當中有一人是凶手？」布朗醫師繼續問，雙手交握放在大腿上，臉上露出一種表情。我不想去解讀她的意思。

並非讀不出來，只是不想去讀。

「丹妮爾。」她用「該面對現實了」的口吻說：「妳來這裡，是因爲需要協助去應付壓力，除此之外，妳也需要協助去解讀案主。妳不確定自己是否在幫助他們，這也告訴我，妳不確定自己是否那麼了解他們。」

我坐在沙發上，全身冰涼，宛如一尊雕像般面無表情，讓她無可解讀。

「如果妳覺得自己了解他們的程度不如預期，」她繼續說：「那又怎麼能確定那些字條上的警告與他們無關？」

我不知道該回答什麼。她說得一針見血。

「我懂妳的意思，但……」

「但妳不想接受。」她站起身，走到辦公桌前，從抽屜裡拿出一樣東西。

「妳不可能完全了解自己的案主，丹妮爾。這些話聽起來可能很刺耳，但事實是，妳不可能提供案主百分之百的協助。學校教授應該在大一心理學第一堂課就教過你們這件事，而且當妳開始執業、接過幾件個案後，也應該會認知到這一點。」

她用小心謹慎的表情看著我，不確定我會如何反應。這讓我惴惴不安。我對她接下來要說的話感到戒慎恐懼。

「我開始執業後不久，有個案主觸動了我的心。她是個二十一歲的大學生，她的家人犧牲一切，只爲了讓她成爲人生勝利組。她頭腦聰明，很多朋友都喜歡她。」布朗醫師手裡拿著一張照片，臉上的微笑充滿悲傷和罪惡感。

她把照片翻過來，照片中，有個女學生站在大樓前，肩膀上揹著一個斜背包，包包裡塞滿了書。女孩臉上沒有微笑。

「我以爲自己很了解她。我們的諮商聚焦在如何應付她父母，以及她自己的期望所帶來的壓力，我眞的以爲我們獲得了進展。有時我們會在諮商室碰面，有時我會去咖啡館找她，因爲她在那裡寫作業。這張照片……」她露出顫抖的微笑。「……是在她自殺身亡前一天拍的。」

我的腹部像被痛毆一拳，整個人往後縮。她告訴我這個故事，是爲了傳達一個訊息，我清楚接收到了。

「我完全在狀況外，」她繼續往下說：「完全不知道她已經在自殺邊緣。我知道她很抑鬱，我們討論過這點，也討論過處理抑鬱的一些方法。但如果當時有人跟我說，我們喝完咖啡的隔天她就會自殺，我一定會指控對方誣衊。」

她把照片放在咖啡桌上，正面朝上，讓它成爲一個微妙的提醒。

「如果事情是眞的，」我說：「如果莎瓦娜、泰勒和艾拉之中，眞的有人是凶手，那爲什麼要告訴我此事？」

「這是個好問題，妳覺得是爲什麼？」

我聳了聳肩。我知道才怪。「爲什麼不直接去報警？如果他們知道一些我不曉得的事，爲什麼要跟我玩這種遊戲？這一點道理也沒有。」

「爲什麼妳如此確定他們不是凶手？」她的聲音堅定而溫柔，和我預期的不一樣。

「我……」我說不下去了。想說的話和需要承認的事，全都黏在了舌尖上。之所以說不下去，是因爲在內心深處，我也無法百分之百確定，不是嗎？我很難面對這個事實。

「難道妳會讀心術？」她問。

我嘆了口氣。

我伸手到脖子後方，手指觸摸到因壓力過大而形成的小腫塊。我吃了止痛藥，做了熱敷和按摩，但它就是無法消退。

「好吧，我們來談談那些字條。」布朗醫師頓了一頓，環目四顧，彷彿在整理思緒。「如果妳覺得害怕，那妳應該告訴有關當局，尤其是譚美。有人侵入過妳家，換作是我一定會很害怕。」

「不行，我不能。」

「不能什麼？」她問：「不能告訴有關當局，還是告訴譚美？」

「這兩者沒有分別，我還不能讓她知道這件事。」

「爲什麼？」

「她現在不需要額外的壓力，她應該專心追緝凶手。」

「如果那些字條裡有線索呢？」

如果。我不想玩這種遊戲。「那裡面沒有線索，因爲它不可能是眞的。」

她是否聽見我口氣中的懷疑？

現在，我是自己最大的敵人，因爲我在來來回回兜圈子。

「如果妳還沒準備好告訴譚美，這件事可以先擱著，不要緊的。至少目前是如此。」她說最後一句話時露出微笑。

我回以不確定的微笑，咬著下唇，看著諮商室裡的一盆蕨類植物。這盆植物是我們上次諮商後才添購的。

「那麼，我們把焦點放在相信自己好嗎？」她繼續說：「相信自己的直覺，尤其是面對案主的時候。」

我很想偷笑，她竟然要我相信自己的直覺。我就是不懂自己的直覺才會來這裡，更何況，我一直在跟她說我的案主絕對不是凶手，這實在是太可笑了。

我看穿了她的用意。

「我覺得自己的直覺好像去度假了。」在諮商中加點幽默感，有何不可？不必上過大一心理學第一堂課，也知道開玩笑可以被用來作爲逃避的一種手段。

「讓我改變一下措辭，」我接著說：「妳又如何知道自己的直覺是對是錯？我的意思是，我跟案主進行諮商也有很長一段時間了，我應該知道他們有沒有進步才對。或者，是我對自己太嚴格了？」

「諮商只是療癒的一種方法，不是解藥。」

我希望她有話直說，不想聽這種心理學廢話。

「好吧，」布朗醫師說：「我也換個說法好了。有人來找妳做諮商，並不一定代表他們已經準備好要接受幫助。身爲心理治療師，妳能做的其實有限，這妳應該知道吧？」

「我知道。」我緊閉的雙唇噴了口氣。「但這無法讓我停止覺得自己很失敗。」

「其實妳剛才已經問了一個很好的問題——妳是不是對自己太嚴格了？」

「難道妳不會嗎？」我語氣中的挑戰意味十分明顯。她只是看著我，彷彿想等我再往下說，或是收回這句話，但我完全不想麼做。

我的提問是眞實的。我想知道答案。我需要知道答案。

「是的，如果沒能幫上案主什麼忙，我可能也會這樣覺得。」醫師承認：「但我不會讓這種念頭一直糾纏自己，而且我會記住自己已經盡力了，這也包括尋求協助。妳選擇來到這裡，這已是跨出一大步。妳盡力了，丹妮爾。」

我想爭論這一點，因爲我們都知道這不是事實。

「妳提到過愛自己，」布朗醫師用筆敲了敲大腿上的筆記本。「妳有沒有和案主討論過這個主題？」

愛自己？當作主題？

「當然有，」我說這話的口氣比較像提問，而不像回答。「尤其是跟艾拉。」我加強語氣，讓自己看起來像是一切都在掌控之中，知道自己在說什麼。

她在筆記本上寫下艾拉的名字。

「我知道妳認爲自己讓所有案主失望，但我們何不來討論一下，妳是怎麼幫助他們的？有時只需轉換一下角度，就能抵銷腦子裡的負面想法。」

我心頭一驚。我其實不是這個意思，但她命中了要害。

在此之前，我認爲自己是個正向的人，會在人們身上尋找良善、光明面之類的。但現在的我十分陰鬱，只看得見傷害，看不見光明面。

我是從什麼時候改變的？

「丹妮爾，」布朗醫師在椅子上扭動身體。「妳要不要舉出今天發生在身上五件正面的事物？」她的聲音十分歡快，就像棒棒糖那樣甜美。

我討厭棒棒糖。

「現煮咖啡、熱水澡、藍色天空。」我說出最先浮現腦海的三件事情，只見她臉上的表情混合著不安和鼓勵。「我還活著，還有……」要把浮現腦海的前五件事物列舉出來並不容易。我想去跑步，把腦袋清空，只把注意力放在呼吸，以及踏在人行道上的腳步聲上。

「還有我在這裡跟妳在一起。」我帶著勝利的心情說出最後一件事，就像小孩找了一整天的答案，最後終於找到了。「我想妳可能也要我舉出幫助案主的五件事吧？妳是這樣打算的嗎？」

我沒等她回答，便逕自往下說。

「先從艾拉開始。剛認識她時，她整個人看起來像是個空殼子。她不敢直視我的眼睛，焦躁不安，說話非常小聲幾乎聽不見。」

回首過往，我發現自從第一次見面後，艾拉進步了許多。我心中冒出了一絲希望。

「這是個過程，她已經進步很多了。」我讓這個想法在心中沉澱一下。

「怎麼說呢？」她問。

「現在她比較能直視我的雙眼，能應付突來的噪音。我們可以進行對話，不用一直慫恿她開口。」我觸摸脖子後方的腫塊，按壓下去，承受它產生的痛楚。

「妳還注意到她有什麼改變？」

「艾拉……」我頓了一頓，尋找適當的用詞。「艾拉很堅強，充滿驚喜。但她並不這樣看待自己，說不定她永遠都不會這樣看自己。她正在把自己改造成一個完全不一樣的人，這……這不健康，而且會傷害到眞正的她。」

「眞正的她是什麼樣子？妳有見過嗎，她有向妳展現過？」布朗醫師傾身向前，肩膀在胸腔上方弓起，雙臂伸直放在膝蓋上。

我的答案對她來說很重要。

爲什麼？

30

八月二十二日，星期四

艾拉不能這樣一直爽約下去。

她沒有傳訊，也沒有提前通知。我傳了好多通簡訊她都不回，讓我不確定她明天到底會不會來。這不太對勁。直覺告訴我，無論她發生了什麼事，絕對不是好事。

以往我不會感到壓力這麼大，只會認爲她是工作忙碌。但自從她承認自己犯下命案後，我就不只是擔心而已。

我感到害怕。

上次諮商結束前，她對我坦承那些父母之所以會死，都是她的錯，接著就衝出了諮商室。她說那是她的錯，還說自己要爲此事負責，但卻沒有說要如何負責。

我感謝布朗醫師帶我釐清關於字條的事。要怪罪一個人是很容易的，但我知道艾拉不可能是凶手。我拒絕讓她的過去玷污她的未來。「一日殺人犯，終生殺人犯」這句話不適用在艾拉身上。那時她只是個承受巨大壓力的孩子。

她已經改變了，已經不是過去那個小女孩。

但懷疑仍籠罩著我的腦海，猶如陣陣雲霧飄下山脈。

既然艾拉不來找我，那我就去找她。

從我家步行到圖書館大約需要三十分鐘。仙境街上有許多咖啡館，我在其中一家買了杯咖啡，踏著從容的腳步前往圖書館。

我愛柴鎮，愛這裡的一切，包括鎮上的雅致店舖和民宿。我愛那些二手商店和麵包店。這個小鎮讓人彷彿身處歐洲，卻少了那些石子路。

我剛搬來時，不確定能否適應這種小鎮生活，因爲這裡沒有祕密，步調也比城市緩慢，一切看起來都好得令人難以置信。

當事情看起來太過完美，大多時候正好相反。

一般認爲，連續殺人案多半只會發生在大城市，不會發生在這種沒有霓虹燈和繁華街道的小鎮。慢活小鎮應該就只是……慢活才對。人們搬來這裡是爲了遠離塵囂、爲了安全，他們想在一個自己可以信任的社區養兒育女。

前往圖書館的人行道上，平時都可以看見一群又一群嘻嘻哈哈的小朋友，但現在卻一個人影也沒有。

「丹妮爾。」我聽見有人叫我的名字。

莎賓娜走到店外，朝我揮手。她身穿一件迎風搖曳的藍色洋裝，手臂上掛著一條淺黃色絲巾。她的頭髮隨便綁了個辮子，垂落在肩膀上。如果不是跟她很熟，我一定會認爲她有獨門的保養祕訣，因爲她頭上雖然摻有白髮，看起來卻十分年輕。

「我只是想問問妳好不好。」她溫柔的話聲中帶著一絲擔心。我折返回去，走到她面前。

她應該注意到我一臉迷惑。

「記得嗎？昨晚我出來關店門，發現妳坐在那張椅子上。」她指了指店外的一張長椅。「妳說覺得頭暈，忙了一整天都沒吃東西，所以我就拿了早上烤的一條堅果棒給妳吃。我都不知道妳有低血糖的毛病。」

「我沒有啊，」我轉頭看了看那張長椅，又轉回頭看著莎賓娜。「昨天晚上？」

「妳不記得了嗎？妳說到家以後會打電話或傳簡訊給我。」

昨晚我一直待在家裡。

「後來我先回店裡，稍晚之後有去妳家，但妳已經躺在沙發上睡著了。」她伸手輕輕揉了揉我的手臂。「妳眞的應該把窗簾拉起來，尤其是晚上。別擔心，妳身上蓋了一堆毯子，我什麼都沒看見，但妳家離公園很近，妳可不希望有偷窺狂往家裡頭看吧？尤其妳又是單身。」

每到晚上，我總會把窗簾拉上。我是個非常注重隱私的人。

「妳是幾點去我家的？」我知道自己沒睡，而那堆毯子就只是堆在沙發上而已。

「喔，這我不太記得了。」莎賓娜看看手錶。「我大概八點左右在這裡見到妳，接著就跑回店裡，跟葛蘿莉亞（Gloria）聊天，就是晚班負責烘焙的店員，我有一陣子沒見到她了，所以……我在店裡待了將近兩小時。後來我先生傳簡訊，問我要不要回家。」

「妳什麼時候去我家的？」

「大概十點或十點半吧，我……」

「我沒在睡覺，」我打斷她的話。「妳應該敲門的。」

「妳看起來是在睡覺啊。說眞的，丹妮爾，我無意冒犯，但妳需要新家具，難道妳不覺得應該把房子布置成妳自己的風格嗎？」

「什麼？不，那會……」我打個冷顫，一股涼意沿著肌膚往上竄。「也許我只是喜歡七〇年代的擺設。」我發現自己的防護罩升了起來。沒錯，屋子裡大部分的擺設都原封不動，看起來就像在等我祖母回來似的，但購買新家具目前不在我的優先清單上。

莎賓娜揚起雙眉，彷彿在衡量我說的話。「妳有覺得好一點嗎？」她又問了一次，還好她不再繼續聊室內裝潢的話題。

我的記憶一片空白，就跟全新的黑板一樣。

莎賓娜替我擔心，但也許我才應該爲她擔心。我整晚都待在家裡，只有去公園散步了一圈，但是不記得有見過莎賓娜。無論她見到的是誰，一定不是我。

「妳應該去驗血一下，丹妮爾。我發誓妳跟我說妳有低血糖。我當時覺得奇怪，因爲我也有這個毛病。也可能只是注意到妳身上的症狀，然後我自行推測的吧。」她不以爲然地噘起嘴唇。「妳看起來很累，到底睡得夠不夠？」

「不是很夠。我喝了妳給我的茶，但好像沒什麼效果。」

「我覺得大家最近都睡不好，發生那些事很可怕對不對？」她朝公園望去。「沒想到這種事就發生在我們的小社區。我聽說……」她倚過身來，壓低聲音。「……聯邦調查局已經介入調查了。」她特別強調「聯邦調查局」這五個字，彷彿每說一個字，就在對方胸口戳一下似的。

我們的話題轉換得十分突然。

「譚美辦案需要所有的協助。老實說，我擔心的是她。」我知道這是在替當地八卦提供題材，但現下只希望把話題焦點從自己身上移開。

「譚美？」

「對，我的朋友。我一直想把她介紹給妳認識，她是負責偵辦這件案子的警探。」

「我不知道妳認識偵辦這件案子的警察。」她就像是一隻眼盲的老鼠正在嗅聞起司，整個人燃燒旺盛的好奇心。

「現在妳知道啦。」我說。

「所以這位神龍見首不見尾的譚美負責偵辦命案，」莎賓娜的嘴唇做出驚奇的形狀。「眞不敢相信我還不認識這個人。她從沒來過我的店裡？」

她的口氣聽起來似乎有點受傷。

「前天晚上我嘗試要做起司蛋糕。我一直想介紹妳們認識，但她工作很忙，所以我想也許起司蛋糕可以讓她抽空來一下。但我一直搞錯食材，午夜過後才終於接受失敗。」

「妳怎麼不跟我說呢，最近我一直想做起司蛋糕。不然這樣，起司蛋糕交給我，妳們來我這裡喝杯茶如何？」莎賓娜提議。

我微笑答應。

譚美一定無法拒絕起司蛋糕，尤其這個蛋糕又是特地爲她做的。

我們互道再見。我繼續往前走，但莎賓娜說的話令我愈發不安。

爲什麼她說自己見過我？如果我見過她，應該會記得不是嗎？昨晚我試著在沙發上睡覺，但最後只有在看一部電影打了幾次瞌睡，其他時間都醒著。

但她卻十分確定自己見過我。

31

八月二十二日，星期四

圖書館一片死寂。

幾個小孩坐在書架周圍和靜謐角落，埋首閱讀。

桌前坐滿大學生，他們頭上戴著耳機，書和筆記本翻開放在桌上。

書架走道上都沒人。

二樓空蕩蕩的，欄杆旁的座位空無一人，唯一的聲響是圖書館員橫越館內時，鞋子發出的啪噠聲響。她手上抱著很多書，臉上戴著一副眼鏡。

我朝她點了點頭，便往兒童區走去，艾拉應該會在那裡。

沒有艾拉的身影。沒看見她在整理架上的書，沒看見她唸故事給小朋友聽，也沒看見她蜷曲在角落的座椅上看書。

或許她在另一區正在整理藏書，或正協助民眾尋找一位新作者。

但四處都找遍了，就是沒找到她。

我等待時機，打算上前跟圖書館員說話，但每次一靠近時，她就開始忙碌起來。

我朝遊樂區走去，過去那裡總是擠滿小朋友和家長，以及其他圖書館員。如今輕鬆和友善不見了。

微笑和嬉鬧不見了。

希望和笑聲不見了。

我走下階梯，朝草地上望去，沿路只聽見恐懼的低語聲，看見焦慮的掃視眼神。

我露出親切的笑容，朝聚在一起的家長微微揮手。有幾個人對我揮手，但大多數人只是轉身背對我，繼續看護他們的小孩。

艾拉不在這裡陪小孩玩，也沒在這裡跟家長聊天。

她坐在遠處樹下的一張公園長椅上，盤著腿、低著頭，一本書放在大腿上，頭髮蓋住一部分的臉頰。

她完全沒發現我走過去。

沒想到她看起來會如此平靜放鬆，和周遭的民眾正好相反。

「艾拉。」我叫了她名字幾次，她才抬頭。

「萊克夫醫師，妳怎麼會來這裡？」她闔上大腿上的書，動作輕柔，和預料中的一樣。

「嗯，我想想看。妳沒有在約定的時間出現，也沒回我電話，我很擔心妳。」我應該買兩杯咖啡來的，兩手空空有點尷尬。

她望向公園。

「抱歉，」她玩著大腿上的書。「我……休了幾天假，我只是……把自己關在家裡。」

我發現她不肯正視我。

「沒事吧？」

她點了點頭。

「我了解，每個人都需要一點時間清靜一下。」我翹起了腿，手臂放鬆地擱在椅背上。「妳看了很多書？」

她拍了拍大腿上的書，抬頭朝我望來，眼神恍惚。

逃避現實對艾拉而言不是什麼好徵兆。每當她覺得受到威脅或恐懼不安，就會逃避現實。

「妳還記得嗎？妳答應過，只要覺得壓力太大難以承受，就要來找我。」我希望她信任我，願意在關鍵時刻來尋求我的協助。

我以爲她已經願意信任我了。

「反正……就是這樣。」她玩弄垂落在肩膀上的一綹頭髮。

「是什麼原因讓妳覺得需要逃避？」我柔聲說，彷彿在跟小孩說話，或是想把貓咪從沙發底下哄誘出來。

我立刻想到自己收到的字條，即使這樣並不恰當。過去這個星期艾拉沒來做諮商，那她在做什麼？

是一個人獨處嗎？她住在哪裡？她跟我說過，有一次她逃避現實時，完全不記得那幾個小時自己是如何度過，也不知自己如何處理基本需求，例如進食。

「妳有沒有過一種經驗，就是離開一處地方，然後抵達另一個地方，卻不記得自己開過車？」

她撫平自己的裙子。「或是突然發現自己身處在一個陌生環境？在自己的臥室醒來，卻仍迷失在夢中，認不得周遭的景物？」

有的，以上都有。

「就像那樣，上一刻我還在享受溫暖的陽光，下一刻卻發現一天已經過去了。我已經吃飽、洗過澡，甚至躺上床了，但我卻不記得自己做過這些事。我彷彿活在腦中的夢境裡。」

她露出天真的疑惑表情。

「或者，其實夢境才是我的實相，而這……」她張開雙臂。「……這是個夢境世界。說不定妳不是眞的，我也不是眞的，一切都不是眞的。哎呀，」她仰起了頭，迎向陽光。「說不定我的過去也不是眞的，只是活在一個噩夢裡。」

「我覺得很眞實啊。」我微微一笑。

「是嗎？」

我皺了皺鼻子。不喜歡這段談話的行進方向。

「下次再發生這種事，艾拉，請打電話給我好嗎？」

她聳了聳肩。「這種事不會有徵兆，妳知道的。我沒有故意去計畫它。」

我點了點頭，表示同意。

「能問妳一個問題嗎？」雖然我覺得這樣有點怪，但還是得問。「我們有一段時間沒見面，妳……妳有來過我家，留下一、兩張字條嗎？」

她一臉茫然，我一看就知道答案是否定的。

但我開始覺得不太舒服。

她的臉上什麼情緒也沒有。

「好吧，當我沒問。」**該死**。我不知道自己爲什麼這樣問。爲什麼我會以爲字條是她留的？那些字條到底是誰留的？

「字條有幫上忙嗎？我的室友常留字條給我，提醒我要進食、怕我忘記約會。」

她丟出來的新資訊讓我措手不及。

「妳有室友？」我一直以爲她是獨居。「是最近發生的事嗎？」

她用奇怪的眼神看過來。「我一直都有室友，萊克夫醫師，我以爲妳知道這件事。」

我搜尋自己的記憶，但完全不記得她提過有室友一事。

「她……呃，妳可能不會喜歡她。我是在過去那段人生裡認識她的。」

我的雙眉立刻揚起，速度比鞭炮還快。

「艾拉，妳覺得這樣做明智嗎？」

「愛娃（Ava）在獄中很照顧我，她是唯一我能仰賴的人。她……對我很好。」

我的腦中閃過無數思緒，每一個思緒都告訴我，愛娃這個人對艾拉絕對不可能有好處。

「一般會建議受刑人出獄之後，不要跟獄中的朋友保持聯絡。」我謹慎地說：「這是爲了讓更生人重新開始，不要被過去牽絆。」

艾拉點了點頭。有那麼一瞬間，我眞的以爲她把我的話聽進去了。

「愛娃不一樣。我現在變了個人，全都是因爲愛娃的緣故。這……這旁人很難了解，也很難解釋。但是她很照顧我，萊克夫醫師。」

「妳會跟我多說一點她的事嗎？」如果她對艾拉這麼重要，那我想要了解她，也需要了解她。

艾拉的嘴角停留著淺淺微笑。她抬眼看了我幾次，依然微微低頭，手指在書封上畫圈圈。

我終於注意到那本書。

《愛麗絲夢遊仙境》。想當然爾。

那本書看起來很眼熟，很像我曾經想買的那一本。

就是莎賓娜店裡的那本。

但它們不是同一本書。店裡的那本燙金字母已然褪色，艾拉大腿上的只是稍微舊一點而已。

「今天早上我知道自己是誰，但在那之後，我改變了好幾次。」艾拉輕聲說。

我知道這句話來自她手中的那本書。

「妳是什麼意思，艾拉？」

「愛娃說，這句話是我的人生格言。她鼓勵我成長、改變，成為比以前更好的人。沒有她，我會迷失在自己建構的黑暗中，走不出來。」

她談到愛娃時，口氣中帶著崇敬之意。

「我認為妳的內在一直都有那股力量。」我提醒她。

她聳了聳肩。「也許吧，但沒有她，我永遠都找不到。」

她朝我轉過身來，膝蓋幾乎觸碰到我的大腿。

「妳喜歡我，對不對，萊克夫醫師？」她問：「妳喜歡我這個人，喜歡我在諮商中呈現的樣子，還有我現在的樣子，對不對？」

她沒給我機會回答。

「但妳不會喜歡以前的我，那時的我迷失在仇恨和憤怒中，滿腦子只想著要如何摧毀父母的生命，就像他們摧毀我的一樣。我心中的仇恨燃起熊熊烈火，把周遭的一切全都點燃。他們死的時候，我⋯⋯」她聳了聳肩。「很喜歡那種感覺，嗨到不曾有過的境界。那一刻，我掌控了自己的命運；那晚，我成爲了一個全新的人。」

「但妳沒有讓那種感覺吞噬自己。」我再次提醒她。

「妳不明白，死亡的滋味令人上癮，十分吸引人。我就像中毒般渴求更多，它就像是一種癮頭。如果沒有愛娃⋯⋯我就會變成上癮者。」

我努力不讓自己流露情緒。一陣風吹拂我的頸背，令我打個冷顫。

「我被關進監獄時已經受到審判。我有罪，而且也從沒想要隱藏這點。沒有人在乎我為什麼殺害父母，只知道我做了這件事。但是愛娃⋯⋯她在乎。她看穿別人貼在我身上的標籤，她看見一個破碎的靈魂。」

艾拉彎下了腰，從腳邊的包包裡拿出一瓶水。我沒注意到她帶了包包。

「愛娃看出我受到嚴重創傷，也看見我殺害父母背後的原因。她了解我的心魔。她聽完我的故事之後掉下眼淚。當繼父把我推到床上時，我母親只是轉身望向別處。她不在乎我被強暴。她清楚知道我的遭遇，卻一點也不在乎。」

艾拉用雙手緊緊抓住那瓶水，手指因緊握而發白。

「我很遺憾，艾拉。」我想伸出雙臂擁抱她，告訴她沒事了，已經沒事了。但我知道她不會喜歡在公共場合做出這種動作。

這是她頭一次敞開心扉，告訴我過去的事。我當然知道所有細節，我看過警方的報告，在網路上搜尋過相關報導，也有她先前的病歷和心理測驗報告。但我從未逼她談這件事。事實永遠不如背後的感覺來得重要。

「愛娃幫助誤入歧途的我走回正軌。她曾經對我許下一個承諾，我永遠不會忘記這件事，所以我們才住在一起。」

她漸漸鬆開抓住瓶子的手，將瓶子放在身旁長椅上。她拍了拍大腿上的那本書，臉上似乎掠過一絲愛意。

「她承諾我們要伸張正義，不讓其他小孩像我一樣受到傷害。我們無法拯救所有的小孩，但可以在能力所及的範圍內守護他們。」艾拉說這話時點了好幾次頭，彷彿在提醒自己這件事。

我想露出微笑。我想說自己很替她高興，找到這樣一個支持她的朋友，但我的注意力全被她那句話吸引過去。

不讓其他小孩像我一樣受到傷害……

接著，我想起她對我說過的話。她覺得自己對被害人有責任，被害人會死都是她的錯。

「艾拉。」我清了清喉嚨。我該怎麼問呢？

她用小心翼翼的眼神看著我，不確定我要說什麼。

我也不確定自己要問什麼。

我不認識愛娃。我不知道她的過去、她的現在、她是什麼樣的人、長什麼樣子，甚至不知道她犯過什麼罪。說不定她只是因竊盜而被關進監獄，進而和艾拉成為獄友。

我收到的字條上說，我認識凶手。說不定他們只是猜測我認識凶手而已。說不定他們搞錯了。說不定字條指的，不是艾拉和她過去犯的罪，而是指愛娃和她現在犯的罪。我又清了清喉嚨。

「愛娃有來過這裡……來過圖書館嗎？」

我心中冒出恐懼的泡泡。

「愛娃不喜歡人多的地方，」艾拉說，語帶猶疑。這無法抹去我心中那股不祥。「她白天都會盡量待在家裡，反正她是夜貓子。」

她沒有正面回答問題，但遊樂場出現的騷動吸引了我們的目光。

幾輛閃著警示燈的警車開進了圖書館的停車場。

遊樂場的家長紛紛呼喚孩子回來，恐慌的聲音飄盪在空氣中。

我朝停車場望去，只見五名警察從車上下來，他們全副武裝，朝圖書館的階梯走去。

我回頭朝艾拉望去，她已不見蹤影。

32

八月二十三日，星期五

我正在等候譚美，咖啡館裡沒有其他客人。

除了咖啡師之外，我是唯一的客人，這有點奇怪。

窗戶開著，沁涼微風吹了進來。我看著咖啡的蒸騰熱氣升起旋轉。

我拉起身上薄夾克的拉鍊，雙手握著馬克杯。

譚美抵達時，我已經續了一杯咖啡、替她點好咖啡，水果盤也吃完一半。

「抱歉，」她說，脫下雨衣，掛在椅子上。「臨時接到一通電話。」她從水果盤裡拿了一顆葡萄放進嘴裡，然後才發現面前已經放了一杯咖啡。

「謝謝。」她說，端起咖啡啜飲一口，打個冷顫。

「啊，忘了幫妳加糖了。」我說：「我不知道妳什麼時候會到，希望咖啡還是熱的。」

我無法想像她有多忙碌。

今天是她約我出來的。她打電話給我，央求我跟她喝杯咖啡。我表示可以帶咖啡去警局給她，但她說自己需要逃離警局一小時。我們本來打算在莎賓娜的茶館碰面，但我抵達時，茶館正在舉行橋牌社聚會，裡頭擠滿了人。對一個需要逃離工作重擔的人來說，在擠滿人的地方喝咖啡可能無法達到放鬆效果。

逃離警局。她說這句話時，話聲中交織著痛苦和恐懼。

我摀嘴打個哈欠。

「昨晚沒睡夠嗎？」她在馬克杯裡倒了許多糖，然後攪拌。「妳怎麼不吃我給妳的助眠劑？」

我又打個哈欠，這次眼睛感到一陣刺痛。「妳知道我不喜歡自我藥療。」

她啜飲一口咖啡，越過杯緣瞥了我一眼。「我不喜歡妳這樣。」

「我沒事。」

「沒事才怪。妳有沒有熬夜看電視，或是看書或滑手機？晚上盯著螢幕看會干擾睡眠。」

我大刺刺地翻了個白眼。

「嘿，總得有人照顧妳才行。如果我不照顧妳，還有誰會呢？」

我正要回嘴，卻看見她雙眼閃耀光芒，便微微一笑，咬了一口草莓。

「我沒有妳該怎麼辦才好？」我的口氣中帶有一絲嘲諷。

老實說，沒有譚美，我該怎麼辦呢？連我自己也不確定。

「妳還好嗎？」我邊問，邊將水果盤推到她面前。自從她坐下之後，目光便一直在水果盤上打轉。

「妳看起來跟我一樣累。」

她的黑眼圈變得更明顯了，顏色加深，形狀更圓，也更爲凹陷。

「我應該是累得像條狗吧，就算睡上一星期也可能還是這麼累。」她靠上椅背。「我的辦案效

졸不彰。」

她的聲音充滿憤怒、苦惱、焦慮。她很少這麼赤裸裸地表達情緒，更別說承認了。

我握住她的手。「妳一定辦得到，譚美。我了解妳，妳絕對不會讓那些孩子失望，一定能逮到凶手。」

她的空洞眼神讓我聯想到沒有月亮的死寂夜空。

「我已經讓他們失望了，阿丹。如果不趕快捉到凶手、讓這一切結束，我會令更多家庭失望。我知道妳想鼓勵我，但不需要這麼做。我很了解自己能力有限，」她坦承道：「我的長官已經開始懷疑我的能力了。」

她揉了揉臉，閉上眼睛，垂下了頭。

我不確定她是睡著了還是在禱告。

「警局外擠滿了媒體，無論我們封鎖得多嚴密，消息總是會走漏出去。」她仰起了頭，緩緩地把頭轉了一圈。

「妳怎麼不回家小睡一下？應該可以暫時離開幾小時吧。」

她再不開始照顧自己，身體遲早會受不了。

她本來想說什麼，又改變心意。「這可能是個好主意，」她說：「基本上我是在值雙倍勤務。」

她用手指輕撫手機，然後把手機翻個面，面朝下放在桌上。

「下午晚點再回警局好了，」她又喝了幾口咖啡，吃完水果盤裡剩下的水果。「晚上我可以去妳家嗎？」

「那妳要帶冰淇淋來，而且要在我家過夜。老實說，我需要有人陪。對了，泰勒的事有什麼發現嗎？」我把咖啡喝完，思索著要不要再續杯。

「嗯，關於他的事，我去查過他的背景了。」她皺起鼻子。「妳可以把他轉介給別人嗎？」譚美問。

「我應該要擔心嗎？」

「我不喜歡自己查到的，或者應該說，我不喜歡自己沒查到的。他給妳的名字是假的，所以我什麼都查不到。我會再深入調查，但是在查到更多資訊之前，妳自己小心一點，好嗎？」她揚起雙眉，用嚴厲的眼神看著我。

我很久沒感到如此受保護了。

我必須告訴她關於愛娃的事。我很想這樣做，但每當愛娃的名字一滾到嘴邊，我便猶豫了。我很擔心艾拉，擔心她會受愛娃影響，而最後愛娃會傷害她。她承受不了這種傷害。但在說出艾拉和她的過去之前，我必須先確定自己是正確的。

最重要的目標是保護艾拉。我知道她不是凶手。

「嘿，我想問妳一件事……」

譚美的笑臉略沉下來。

「昨天我在圖書館時，剛好幾輛警車開過來。」

她點了點頭。

「一切都沒事吧？」

「妳在圖書館？」她似乎有點出乎意外。「妳不在名單上。」

這下子輪到我感到驚訝了。

我傾身向前，低聲說：「你們有名單？」

「妳爲什麼要小聲說話？」她問，學我向前傾身，壓低聲音說：「妳知道這裡沒有別人吧？」她又稍微大聲了點。

我環視四周，發現就連咖啡師也不見了。

「當然有名單，圖書館裡的每個人我們都有登記下來。當時妳在圖書館？」

「不在圖書館裡。」

「妳剛才不是說妳在圖書館？」她的口氣十分困惑。

「我跟艾拉坐在公園長椅上。」我又用手背摀嘴，打個哈欠。「她爽約太多次了，所以我想趁她休息時去找她。我們坐在外面聊了一下，然後就看到了警車。」

譚美的整張臉縮了起來，露出「我思考太用力所以頭痛」的表情。

「艾拉……她也不在名單上。」譚美瞇起雙眼，使得眼部皺紋更爲明顯。「丹妮爾。」她倚身向前，雙手交疊放在桌上。「我們也有和公園裡的每個人談話過，但妳和艾拉都不在名單上。」她的語氣中混雜著不可置信和擔心。

我靠上椅背遠離她。「反正我就在那裡啊。我人在外面，公園遠處的另一邊，妳知道那邊有個小山坡吧？我跟艾拉就坐在那裡。我們都看見了警車。」

「該死。」她臉上的擔心消失了，取而代之的是緊張。

「有什麼問題嗎？」我問：「爲什麼妳在生我的氣？」

譚美的整個神態都改變了。疲憊的身形、渙散的眼神、下垂的肩膀、放鬆的表情全都消失了。我的好友譚美不見了，取而代之的是刑警譚美．史倫，一個目光銳利、英勇強悍的警探。她冰雪聰明、觀察入微，從基層一路努力爬升到現在的職位。

我做了什麼事嗎？我不懂。我只是問了一個簡單的問題。

「我沒生氣，只是想把事情理出頭緒。妳和妳的案主都不在名單上，所以我在想到底是哪個下屬犯了錯。我不喜歡有人犯錯，尤其是在我的指揮下。」

「原來如此，」我猶豫地呼了口氣。「這不是什麼大不了的事，譚美。我應該是在妳的下屬走進公園前離開的，因爲我只記得看見他們走進圖書館。他們在裡面待了一下，後來我就回家了。」

「那艾拉呢？」

「艾拉，她怎麼樣？」我提高警覺。我內在的母熊發出深沉吼聲，下定決心要保護艾拉。

「妳說妳在她休息時跟她聊天，」譚美說：「她是在午休還是下班了？」她拿出一本小筆記本，翻了開來，準備寫下我提供的答案。

「我不確定。」

她挑起右眉，露出不相信的神情。

「眞的，我不知道。我發現她的時候，她就坐在那張長椅上。」

她寫下筆記。「她是返回圖書館還是跟妳一起離開？」

我差點就坦承，警方一抵達她就離開了，但我知道這聽起來會像是什麼。

但我也不能說謊。

「我們是同時離開的。」這不是謊言。我發現她離開之後也沒有逗留，在回家路上還順便去雜貨店買了一些新鮮蔬菜。

她臉上閃過一絲冷然的神色。「妳知道，我從來沒見過艾拉。記得有幾次我差點就遇到她，妳能描述她的樣子給我嗎？」

描述艾拉？譚美越說，我就越覺得焦慮。艾拉是個溫柔的靈魂，但如果她的黑歷史被人發現，一定會被釘上十字架。

我了解譚美，這種事一定會發生。

「她不是嫌犯吧？」我坐直身體，雙手握住馬克杯。

我放開馬克杯，把雙手藏在大腿之間，握緊拳頭，直到指甲嵌入肌膚裡。

「現在每個人都是嫌犯，直到被我排除嫌疑。」

我內在的母熊發威了。

「不是她做的，譚美。」有必要的話，我願意爲艾拉全力戰鬥。我愛譚美，也信任她，但絕不容許艾拉被摧毀。

「請描述她的樣子，阿丹，可以嗎？不要把事情搞得更難看。」譚美臉上浮現先前的倦容，猶如濕水泥那般沉重。

艾拉不是唯一需要我保護的人，譚美對我而言也很重要，我不希望她被這件案子壓垮。

「她和我身高相仿，頭髮是淺棕色的，身穿裙子或長洋裝，腳穿平底鞋。我們的身材差不多，說不定可以交換衣服穿。她有戴眼鏡。」我把腦子裡想得到的都說出來。「可以說……她長得就像是個典型的圖書館員。」

譚美一邊把我提供的描述記下來，一邊點頭。

「眞巧，」譚美闔上筆記本，把筆放在桌上。「她跟我們接獲通報的描述一樣，但我們抵達時，她似乎消失了。」

「接獲通報是什麼意思？」我肩膀之間的肌肉緊縮在一起。

「圖書館館長通報的。」她頓了一頓，抬起頭。只見咖啡師端了一壺咖啡走過來。譚美用手掌蓋住杯子，我則拿起我的示意續杯。我需要更多咖啡才行。

「她說圖書館裡有個人引起她的注意。」咖啡師離開後，譚美繼續說：「我們一直在尋找凶手和被害人之間的關聯，後來縮小範圍到家庭活動。」

「妳認爲凶手去過圖書館？」窗外吹來一陣冷風，我感到全身冰涼，寒意從指尖蔓延到手臂，再深深滲入肩膀。

譚美點了點頭。

我倒抽一口涼氣，聲音聽起更像是打嗝。原來我穿梭在書架之間找尋艾拉時，凶手也在圖書館裡。

「不是艾拉。」我的心隨著這句話而被撕扯開來。

我被撕扯了開來。我愛譚美，但也想保護艾拉，我就在這當中被兩方拉扯。我知道艾拉不是凶手，但除非先說服譚美，否則艾拉會被所有鎮民審判和定罪。我非常害怕這件事，所以不會把艾拉供出來，除非先確定愛娃涉案。

「妳怎麼知道她一定不是凶手，阿丹？」譚美瞇眼看著我，陷入沉思。

「那妳怎麼知道她一定是凶手？」我需要讓她忘了艾拉，也讓她關閉偵查的雷達。

「讓我跟她碰面，我就會知道是不是。」

「我不能這麼做。」

「妳這是拒絕我嗎？」

我很不想，但必須這麼做。

「妳是在逼我去申請搜索令嗎？」譚美眼中閃過一道冷光。

「不是艾拉。」我又說一次，很希望她能相信我。

譚美推開馬克杯，站了起來，臉上露出深深的失望。

「她最好親自來警局一趟。如果妳比我早聯絡上她，請警告她，我正在找她。」她拿起包包，把椅子推進桌裡。

「譚美，拜託妳。」

「拜託什麼？我有職責在身，丹妮爾，妳應該明白不是嗎？有個殺人凶手逍遙法外，如果妳的案主不是凶手，那她就沒什麼好擔心的。除非有什麼事妳沒告訴我。」

我腦中閃過無數思緒。艾拉的過去、她和凶手的相似度、她的室友……

「可以給我一點時間嗎？我想先確認一些事，拜託妳？」爲了艾拉，我什麼都願意做，甚至是央求別人。我相信她，知道她不可能做出這種事，但她的室友我就不確定了。艾拉若是被牽連致罪，一定整個人會被摧毀，因此除非必要，我絕不會把她供出來。

「好，但妳必須先回答我一個問題。」她的口氣有如水泥般堅硬。「告訴我，妳離開時，艾拉去了哪裡？是跟妳一起離開，還是回到了圖書館？」

這是個簡單的問題，我應該能毫不遲疑地回答。

但我無法。原因很簡單，我如果回答了，一定會懊悔至極。

「我不能回答。」我清了清喉嚨。「我希望我能回答，但我不能。」

「我的天啊，丹妮爾，這只是個很簡單的問題！」她的口氣充滿沮喪，眼中充滿失望。「我眞不敢相信，比起其他人，妳應該是……」

「譚美。」我打斷了她，不想聽她接下來要說的話，怕她一說出口，傷害就會造成。「我不能告訴妳，是因爲我不知道。」後悔啃食著我，因爲我知道接下來要說的話隱含著什麼意義，以及它會對艾拉造成什麼影響。

「我不知道她去了哪裡，當時我的注意力都放在圖書館外發生的事情，她一句話都沒說就走了。」

「丹妮爾……」她用失望無比的口氣說出我的名字。

「我知道這看起來像什麼，我眞的知道，但我需要妳相信我。」我央求說：「請相信我。我知道艾拉不是凶手，我敢拿生命來當賭注。」

譚美閉上雙眼一秒，這一秒猶如永恆。

「遺憾的是，」她最後開口，口氣冷靜得如冰風暴過後的早晨。「人命關天，我沒辦法相信妳。」

33

八月二十四日，星期六

天空如洗過一般明淨澄澈，紅橘兩色交融，渲染出美麗的夏日色澤，鋪展成夕陽的絢麗背景。雨下了一整天，此刻終於停歇。

我走出家門，希望甩開繁雜的思緒。散步一圈應該有助於入睡，我在心中如此祈求。

公園很安靜，太安靜了，靜得令人毛骨悚然。一聲鳥鳴穿過樹枝，也穿過沾滿露水的樹葉。一層薄霧覆蓋地面，正好蓋住草地，讓人想到電影中的恐怖怪物總是住在迷霧之中。我走在步道上，等待枯萎的草地迎接我，心想死亡不是跟隨在後，就是於前方領路。

沒告訴譚美關於字條和艾拉的狀況，這兩件事所產生的罪惡感，猶如陰影般尾隨著我。我從未對這位好友隱藏過什麼事。我可以合理化自己的猶豫不決，並把它歸咎於譚美承受的巨大壓力、我內心的懷疑和缺乏睡眠等等理由。但無論怎麼想，最後總會歸結到一件事，那就是我很害怕，平凡而簡單的事實。

我每往前踏一步，心中就越不安。平常我會一步一步慢慢走，穿梭在迂迴的步道之間，時而停下腳步，時而輕撫雕像，欣賞整座庭園。但今晚無法這樣做。今晚的我只是注視著霧氣，看著它在四周旋繞，猶如腦中紊亂的思緒。

沒過多久，我就走到了公園盡頭。若往左走，就會抵達專門設計給兒童遊玩的茶派對區，往右走則是前往白兔（White Rabbit）屋。

再往前走便是農夫的玉米田。

我突然感到一陣睡意襲來，便慢下腳步。或許這正是我需要的。我的頭腦不斷想起那些自己試圖掌控的事，而我已經累了。也許……也許我該停止對自己進行心理分析。

我保持靜默，腦海浮現一幅情景：我坐在圖書館裡，一本厚重的書放在大腿上，艾拉正在為周圍的小朋友朗讀故事。這件事她可以做一整天。我喜歡她的聲音，她那嬌小的身軀發出抑揚頓挫、柔聲細語、低沉咕噥、傻言傻語。我好以她為榮，她出獄後有了這麼多進步，真是令人驚奇。

我不能讓譚美摧毀她。我知道譚美不會故意這樣做，但這種事終究還是會發生。無論譚美有多小心，消息一定會走漏出去。

當我回神過來，發現自己已站在農田裡的一座小山丘上。放眼望去，遠處有間廢棄的屋子。那是一間老式的木造房子，過去曾是某人的家，但現在看起來似乎只要一陣強風就能把它吹倒。屋子的木材因年代久遠而發黑，有些地方缺了木板，半片屋頂已經塌陷，但屋子旁卻停著一輛看起來頗新的車。

我推測不出那間屋子的年齡，但不知怎地，它讓我心神不寧。

這種感覺就像走路轉了個彎，來到一條沒有標誌的小路，因恐懼而全身發抖；又像是沿著陰暗的走廊往前走，卻感到有人在背後吐出呼息。這種感覺如瀑布般傾瀉而下、沖刷著我，把我推向邊緣，直衝谷底。

我立即轉身，快步踏上另一條小路。我只想回到安全的地方，只想回家。我的腳步十分沉重，頭腦疲憊不堪。

我站在浴室裡，盯著鏡中的自己。我不喜歡眼前看見的自己。眼睛底下有太多疲憊的皺紋，肩膀沉重下垂，雙眼無神、黯淡、失焦。

我需要睡眠，但知道自己只要一躺上床，腦袋就會清醒無比。我的頭腦彷彿在跟我玩躲貓貓，不肯關機休息。

譚美買給我的那罐助眠藥躺在床邊。我手中拿著兩顆藥丸。吃下它們可以助我入睡，我的身體迫切需要睡眠。

吃下這兩顆藥也代表著，我醒來時會覺得頭腦昏沉、頭暈目眩，昏沉感將殘留好幾個小時。我討厭吃藥。討厭任何藥物。但更討厭現在的感覺。

譚美說得對。

布朗醫師說得對。

我需要睡眠、需要休息，需要處在最佳狀態，這樣才能繼續協助案主，而這兩顆藥可以發揮關鍵作用。

我沒再多想，將藥放進嘴裡，喝下半杯水把藥吞下，然後閉上眼睛。

藥力要多久才會發揮作用，讓我安然入睡？我會不會安穩地睡上一覺？或者會陷入昏睡，無論發生什麼事都聽不見？

一想到這裡，喉嚨便一陣緊縮、胃部收縮。萬一又有人趁我熟睡時跑進家裡、留下字條，那該怎麼辦？如果他們不只是留下字條，而是看著我睡覺、傷害我，又該怎麼辦？一陣冷顫傳遍全身，接著，我發現自己已下意識蹲在馬桶前，手指伸進喉嚨，讓胃裡的東西全都吐出來，包括剛才吞下的那兩顆藥。

我想睡覺，但必須按照自己的方式，而且一切都必須在掌控之中才行，以防萬一。

34

八月二十五日，星期日

柔和的光線劃破四周黑暗。我抬起頭來，耳中的深沉敲擊聲逐漸減弱。

我覺得好冷。

揉了揉裸露的手臂後，我環目四顧。

我不認得這條街。

這裡的房子相當雅致，但無論白色陽台、藤椅、盛開的花卉盆栽、小腳踏車，或是玩具卡車，對我而言都十分陌生。

我坐在一張長椅上。根據路牌顯示，這裡是第四大道（Fourth Avenue）和延齡草街（Trillium Street）交叉口。此地位於柴鎮外圍，距離我家頗遠，而且此時夜色甚深。

街道十分安靜。眼前白霧滾滾而來，伸出觸手，將我和房屋逐漸吞沒。

為什麼我會在這裡？我是怎麼過來的？

為什麼我會來到這個地方？

我的手錶、皮夾、手機，全都不在身上。

別又來了。別又來了。別又來了、別又來了、別又來了。

我掙扎喘息，但痛楚過於強烈。

我不確定自己在這裡待了多久時間，但我需要移動。我整個人簌簌發抖，寒意猶如一艘船滑過靜止湖面所激起的陣陣波浪，一波一波朝肌膚席捲而來。

對面一棟房子的車道上亮起了一盞燈，暴烈地照亮黑暗。

遠處傳來低低的喀噠聲，聽起來像是一扇門關了起來。

我試著回想自己是如何過來這裡。延齡草街位於柴鎮的另一頭，靠近仙境公園的外圍。從我家出發，只要穿過公園，步行到這裡大概要花二十分鐘。但我爲什麼會來這裡？

腦袋一片空白。我只記得去廁所催吐，然後躺上床，接下來就完全沒有記憶。我應該吃下那該死的助眠藥才對，而不是讓夢遊症狀越來越嚴重。

我走在街上，突然有車燈在背後閃了閃。我轉過身去，抬手擋住強光，站在原地等待。

是譚美。她把警車停在我身旁，降下車窗，嚴厲的眼神投射過來。

「丹妮爾·萊克夫，快給我上車，不然我就逮捕妳。」

我希望譚美是在開玩笑，但她的眉頭緊緊蹙起。

我乖乖關上車門、繫上安全帶，接著她便開始拷問我。「半夜三更妳在外面幹嘛？妳知道現在幾點嗎？凌晨兩點！」

我不發一語。

「妳知道現在的情勢有多嚴峻嗎，爲什麼半夜跑來離妳家這麼遠的地方？」

我希望自己能回答這個問題，也希望知道該說什麼、該怎麼回答，該如何不讓她用這種眼神看著我。

我是否該和盤托出？是否該坦承最近的睡眠狀況？

我注意到她的手緊緊握住方向盤，身體十分緊繃，幾乎維持同一個姿勢不動。她在生我的氣。不僅生氣，而且十分不安。

我也有相同的情緒。

「從小我只要壓力太大，就會夢遊。這次夢遊發作已經有一陣子了，可是……」

「妳會夢遊？老天，妳知道外面有多危險嗎？」

「我不能吃助眠劑，如果又有人跑進家裡怎麼辦？」我靠上頭枕，望著窗外，看著警車駛過小鎮。

「什麼意思？有人跑進妳家？」她繼續盤問。

我把湧現喉頭的情緒吞下去，那滋味嚐起來像後悔。我沒打算告訴她這件事，我還沒做好準備。但真的說出來之後，我必須承認自己鬆了口氣。

我一邊打哈欠，一邊告訴她關於字條的事。她不發一語，但我知道她很生氣。

「妳應該告訴我的，該死，丹妮爾。」她搥了方向盤一拳。「妳不信任我嗎？妳覺得我沒辦法保護妳嗎？現在有個殺人凶手逍遙法外，那些字條可能是線索。」

我坐直身體。「它們不是線索，相信我。」

她在我家門口的人行道旁停下了車。

「相信妳？妳在說笑吧，這是隱匿證據，妳……妳……」她轉頭看向我。雖然她口氣中夾帶怒意，但我看見背後的眞正情緒。她感到害怕。

她害怕的是我。

「抱歉，我不認爲……」

她揮了揮手，打斷我的話。「不要——不要解釋。」她緊閉雙唇。「我只希望妳安全，希望妳能信任我，有什麼事都可以跟我說，像是妳壓力很大、會夢遊、收到字條、害怕一個人待在家裡等等。從現在起，讓我幫助妳好嗎？」

我確實需要她的幫助。

但我不想增加她的壓力，讓她煩心更多的事。

「那些字條呢？請告訴我妳還留著。」

我搖了搖頭。

「我拿去給我的心理治療師了。」

在街燈照耀下，我看見她鬆了口氣。

是因爲我把這些事告訴了心理治療師，還是因爲那些字條沒被銷毀？

她把車子熄火，開門下車。「走吧。」她說。

「妳不用陪我進去，我沒事。」

她幫我打開副駕駛座的車門。

「沒事才怪。我希望妳好好上床睡覺。我就在這裡陪妳，妳需要有人照顧妳、確定妳沒事。我不會再讓妳半夜在外遊蕩。」

我想親吻她，給她一個長長的擁抱，告訴她我很感謝她為我做的一切。但我的身體不肯配合。我無法抬起手臂，甚至無法開口說話。這一切都過於沉重。

她似乎察覺到我有多疲倦，於是牽起我的手，領著我走進臥室。她替我蓋被子，站在旁邊看著我舒服地躺在床上。

「早上我們再好好聊一聊，」她說：「妳要告訴我關於艾拉的所有事情，還有其他案主的事。如果他們當中有人是凶手，我一定得知道。」

我搖了搖頭，但她背轉過身。

「別跟我爭辯，如果妳不肯說，我就去申請搜索令。我們快沒時間了。我不希望有人在我的看守下再度遇害，我必須早一步阻止凶手，妳明白嗎？」她半轉過身，回頭看著我。「我是認眞的，丹妮爾。」

我看得出她是認眞的。她肩膀僵硬，雙手緊繃。今晚的她完全沒露出溫柔的一面。我已經把彼此的友情推到了邊界，如果想留住這個朋友，就得跟她配合。

「我明白。」我說得很小聲，但她應該是聽見了。她又看了我一眼，便走出臥室，關上了門。

35

八月二十五日，星期日

我醒來時，家裡空無一人。譚美留了一張字條，說晚點會過來找我談話。既然她沒說何時會來，我想自己最好一整天都不要待在家裡。我不想跟她談話。

鎮上民眾都躲在家裡，不想踏上仙境公園裡被雨水親吻過的草地，但我卻走到了戶外，沉浸在雨後的公園裡。

我喜歡這裡的氛圍。喜歡這裡的靜謐和平靜。

現在我最需要的就是平靜。我生命中最缺少的就是平靜，最渴望的也是平靜。但取而代之的卻是恐懼。恐懼、不安和懷疑。我不想過這種生活。我想……不，我需要有安全感，尤其在自己家裡，但我在家裡卻感到嚴重不安。

我每天都擔心家裡會不會又出現一張字條。他們先是警告說我認識凶手，接著又說我必須阻止他們，然後又為了有人死亡而責怪我。但他們從未提到誰是凶手、我要阻止什麼、又要如何阻止？

不管**他們**是誰，力量全都掌握在他們手上。他們為什麼要找上我？為什麼要偷偷跑進我家、留下字條、侵犯我的個人安全，而且玩弄、挑戰我？

一陣反胃襲來。我直覺還有別的事會衝著我來，而那些事我將無法掌控、最終毀了我，但我卻完全摸不著頭緒。

還會發生什麼我難以應付的事？

「丹妮爾。」

背後有人叫住我，一轉身，便看見莎賓娜行色匆匆地走在步道上，沿途避過許多小水窪，以免腳被弄濕。

她手上拿著兩個杯子。*希望她拿的是咖啡。上帝啊，求求祢，請讓她拿的是咖啡。*

「嘿！」我揮手打招呼。她走過來後，我輕輕抱了抱她，開心地從她手中接過杯子。是咖啡。我啜飲一口，這正是我需要的。

「我看見妳經過，就大聲叫妳，但妳沒聽見。想說既然如此，那我出來找妳好了。」

她和我一起散步，兩人並肩緩緩前行。我喝完半杯咖啡時，正好走到了兔子洞步道。我發現莎賓娜的舉止有點奇怪，她的身體和我保持距離，一直低著頭，目光望向遠處。她不看我、不和我目光相觸，也不回應我的微笑。

「聽著，我想跟妳說一件事，我們可以先坐下來嗎？」莎賓娜領著我走到一張長椅前，一臉憂心忡忡。

她張開了口，但一個字也沒說出來，也沒發出聲音。

「莎賓娜，發生了什麼事？」

她雙手互捏，神情閃爍不定。

「我……我的書不見了。」

我立刻想到那本《愛麗絲夢遊仙境》，那本我很想得到的書，她競標勝過我而買下的書。

「妳……妳沒看見那本書吧？」

她不肯正眼看我，口氣不像在詢問，而像是指控……她正在質問我。

不只是質問，她根本就是直接認定我偷了她的書。雖然她沒有這樣說，但口氣和神態都表示得很明白。

一股怒氣衝出喉嚨、奔到舌尖，但我還是硬生生把它吞了回去。我的鼻翼翕張，雙手緊握，臉上露出假笑。

「我上次在妳店裡看過，後來……就沒看過了。」

她迅速瞥了我一眼。「那……那是什麼時候？」

她是在開玩笑吧？

「我沒有拿妳的書，莎賓娜。」

她睜大雙眼，似乎沒料到我的口氣會如此強硬。

「我只是……呃……我以為……」

我直視她的臉。「妳以為我偷了妳的書？」我幫她把話說完。

我不是個容易發脾氣的人，而是偏慢火悶燒型，但是被人如此當面指控，就算是慢火也會炸鍋，讓我想把眼前的一切全都燒得精光。

「不是啦，我只是……呃……」她來不及想出另一個說詞。

「只是怎樣？妳的書不見了，所以就認爲是我偷走了，因爲我曾經也想買那本書？對，我是個收藏家，但我會花錢買藏品，不會拿不屬於自己的東西。」我怒火中燒，猛然站起身，沒想到她竟敢做出如此厚顏無恥的指控。

我感到憤怒、沮喪、慌亂、悲傷。

我感到悲傷是因爲一個我當成好朋友的人，竟然會認爲我是小偷。

「丹妮爾，我很抱歉。」她雙頰漲紅，臉上充滿悔意。「我以爲……我會這樣問，是因爲妳昨天匆匆忙忙離開我的店裡，我都還來不及跟妳打招呼。」

我驚詫不已，轉過身來。

「妳來的時候我正好在後台，」她繼續說：「等我走到前台，門已經關上，而妳已經走了。我想說妳可能趕時間，或是沒聽見我叫妳。後來我看見商品架上有些東西被弄倒了，把它們擺整齊時，就發現那本書不見了，然後……」

我靜靜等待。然後呢？那本書不見了，她就立刻認爲是我偷走了？

我不能看她，無法看她。如果視線迎上她，她一定會看見我眼中閃爍淚光，而我不想讓她看見自己流淚。

我在柴鎭有兩個眞正的朋友，一個是莎賓娜，一個是譚美。

爲了朋友，我願意兩肋插刀。

我絕不會像她一樣，拿違反本性的事情來指控朋友。

「我以爲妳很了解我。」我話聲哽咽，心痛無比。

莎賓娜的指控讓我心碎一地，心被絞成了碎片。我們曾經那麼堅定的友誼，現在粉碎了。我無法忍受被人憑空指控。

我接著轉身離開，無法再逗留，心中波濤起伏，一時間難以應付如此大量的情緒。失去友情的情緒，如跑馬燈般閃過我的腦海：背叛、生氣、悲傷、憤怒、受傷。

還有罪惡感。我感到罪惡，是因爲我曾想過要拿走那本書，而我不該有這個念頭。也許在某個瘋狂的片刻，我確實動過這種念頭，但沒有眞的付諸行動，也絕不會如此自甘墮落。

我絕不會偷朋友的東西，也絕不會偷別人的東西。

莎賓娜應該了解我的爲人才對。

36

八月二十六日，星期一

諮商個案：泰勒

客廳裡，藍芽喇叭播放著輕柔的爵士樂。我正在等泰勒。我查看了下手錶，發現他遲到了。泰勒從未遲到過。

連一次也沒有。

我坐在窗前，從窗簾縫隙往外看。我只把窗簾稍微拉開，查看屋外的人行道。對面的公園有很多人走在步道上，準備去觀賞夏夜音樂會。有人手裡抱著毛毯，有人手裡提著折疊椅。

我不喜歡泰勒遲到卻沒事前通知。

我緊緊拉上窗簾，思索著譚美的事。

在昨天凌晨後，我和她沒機會再好好談話。昨晚她很晚才來，而且很快就睡著，而今早我還沒來得及替她做一頓豐盛早餐，她就已經離開了。她說，逮到凶手之後，她就會放慢生活步調，但在這之前絕對不行。

她整個人心事重重，我希望她能向我傾訴。

我明白她不能跟我說的原因，但不喜歡她壓力這麼大。

這時，我聽見側門打開，不由得呼了口長氣。

「抱歉，我遲到很久。」泰勒從門外探頭進來。「我沒注意時間，又忘了帶手機，不然一定會打給妳。」他對我微微一笑，我看了心頭一怔。那不是個「很高興見到妳」的微笑，而是「我有個祕密」的微笑。

我不喜歡祕密。

「這禮拜過得如何？」

他坐下之後，嘴角笑意越來越濃，雙臂擱在沙發頂端，雙腳伸到咖啡桌底下。

他看起來像是一頭吃飽喝足的獅子。

「過得很好。」話聲中的笑意近乎歇斯底里。

我等他繼續往下說。

「怎麼說呢？」他保持沉默，於是我只好繼續引導。

「沒什麼特別原因。」他聳了聳肩，神態顯得更加輕鬆自在。

我討厭這種洋洋得意又什麼都不說的態度。這只是一場遊戲，而我向來不玩遊戲。這種人其實很想把新鮮事告訴你，臉上擺明就寫著「我很想說」，但卻又要先挑逗你，獲得心理上的滿足。

「那很好，泰勒，真的很好。」我向前傾身，將筆記本和筆放在桌上，站了起來。「聽起來你今晚不需要我，那我送你出去好嗎？我不收你這次諮商的費用。」

他收起滿足的笑容，放下雙臂，雙手握緊大腿。

「不，我需要妳。」他的聲音變了，話中的笑意也消失。「抱歉，我不是故意要表現得這麼無禮。」他雙手摩擦牛仔褲。我又坐了下來。

我把筆記本放在大腿上，握起了筆，等他開口。

「關於童年的事，妳記得有多清楚？」他問。

我不確定他有什麼用意，但沒關係……

「記得滿清楚的，爲什麼這樣問？」

他揚起單邊嘴角，歪嘴一笑。「我什麼都不記得，至少沒有個人的記憶，我的記憶都來自於他人。」

「來自於他人？你的意思是，別人跟你說你是如何長大的？」

他搖了搖頭。「不是，呃……或許吧。」他遲疑片刻。「我的意思是說，我沒有小時候的記憶，這是不是很奇怪？我們不是應該會記得童年的事嗎？」

「也不盡然。研究指出只有少數人會記得三歲以前的事，所以你應該不會記得第一次過生日或去公園的事。這叫做『童年失憶症（Childhood Amnesia）』，幾乎所有成人都有這種經驗。我們最清楚的記憶，通常始於上學之後。例如，我記得幼稚園教室裡的學習空間，像是繪畫區和閱讀區，甚至是跟朋友玩扮家家酒。但在那之前的記憶都很模糊，多半來自於看幼兒時期的照片和聽別人描述的故事。這樣解釋對你有幫助嗎？」

泰勒傾身向前，顯然對我說的話很感興趣。

我的右側太陽穴突然感到如針刺般的尖銳刺痛，臉部肌肉不斷抽搐。

「妳還好吧，萊克夫醫師？」泰勒問。

「只是頭痛，我沒事。」我不斷按摩太陽穴，走到吧檯前服用兩顆泰諾止痛藥。

我轉身回來時嚇一大跳。泰勒就站在我背後，離我非常靠近。

「妳確定妳沒事？」

「我沒事。」我橫跨一步，回到座位上，很高興和他拉開距離。

他伸手撥了撥頭髮，回到沙發上坐下。

「在不久後，我將會成爲父親，我想成爲一個好父親，妳知道嗎？如果我做不到怎麼辦？如果我讓我們的孩子失望怎麼辦？」

他既然這樣問，應該就表示他們朝領養孩子的目標又更靠近了一步。

「那你就跟全天下的父母一樣，」我想鼓勵他。「一開始大家都不知所措，你會邊做邊學。我想你一定會是個好父親。爲什麼你會這樣擔心？」

他皺起眉頭。他的雙眼距離本來就有點近，這下子又更近了。

「她越來越不安了。」

她。究竟要到什麼時候，這女人才會停止侵入我們的諮商？

「什麼意思？」

「她一心只想要一個孩子，這樣不健康。」

「你跟她提過嗎？」

「我希望讓她知道我的支持。如果承認我對此感到擔心，她一定會誤會。我不想讓她覺得我還沒準備好。」

「你還沒準備好嗎？」

「老實說，我不知道。我不確定自己適不適合當父親。我沒有一個好父親可以當榜樣，也不太記得當小孩的感覺。」

「跟我說說你所記得的童年，泰勒。」我如此要求。

「我們住在一座小鎮，」泰勒說：「我們家應該是在鎮郊，因為家裡有個很大的後院。那時候的房子跟現在不一樣，現在的房子連個可以玩投接球遊戲的院子都沒有。我們家有個庫房和一台牽引機，我爸冬天時會用那台機器來除雪。他有個朋友有時會來家裡，那人來的時候，爸都會喝很多酒。他經常會分一口酒給我喝。」泰勒想起這段回憶，嘴角泛起微笑。「每次我媽發現都會大發脾氣，但我爸……他不在乎。他說男子漢就要經得起考驗，應該提早開始學習。」

他用雙手揉了揉臉，又撥了撥頭髮。

「你喜歡你爸的那個朋友嗎？」

他呻吟一聲，以向下的手勢抹了抹嘴巴。「當時我喜歡，覺得他很酷。有時我父母不在，他會來照顧我。比我爸更照顧我。」

他口氣中透露的訊息，可能遠比他想說的還來得多。

這段話的用詞和口氣告訴我，他跟這個男人的關係並不健康。

我的案主似乎都有相同的主題，就是性侵。我並沒有刻意去找具有相同困難、需要協助的案主，但是……

「他有侵犯你嗎，泰勒？」我必須問。

倘若他回答說有，我並不會感到驚訝，這解釋了他爲什麼這樣看待自己、爲什麼覺得自己被忽視、爲什麼覺得自己沒被看見。

「我不知道，」他低聲說：「如果有的話，我也並不想知道。」他看著我，瞳孔陰沉且縮小。「明白嗎？」

我聽出他的語帶威脅，胃裡立刻打了個結。怪不得他沒有太多過去的記憶，因爲他選擇忘記那些痛苦回憶。

「有時我們不必知道，」我口氣冷靜，但內心可一點也不平靜。「有時大腦會把某些事件藏起來，好保護我們。」

他的眼睛原本陰沉縮小，這時又擴張開來，散發著興味盎然的光芒。

「聽妳這麼說眞有意思，」他把頭側向右邊，輕拍下巴。「她也說過同樣的話。」

我很想用力戳他並提醒他，如果可以讓我知道她是誰，那會很有幫助。

「她說，我的回憶被藏起來，是因爲太痛苦了。」

這件事她似乎是說對了。所以眼下的問題就在於，要不要回溯泰勒的過去，讓記憶浮現、讓療癒得以發生？但這樣會不會對他反而造成更大的傷害？

「但妳不認爲我應該記得些什麼嗎？就算是小細節也好？」他問。

我試著回想自己最初的記憶，腦中浮現一個畫面。我坐在母親的縫紉櫃前，櫃子裡有很多針、插針墊和其他幼兒不該玩的東西。我記得聽見笑聲和時鐘的滴答聲。

但我也記得在一本相簿的照片中見過這場景。

所以……這段記憶究竟是眞實的，還是別人告訴我的？那道笑聲究竟是我當時聽見的，還是母親敘述這段回憶時模仿的？

此時腦海又浮現另一個畫面。一片長滿蒲公英的草地、一個破爛的洋娃娃、一張手工縫製的毯子、幾顆包著包裝紙的小糖果。

我的舌頭突然嚐到一股酸味。

我喝了一大口水，想要沖散那股噁心味道。我不知道那段回憶來自何處，連忙拋開那個畫面，把注意力放回到泰勒身上。

「你想要記起來嗎？」我問。

泰勒雙手交握放在大腿上，兩隻大拇指互相旋轉。

「有一點想。但如果那些回憶會摧毀我呢？如果我不夠堅強，應付不來呢？她說我不需要記起來，只要記得和她在一起的回憶就好，可是……」他的聲音越來越小，我發現自己很高興在他語氣中聽見不確定。

「當我們決定是否要面對恐懼時，就已經變得更堅強了。」我說：「這可能很困難，但是你並不孤單，泰勒。」還有句話我想說，但不知該不該說。我知道他會需要聽見這句話。

「我絕對不會讓你孤單的。」我還是把話說了出來，這樣做才正確。

「我知道，」他驚訝地看著我，口氣輕鬆不少，這證明我的決定是對的。「我知道我並不孤單，但她說……」

我忍不住低吟一聲。「我無意冒犯，但你經常提到她說的話，我已經聽得有點累了。有沒有可能她並非永遠是對的？她的言語和情緒虐待，會不會別有用心？」

泰勒一聽見虐待這兩個字，便從沙發上跳起來。

「妳竟敢這樣說？」他拉高嗓門，聲音猶如風箏被捲入狂風般飄搖不定，聲調也拔尖得有如青少年。「以後不准再這樣說她！」他大吼道。

我靠上椅背，完全沒料到他會如此憤怒。

「她沒有虐待我。她愛我，只是想保護我。」他走到窗前，望著窗外的夜色，全身僵硬，雙手握拳。「妳也沒什麼不同，妳不知道……」他回頭看著我，雙唇緊閉。

「不同？不知道？你在說什麼，泰勒？你有什麼話想對我說，但是沒說出來？」

他沉默良久，只是盯著我瞧，臉上露出難以索解的表情。

「泰勒？」

「妳有沒有想過，是誰在背後主使那些命案？」他問。

他爲什麼突然要提起命案？還有，爲何還在這個時刻提起？

「我的意思是，妳有沒有想過凶手是誰？凶手會不會是妳認識的人？」他傾身靠向我，侵入我的個人空間。

「你想告訴我什麼，泰勒？」我不想讓他知道自己很受這番話影響，只是用力握住了筆。

「妳還不知道嗎？」他站到我面前。「妳很快就會知道了。」

他沒再看我，轉身便走出了諮商室。

我很快就會知道了？

知道什麼？他到底在說什麼？譚美要我別再見他，老實說，我也開始同意她的說法了。泰勒知道一些事，卻不肯告訴我。他知道一些關於凶手的事，這也是我跟蹤他的原因。

天色甚黑，但星辰投射下的光線足以讓我看見泰勒穿過馬路、走進公園。我趕緊跟了上去，不希望在漆黑的步道和擁擠的人群中跟丟他。

他沿著主步道往前走，曲折地穿梭在魚貫進入公園的人群中，完全沒有回頭。我在後頭快步跟了上去。

他要去哪裡？平常諮商結束後，我看出窗外，都見他沿著街道往前走，然後在街角處轉彎，從未走進公園。

剛才他為什麼突然離開？他說我很快就會知道什麼？

我被腦中思緒帶走，回神過來時，已然找不到他的身影。

上一刻還在前方，下一刻就不見了。

我加快腳步四處尋找。剛剛已經過音樂會場、民眾聚集的地區、其他的連通步道。眼前這條步道是筆直的，沒有彎曲處，我應該看得見他在前方才對。

但步道上沒有人，一個人都沒有。

怎麼可能會跟丟？

他跑哪裡去了？

我停下腳步，拿出手機。譚美說過，下次泰勒只要說出類似威脅的話，就立刻打電話給她。雖然覺得她可能反應過度，但我無法甩掉先前感受到的恐懼。

「諮商進行得如何？」她一接起電話就這樣問。

「不是很順利。」

「他有再透露什麼資訊？」

我想了想他剛才說的那句話，「我很快就會知道」。我該跟譚美說嗎？尤其是我根本不知道他在說什麼。

「丹妮爾，聽著，我很不喜歡這個調查結果，系統裡完全沒有此人的資料，我什麼都查不到。妳得當心一點。」

我突然感到一陣噩寒。

「妳說當心是什麼意思？」

「我查不到他的資料，他可能是任何人，也可能什麼人都不是。他可能很危險，也可能……有沒有任何跡象顯示，他不是妳以爲的那種人？」

我轉頭朝住家的方向走去，穿過擁擠的人群。

「他曾經說自己是隱形的。」

「隱形？他是不是心理不穩定，丹妮爾？」她的口氣越來越急躁。「他有用任何方式威脅過妳嗎？妳現在在哪裡？他離開了嗎，妳確定他離開了？」

心理不穩定？是的。

威脅我？肯定有過。

我知道該怎麼做嗎？一點頭緒也沒有。

「我在公園裡，四周全都是人，而且他不見了，我剛才跟蹤他……」

「妳說什麼？」她高聲喊道：「妳瘋了嗎？難道我沒教過妳該怎麼做嗎？夠了，我現在就過去。」

「他已經走了，譚美，我沒事啦。」我不是很想回家，但不想承認這件事。我想坐在草地上，融入人群，在音樂中忘記自我。

「我馬上過去。」

我對著手機微笑，感激自己有這麼一位好朋友。

我決定不把泰勒的警告告訴譚美。

「妳在忙，不用擔心我。」我反而這樣說。

她猶豫不決。「我正在等最新的現場報告出來，他們好像在最近的命案現場採集到可用的指紋。」

這只代表一件事。

「你們快要逮到凶手了對不對？」

「快了，」她承認：「只希望來得及。」

「來得及什麼？」

「來得及在凶手離開前逮到他們。」她頓了一頓。「我們發現更多手法相同的命案，在當中發現了犯案模式。」

我的肩膀肌肉緊繃起來。我在步道旁找到一張空椅子坐下，此處有點靠近音樂會場，聽得見音樂聲，但又不會太靠近，不用對著手機拉高嗓門說話。

「我可以知道是什麼犯案模式嗎？」我知道譚美對我透露的案情，已遠遠超過諮詢的範圍，更何況我不是警方的正式顧問。

手機另一頭陷入沉默，我知道她也在想同一件事。

「妳家有一本《愛麗絲夢遊仙境》對不對？」她問。

「有好幾本，其中有些是非常稀有的版本。」

「稀有？」

「如果妳想看，今天晚上可以拿給妳。那本書裡甚至還夾著專門印製給小讀者看的文宣品，告訴妳，那些文宣品可謂夢幻收藏呢。」我從未想過要把自己的藏書拿給譚美看，每個人都有自己的癖好，這就是我的癖好。

一群青少年從我身旁走過，譚美咕噥著說了幾句話。

「抱歉，妳說什麼？」我問，但手機那頭沒有回應。

只聽見嘟嘟的撥號聲。

37

八月二十七日，星期二

諮商個案：艾拉

艾拉坐在我的沙發上，雙手緊抱大腿。時間已經過了十五分鐘，她一句話也沒說。

我讀完兩章的《愛麗絲夢遊仙境》，也泡了茶。我靜靜等待，等了又等，等到覺得這段沉默已過於漫長、逐漸擴散。

我心裡十分緊張，沒預期艾拉竟然會現身，但這是今天唯一值得高興的事。昨晚譚美說自己會過來，但是並未赴約。我打了好多通電話，她都沒接。我擔心這代表又有命案發生了。

本來希望譚美今早會來，我還特地做了瑪芬鬆餅，但她仍舊無消無息。

「艾拉，妳想再喝一杯茶嗎？」我們就這樣靜靜坐著太久了。她微微搖頭，依然不發一語，甚至沒有抬頭看我。

我替她添了杯茶，思索著是要繼續等下去，還是要逼她開口。

逼迫的方式用在艾拉身上，效果通常不太好，但我不想一直枯等。也不想再讀一章《愛麗絲夢遊仙境》。

我要的是答案。

「艾拉，那天妳去哪裡了？就是我在圖書館遇見妳的那一天。」

我思索過她不告而別的各種可能原因。

她可能是回去上班遲到了。

她不想讓別人看見自己跟我在一起。

我可能會說一些她不願面對的事。

或者可能是……只是可能，她是連續殺人犯，而她不想被警察捉到。

最後這個原因很蠢，但我想把每件事都串連起來，包括任何小事。

今晨稍早時，我去鎮上的商店買咖啡，聽見別人在竊竊私語。據說嫌疑犯出現在圖書館，被圖書館員認出來，還通知了警察。

「妳記得嗎？」我提醒艾拉說：「我們一起坐在長椅上，後來警察出現？前一刻妳還坐在我旁邊，後一刻妳就不見了。」

她咕噥著說了句話。

「妳說什麼？」我傾身向前，希望她大聲點。

「我不喜歡警察。」她說，咳了一聲，聲音宛如破裂的卵石般粗嘎。

我靠上椅背，暗自對自己氣惱。我竟然沒想到她不告而別是爲了這個原因。

她當然不喜歡看見警察。

她當然會覺得不舒服。

所以，自然會想趕緊離開。換作是我也會這麼做。

「原來如此，我應該想到這點的，抱歉。」我向她道歉，心下十分慚愧。

兩人沉默對坐，我依舊感到很不自在。

「後來妳去了哪裡？」問出這句話之後，我眞想踢自己一腳。爲什麼不放過她？爲什麼不讓她自己說？

「回家。」

我撥弄著自己脖子上的十字架。這聽起來很合理，比回去上班或人間蒸發還要合理。

我竟然幻想了那麼多不可能發生的情節，眞想敲自己腦袋一頓。

我應該更了解她才對。

「我知道自己不應該逃跑。愛娃提醒過我，我已經比以前更堅強，他們不能再傷害我了，但……我還是覺得害怕。我知道碰上警察的話，自己會有什麼反應，我無法……」她沒把話說完，只是玩弄著裙子上的線頭。

「妳無法什麼？」我提醒她：「妳需要把一個句子完整說完，清楚表達意思，這樣我們才能一起面對它，艾拉。妳在這裡很安全。」

她點了點頭，下巴上下擺動，宛如水桶裡載浮載沉的蘋果。

「如果人們發現妳的過去，妳認爲會發生什麼事？」我問她。

這時她才抬頭看我。她放開手上玩弄的線頭，伸展手指，指節發出喀啦聲響。

「我們都知道會發生什麼事，萊克夫醫師。他們會認爲我是凶手，我會因爲過去的犯罪紀錄而被人們冠上罪名。一旦眞相被人發現，他們絕不會原諒我。人們都很虛僞，他們談論上帝、耶穌和救贖，說的比做的還好聽。他們口中的慈悲只適用於善意的小謊言，不適用於黑暗的眞相。一旦他們知道眞相，過去對妳的觀感就會全然被推翻。人們翻臉會比翻書還快。」她的口氣充滿譏刺和悲苦。

「我想這種事以前應該發生過？」

她低吼一聲，我從未聽她發出過這種聲音。

「我待過的每座城鎮、工作的每個場所、重新開始的每個地方，全都發生過這種事。」

我啜飲一口茶，思索該把這個主題帶往什麼方向。她願意降下防衛心並表達憤怒是好的、健康的，也是朝正確方向踏出了一步。

「如果這種事又在這裡發生怎麼辦？」我問。倘若勢所難免，最好先擬定對策。

她已受到審判，並遭到判刑。總有一天，這一切將令她難以承受。

「我會搬家。我們總是這麼做，未來也還是會這麼做。」她緊緊抱住自己，臉上的憤怒逐漸轉變爲醜陋的自我厭惡和憎恨。

「妳口中的**我們**，是指妳和愛娃嗎？」

她眼淚盈眶，點了點頭。

「這讓妳有什麼感覺，艾拉？妳是不是總是準備好要搬家，因爲害怕眞相會被發現？」

淚水滑落她的臉頰，我的心也隨著她的眼淚沉了下去。

「我永遠都無法放下防衛心，永遠都無法舒服過日子，永遠都無法有一個眞正安穩的家。」她看起來如此心碎，彷彿說出這些心聲，就能動搖她在自己內心和靈魂周圍築起的脆弱圍牆。

我想療癒她，和她一起摸索前進，直到我們能一起站穩雙腳，找到內在的平靜。

這一刻，我和她彷彿心靈相通、合而爲一。我們有相同的恐懼和夢想，這讓我感到十分震撼。

「妳在哭，」艾拉說：「妳從來沒在我面前掉過眼淚。」她口氣驚訝，彷彿難以相信我對她的同理心，而這讓我更加心碎。

「我在跟妳一起哭。」我伸手拿了一張面紙，擦去眼淚。「妳所忍受的孤獨……」想說的話猶如熱燙的岩石般卡在食道。

「但爲什麼？妳也有這種感覺對不對？妳知道孤獨是什麼滋味。妳爲什麼要爲我哭？妳應該要爲自己哭才對。」

剛才在她臉上看見的自我厭惡和憎恨又出現了。

「容許自己去感覺並沒有什麼不對，艾拉。」我說。

難怪她會在心的周圍築起一道牆，擋住任何個人情緒，並將心中的希望、夢想和愛投射到圖書館的小朋友身上。

這非常合理。雖然這麼做並不健康，但這是她必須面對的現實。現在我明白了。

「我只是覺得這樣不舒服而已。」她翹起了腿，茫然地揉了揉小腿。

我用手指撫摸脖子上的項鍊。

「當妳去感覺自己的情緒，或是當別人爲妳感到難過時，妳是不是覺得不舒服？」我想釐清這個問題。

她聳了聳肩。

「那圖書館的小朋友呢？他們一定很喜歡妳，對不對？」我給她時間思考。「我看過妳擁抱他們、握著他們的手。我在許多活動上看見妳跟孩子們互動，艾拉。當時妳的感情是很豐富的。」我憶起這些畫面，露出微笑。

她也微微一笑。

「那不一樣，」她說：「他們天眞善良，値得被愛。」

「他們跟妳沒什麼不一樣。」

她抬起了頭，和我目光相對，臉上的溫柔頓時消失。

「我跟他們有著天壤之別。」她的口氣充滿不屑。

「但如果妳這麼壞，難道他們不會察覺嗎？他們雖然天眞且需要被愛，但也對周遭的人十分敏感。如果妳眞這麼邪惡……那些小朋友一定察覺得到，妳不這麼認爲嗎？」我無意措辭如此嚴厲，但我想要……不，我需要幫助她了解，和她一起探索，重新拾回她的自尊心。

「他們知道我愛他們，」艾拉同意道：「是的，他們很純潔。但是當他們發現眞相時，這份愛就會消失。我並不盲目。我知道他們有一天會背棄我，這讓我覺得很傷心，但是……我活該如此。」她垂頭喪氣，弓起整個肩膀，有如烏龜一般。「愛娃說，事情不會永遠這樣下去。她說，有一天我們會找到一個需要愛的小孩，我們可以共同扶養這孩子。她正在找一個完美的小孩。」艾拉的口氣中帶有一種天眞，這一點也不像她。

她現在活在哪一則故事中，才會覺得這種事情有可能發生？

「愛娃要如何爲妳找到一個小孩？」

我料想艾拉會躲入她讀過的一本書，裡頭敘述孤兒或其他類似的劇情。

「只要找到一個需要被愛的小孩就行了，一個舉目無親的小孩。」她誠懇的眼神中閃爍著天眞光芒。

恐懼掐住我的心，用力絞擰。

「所以她要如何……」我用了呑口口水，亟欲喝口水來滋潤乾渴的喉嚨。「愛娃要如何辦到這件事呢？」

我很害怕聽見接下來的回答，但已知道艾拉將會說什麼。

儘管如此，我還是不想聽到。

這樣想有錯嗎？我是不是太懦弱了？

「艾拉，」出於恐懼，我轉換話題。「告訴我更多關於愛娃的事。在公園那天，妳第一次提到她，但我還沒完全了解她在妳的生活中扮演什麼樣的角色。」

倘若艾拉的回答眞如我所料，那我需要更多資訊。

我需要了解艾拉怎麼會跟愛娃這種人扯上關係。

我需要釐清艾拉到底涉入了什麼事。

我需要……

該死，我眞的需要從這場噩夢中醒來，重新開始。

艾拉沒有回答，而是要求暫時休息。我趁她整理心情時，服用了一顆泰諾，並發現藥瓶快要空了。該死，這瓶藥我也消耗得太快了吧。

艾拉回到諮商室。我準備查出更多關於愛娃的事，以及她是如何影響艾拉的生活。

我準備聆聽她願意陳述的所有事實。

我必須提醒自己，艾拉的心理並不健康，她說的有可能是編造出來、只是一部分的事實，又或者只是她幻想出來的。

我必須記住這點。

我的職責是協助她離開幻想世界或故事情節，回到現實世界。

差點忘了，昨天泰勒的諮商讓我想到一件事。

仔細思考之後，我認爲愛娃這個人有可能並不存在。

在那天前，艾拉從未提過自己有個室友或獄友。這麼多次諮商下來，尤其剛開始時我爲了要了解她，曾經問過很多問題，但她從未提過這位室友。

愛娃不是眞的。她只是艾拉尋求的慰藉，只是一個幻想的朋友。想清楚這點之後，我的呼吸似乎順暢多了。

艾拉翹腳坐在沙發上，及膝長裙蓋在腳上，雙手交握放在大腿上。

「愛娃跟我很像。有時我覺得我們像是姊妹、甚至是同一個人，儘管她比我年長很多。」她嘆了口氣，深深呼吸。

她說的話證實了我的懷疑。

「愛娃以前跟我住在同一間囚室，是我在獄中認識的第一個人，而且是個狠角色。起初我很討厭她。第一年的時候，我很想在她心臟插上一刀。我經常幻想在半夜掐死她、在洗澡時用剃刀攻擊或是陷害她，讓她被警衛找麻煩。」

艾拉的口氣聽起來……彷彿像我不認識的人。眼前坐在沙發上的似乎是個陌生人。

「爲什麼那麼恨她？」我拿起筆記本。接下來艾拉要說的話可能是她生活的寫照，我希望她會透露更多關於過去的事。

「她讓我聯想到自己。她發起脾氣來是那麼威猛，體味是那麼強烈，聞久了令人上癮。她還做了我一直不敢做的事。」

「是什麼事？」

「她接受了自己、擁抱自己的命運，沒有一絲畏懼。她的字典裡沒有恐懼二字。而對我來說，我只會不斷恐懼。」

這幾句話在我們之間沉澱。這一刻，這幾句話的力量遠超出她過去在諮商中提過的其他事。

艾拉瞳孔縮小，鼻孔翕張，面容變得難以辨認。她全身散發出仇恨的氣場，那氛圍將我推得靠上椅背，差點將我壓扁。

「愛娃閹割了她的舅舅。」艾拉的嘴唇咧出一道微笑。「她趁舅舅喝得醉醺醺、輕飄飄時，閹割了他，再把生殖器塞進他嘴巴，最後劃開他的喉嚨。」

我努力掩飾自己的驚懼。

「我只是刺殺自己的父母而已，她幹的事卻是……如此美麗而充滿詩意。我好嫉妒她，這份妒意在獄中第一年時不斷啃食我。後來情況有所改變。有一天沖澡時，她發現我在哭。當時我並未覺得赤裸和脆弱，反而覺得被了解。」

對一個被判刑入獄的年輕女子而言，想要被需要和被愛的渴望一定十分強烈。對一個長年遭受性侵的年輕女子而言，要在獄中生存下去，不是繼續被虐待，就是得成爲施虐者……這一切都極具毀滅性。

我不會將眼前這名女子歸類爲施虐者，但根據她在獄中的心理治療師所寄來的資訊，她的確變成了施虐者。

「愛娃教妳如何生存。」我的話聲中充滿了解、同情和原諒。

艾拉點點頭。

「不只是教我，她還給我力量，讓我不只成爲倖存者，還去發現自己更好的一面。這就是爲什麼我會提前獲得假釋。我釋放了憤怒和仇恨，找到方法生存和茁壯。」艾拉傾身向前，端起冷掉的茶，喝了三口便喝完。

「愛娃需要我，我也需要她。」她繼續說：「我和她就像是陰陽兩面。當生活對她而言變得太瘋狂時，我會撫平她的暴躁脾氣。我幫助她集中精神，尋找生命的意義。」

將不想要的人格特質推到愛娃身上，我如此寫下。

艾拉對愛娃的描述越多，我就更加確定愛娃並不存在。

「那愛娃的生命意義是什麼？她從事什麼工作？」

我想得出很多艾拉如何回答此問題的方式。

艾拉是個很複雜的人，在體驗過那麼多毀滅性的經歷後，她最後能找到療癒實在是個奇蹟。她以前的心理治療師花了很多時間治療她的自虐行爲，而艾拉是個非常成功的案例。

她把不想要的情緒和期望投射到一個虛構人物身上，這聽起來很合理。每個人或多或少都做過這種事。我們都會戴上面具、隱藏眞正的自我、表現得較爲得體，只爲了被他人接受。

艾拉在這個情境中就是這麼做的。

我一邊在筆記本裡寫下這些，一邊分心聆聽艾拉往下說。

「愛娃的目標，是保護那些無法保護自己的人。」她說。

我倚身向前，拿起茶杯。

「她守護那些需要被愛的孩子。」

我將茶杯湊到嘴邊，看著艾拉，準備聆聽。

「我尋找那些孩子，她保護那些孩子。」

我手一鬆，茶杯掉到大腿上。溫熱的茶水潑灑到筆記本和大腿上，同時彷彿也沾污了我的靈魂。

我突然明白她坦承了什麼事。

我整個人跳起來，抓起毛巾連忙擦拭茶水。艾拉平靜地繼續坐著，彷彿世上的事都與她無關。

我不願相信艾拉剛才坦承的事，也不想聽她接下來說的話。現在，我只想躲進自己的一小方世界裡，不去面對那個從頭到尾都擺在眼前的事實。

這些日子以來，我一直判斷錯誤。對艾拉判斷錯誤，對連續殺人犯判斷錯誤，對一切都判斷錯誤。

艾拉的心靈已然破碎，而在她破碎的世界中，她摧毀生命。

而我是如此盲目，竟然容許這一切在眼前發生。

無論那些字條是誰留的，他們都知道眞相。他們的確應該責怪我。但他們也同樣有罪，因爲他們大可以去報警。

那他們爲什麼不去報警？

爲什麼只來找我？

我現在又該怎麼辦？

38

八月二十八日，星期三

諮商個案：莎瓦娜

今天天氣很好，非常適合在家打瞌睡，但我焦慮不安，因此在莎瓦娜抵達後，說服她陪我出去散步。

她沒反對這個主意，這倒是令我有點意外。

我需要轉移注意力。昨天艾拉的諮商結束後，我打電話給布朗醫師，想跟她約今天的時間，但她不在辦公室，而且最快可約的時間是明天。我知道自己必須趕快採取行動，再拖下去，有人可能會因我的緣故而失去性命，但我必須先跟布朗醫師討論目前狀況才行。搞不好是我解讀錯誤。我必須在做出可能摧毀艾拉人生的行動前，先徵詢其他醫師的意見。

今早醒來時，我發現自己躺在後院，頭上的耳機播放著輕柔古典樂，身體蜷縮在涼椅上，身上裹著毯子。在經歷艾拉的自白，以及譚美的毫無回訊後，我一點也不驚訝自己會再次夢遊。

我記得做的最後一件事，是在譚美的語音信箱裡留言，告訴她說我在微波爐裡留下一盤食物，然後就上床睡覺了。

我的黑眼圈越來越嚴重，頭更是從醒來後就隱隱作痛。

我很想去找譚美，直接去她住處甚或直接殺去警局，查出她不回覆我的原因。若非此刻身心俱疲、今天莎瓦娜要來，而且知道譚美一定正忙於非常重要的公事，否則我一定會這麼做。

「哈囉——囉——囉，呼叫萊克夫醫師。」莎瓦娜後退行走，面對著我，抬起大型心形太陽眼鏡，讓我看見她的眼睛。

「抱歉，我一定是在做白日夢。」我說。

「妳沒聽見我剛才說的話對不對？」

「抱歉，莎瓦娜，妳能再說一次嗎？」

「我剛才承認說我是連續殺人犯，就是這樣而已。」她又轉過了身，背對著我。我加快腳步，走到她旁邊。「妳知道，不聽別人說話很不禮貌的。」莎瓦娜繼續說，口氣聽起來有點受傷。

「我沒有不聽妳說話，我只是……在想事情。」我可以說自己恍神、非常疲倦、應該在床上睡覺……但無論怎麼解釋，她說的都沒錯。

「我爸說，妳這就是不聽別人說話。」

「再跟妳道歉一次。」我們並肩而行。「我媽會說這叫做多愁善感。」

她停下腳步。「多愁善感？聽起來好老派，那是什麼意思？」

「悲傷、敏感、自憐。」差不多就是這些意思。以前每當我媽喝醉，不想聽我跟她說什麼時，她就會說我多愁善感。

「妳爲什麼悲傷？」

「其實比較像是情緒化，或是太勞累了。」我說。

她點了點頭。「難怪妳有黑眼圈，出門前應該化點妝才對。」她啜飲一口我買給她的冰沙。

「妳剛才是不是承認自己是連續殺人犯？」我把話題轉移到她先前說的話。

「看吧，妳應該仔細聽別人說話的，現在妳永遠都不會知道答案了。」她露出頑皮的微笑。她臉上戴著深色太陽眼鏡，無法看見她的眼神，但從她再度轉身面對我、蹦蹦跳跳後退走路的肢體語言來看，她心情顯然很好。

她心情非常好。

她身穿牛仔短褲，黑色合身T恤露出大片肚皮，腰間綁著一件格紋襯衫，辮子上夾著小骷髏頭髮夾，但臉上沒有化妝。

「我很久沒看見妳這身打扮了。」我喜歡她這個樣子，這正是我今天需要的。

莎瓦娜哈哈大笑。

那是如鳥鳴般的清脆笑聲，而且富有感染力。

「我心情很好，甚至可以說很快樂。」她伸了伸舌頭。「好了，我說出來了，滿意了嗎？」

我高高揚起雙眉，她露出大大的微笑。

「滿意？妳只說了快樂兩個字就要我滿意？別這樣，莎瓦娜。妳起碼要給我多一點的形容詞吧。」我逗她說，開心地看著她眼中的光芒。

雖然沒有完全表現出來，但我十分高興。

「所以妳這麼快樂是因爲……？」我試探地問，心想應該値得冒個險。

「幹嘛咄咄逼人啊？一直問、一直問、一直問、一直問。」莎瓦娜又轉了個圈。「妳知道嗎，我有點喜歡妳這個人。」她嘴角帶笑，瞥了我一眼。

我聳了聳肩，她又哈哈大笑。我喜歡這個聲音。

我們穿過馬路，走進仙境公園。莎瓦娜當先領路，我似乎知道她要帶我們去哪裡。

幾次右轉之後，我們在紅心皇后的庭院裡坐下，四周全都是紅玫瑰花叢，許多小雕像藏在步道裡的樹叢之間。皇后站在庭院中央，腳邊圍繞著各色花朵。

「她是不是好像在看我們？」莎瓦娜在雕像周圍繞圈，時不時回過頭來。「我敢發誓她的眼珠在轉動。」

「雕工確實很細膩。」我坐在長椅上說。

「妳會不會希望這些故事是眞的？那一定會很酷。」她在我旁邊一屁股坐下，雙腳交疊，以全然放鬆的姿勢靠上椅背。

我對她的快樂幾乎信以爲眞，然而她的手指在椅背頂端敲彈著，大腿肌肉依然緊繃。

「這個皇后爲了點小事就會砍下人頭，妳會想活在這種世界裡嗎？」

她噘起嘴唇。「只要砍的不是我的就好。拜託，這個世界裡有兔子帶著時鐘跳來跳去、有貓會現身在空中、每個人都戴著奇形怪狀的帽子，是我的話立刻就會加入。」

「有時活在虛構世界也不錯，我可以了解。」我自己的虛構世界包括一座海灘、一位男服務生，以及無窮無盡可供閱讀的書籍。

「妳知道有個圖書館員會打扮成愛麗絲嗎？我那天有看到她。」

她指的應該是艾拉。

「她很漂亮，讀故事給小朋友聽的聲音也很好聽。」

「妳有走過去聽嗎？」

莎瓦娜挑起一道眉毛，皺了皺鼻子，嘴角朝下，雙眼卻閃耀光芒。看來她的內心還是個孩子。

「我猜妳應該是坐在兒童區附近的椅子上，對不對？那個距離既聽得見朗讀聲，也不會太靠近而引起注意。」我轉動冰沙杯裡的吸管，掩飾她在我的口氣中聽出的笑意。

「可能吧，」她指敲長椅的速度變快了。「她讀得很好。」

我朝她敲彈的手指看了一眼，讓她知道我注意到她的焦慮。

「所以說？」她坐直身體，把手移到大腿上。

「所以說……」這句話在我們之間徘徊。

莎瓦娜氣惱地長嘆一聲。

「好啦，」她咬了咬嘴唇，轉身看著我。「我舅舅會多住一陣子。」

「他會住多久？」

我應該把筆記本帶出來的。

「我也不知道。我爸媽決定延長假期，他們好像要去拜訪朋友。」她的手指開始改在大腿上敲打。

她臉上看起來那麼開心，口氣卻正好相反。

「他們還沒回來，妳是不是覺得有點不安？」

她哼了一聲。「才怪呢。」

「妳有說要跟他們一起去玩嗎？」

「我幹嘛要這樣說？」

「喔，我不知道，」我說：「只是覺得妳好像會想念他們之類的。」

「想念他們？妳嗑藥了嗎，這是我有生以來最棒的夏天，我終於可以暫時遠離他們的瘋狂嘮叨和無止境的訓話。」

她說謊。背叛她的不是她說的話，而是那僵硬的語氣。

「妳跟舅舅相處得如何？」我對那個人依然了解不多，這讓我有點不舒服。

她聳了聳肩。「他離開了幾天，明天就會回來。我們本來以爲我爸媽明天也會回來。我一個人……過得很好，我已經長大了。」

我同意這點，她也到了獨立自主的年齡。

「妳期待他回來嗎？」

她試圖隱藏，但眼神中閃過一絲焦慮。那不是一般青少年的焦慮，而是其他更爲……我提高警覺。

「當然，他很酷。不過我喜歡獨處，這樣很好。我不用打掃家裡，沒有人監督我該做什麼事。我等待這種自由自在的感覺已經好久，現在它終於來臨了，眞希望可以永遠這樣下去。」

眞希望我有把筆記本帶出來。

「再過一年妳就上大學了，到時就可以享受自由自在的生活。」我必須把焦點轉移回來，讓她知道這種生活只是暫時的。

「還要再活在地獄裡一年？不用了，謝謝。」她從臉頰上撥開一綹頭髮，伸展背部，抬頭迎向陽光。

「如果可以選擇，妳會想要跟父母還是舅舅住在一起？」

我從她的眼神看出，她正在思索這個問題背後的意圖。

「兩者皆非。老實說，醫師，妳今天看起來怪怪的，到底發生了什麼事？」她側頭看著我，縮起雙腳，手指在膝蓋上輕快敲彈。

「我們來這裡不是要討論我的事，莎瓦娜。」

她哼了一聲。「隨便啦。」她把腳放到地上，弓身向前，手肘置膝，以手掌撐著臉頰。

「我想要自由，想要擺脫他們。我的人生不需要他們，我希望他們不在我的人生中。」莎瓦娜壓低嗓音，聲音比狗的不安低吼還要低沉。

我的心一陣絞痛，不知道她究竟經歷過什麼創傷，卻從來不肯承認。表面上看來，她的父母很愛女兒，爲女兒奉獻很多，儘管最近她讓他們的日子頗爲煎熬。

「爲什麼這麼恨妳爸媽？」

「因爲他們很可恨啊。」這句話從她口中說出來，宛如蝴蝶破繭而出。

「但是爲什麼？」我只想幫助她找到源頭，了解這強烈的情緒來自何處。既然她可以用如此強大的熱情來恨父母，那麼她也用這股熱情來愛父母。

莎瓦娜的腿彈了起來，她用雙手玩弄冰沙杯，接著又跳了起來，面對紅心皇后。

「他們不懂如何去愛，不懂眞正的愛，不懂孩子需要的愛。難道妳還不明白嗎？他們自私、帶有批判，期待我順從他們的意願，絲毫不在乎我有自己的主見。我有跟妳說過，以前我會向上帝禱告，希望他們死去嗎？我會請求上帝殺死他們，無論出車禍或發生意外都行。我以爲上帝愛我……如果祂眞的愛我，祂就會拯救我離開他們。但上帝並不存在。」她朝旁邊的地上吐口口水，背脊僵直，肩膀緊繃，雙手握拳。「這表示，我只能自己照顧自己。」

她整個人被憤怒和沮喪圍繞，這讓我感到害怕。

「這是什麼意思？」

原來我一點也沒有幫助到她。從一開始到現在，她對父母的憤怒和憎恨只有增加，沒有減少。

「當我發現上帝並不存在後，我知道必須掌控自己的人生和快樂才行，而我一定辦得到。我有個計畫，舅舅會協助我達成。我的人生不需要父母。等完成計畫後，大家才會相信我父母並不是什麼好人。」她話聲哽咽，試圖不讓我看見自己偷偷用手擦拭臉頰。我注意到她的淚水滑落臉頰。

我的心也在流淚，但不能眞的讓眼淚流出來，因爲她話聲中的孤獨、悲傷、沮喪和空虛，也同樣存在於我的靈魂中。

我的腦中浮現一個畫面：一個小女孩坐在桌前，桌上放著一副撲克牌，她正在等待有人來陪她玩牌。

這個小女孩蜷縮在沙發上，獨自看著一部電影，她的父母正在爲一件雞毛蒜皮的小事而爭吵。

這個小女孩既像我、又不像我，她只想要被愛。

爲什麼每當跟莎瓦娜在一起時，我靈魂中的這個小女孩就會浮現？這個小女孩渴望被了解、被聽見、被愛。

「妳一定很信任妳舅舅。」這不是問題，而是聲明，確認我聽見的事。

「他是我們家族裡我唯一喜歡的人。他懂我、愛我，而且不會只是嘴上說說。他會用行動展現。我爸媽嘴上可能這樣說，但我知道他們不是眞心的。但是他……只要有他在，我就感覺到被愛。」

「感覺被愛是件好事。」在接下來這幾分鐘，我必須小心推進。「但每個人表達愛的方式不同，需要被愛的方式也不同。也許等妳父母回來後，我們可以一起做一次諮商，討論這件事？」

莎瓦娜哼了一聲。「這種事會發生才怪，我寧願他們不要回來。說不定他們的飛機會失事，或是……」她說著，眼睛亮了起來。

我傾身向前，手肘置膝，看著眼前這個少女。

她今天有點不對勁。

她先前一直笑，表現得很快樂，但我發現她試圖隱藏焦慮。

她講述那些愛、夢想和自由時，我在她話聲中聽見驚慌。

她做了這麼多裝腔作勢的動作，我卻只看見一個渴望被愛的小女孩。

「我們要不要先換個話題，」我對她露出溫柔的微笑，話聲中充滿接納。「談談接下來幾個禮拜的事？妳有任何計畫嗎？去圖書館？」

「我舅舅想去短途旅行，甚至露營幾個晚上，或是去逛街，總之到處去玩一玩。他喜歡寵我。

在我年紀較小的時候，他都會叫我小公主。」她抓住一條辮子拉了拉。「那可能是我小時候唯一快樂的回憶。」

「當他的小公主？」

她的每個用詞都讓我提高警戒。

我眞心希望那男人眞的給她那麼多的愛，但只限於舅舅對外甥女的愛，只限於兩位家庭成員間的親情之愛。

我的胃揪了起來，焦慮如奶昔般在裡頭不停翻攪。

「舅舅愛我，這有什麼不對嗎？」她抬起下巴流露挑戰意味。

我靠上椅背。「完全沒有。」希望自己只是過度解讀她的話，她舅舅跟她想得一樣棒，但我就是無法甩掉這男人絕非如此的恐怖感。

她背轉過身，伸手撫摸紅心皇后雕像的蓬鬆裙子。

「我眞希望自己是紅心皇后。」她說：「砍掉你的頭！」她突然大聲吼道，伸手做出砍頭的動作。她瞇起眼睛，回頭看了我一眼，等待我的回應。

我聳聳肩。

她嘖了幾聲，左右擺動手指，同時搖搖頭，露出不以爲然的表情。

「這樣不行啊，萊克夫醫師。妳今天已經聳肩兩次了，這可不像妳。」

我又想聳肩，但及時克制住自己。

「我們回去吧，莎瓦娜。」我柔聲說，拿起兩人的杯子，離開庭院時順便丟進垃圾桶。

莎瓦娜走在我前方大約兩步的位置。

我並不介意。

當接近公園出口時，她慢下腳步，走在我旁邊。

「我還是有去圖書館。」她突然說。

「是嗎？」

「我學到很多東西，開始明白殺人犯的腦袋是如何運作的。」

我高高揚起雙眉，宛如麥當勞的拱形標誌。

「妳光是看書就明白了？」

「只要我想學，」她立刻回嘴：「我的學習能力可是很強的。妳知道那句成語吧？」

「不知道，妳是說哪句？」

「熟能生巧。」

我的胃再度因這句話而不停翻攪。我朝迎面而來的路人點頭微笑，等我們走到別人的聽力範圍之外，才提出她等我問出口的問題。

「所以殺人犯的腦袋是怎麼運作的？」

她轉過身來，臉上發亮，跟我們剛到公園時一樣，只不過這次她眼中的喜悅相當眞實。

「非常有意思喔，他們就像關掉了所有情緒，只專注在自己身上；其他的事都不重要，只有在腦中擬定好的計畫才重要。專注力是重點。妳知道嗎，他們多半都很聰明，因爲必須擺脫所有的犯罪嫌疑。他們並非一開始就知道如何殺人，而是透過練習、去學習。」

「我不會稱之爲有意思，也不會說他們很聰明。妳知道他們最後都會被逮到吧？」

「每個人都會犯錯。」

她的口氣中沒有鄙夷、斥責或厭惡。

只有尊敬、欣賞和讚美。

「莎瓦娜，殺人絕對不是一件正確的事。」

「爲什麼？只因爲社會不認同嗎？幹，就算在《聖經》裡，上帝也會施以懲罰和死亡。」

「妳不是上帝。」我應該不需要提醒她這件事才對。

「我是啊。」

我靜靜等待她解釋這句話。

「我爸說，人類是上帝以自己的形象做成的，既然我長得像上帝，我的信念可以移山，我的話語具有決定生死的力量……聽起來我就是上帝。」

我別過頭去。我需要控制臉部表情，因爲很想翻白眼，也很想嘆氣。

「妳這是把經文和妳爸說的話拿來斷章取義。」

「我不在乎。」她拉起兩條辮子，拿下一個骷髏頭髮夾，遞了給我。「我媽差點要丟掉這個東西，她說我們家不崇拜魔鬼。妳能相信嗎？我發現她闖進我房間裡，手裡拿著一大堆我的骷髏飾品。」

「當她這樣說時，妳有什麼感覺？」我很習慣莎瓦娜會一直改變話題，所以順著她的話說。

她皺起額頭，彷彿在思索答案。

「妳知道我討厭妳問我有什麼感覺吧？」

我點了點頭。「雖然不太想承認，但這有點像是職業病。」

「隨便啦。」她望向前方。「我覺得很生氣，她無權跑進我房間，拿走不屬於她的東西，那樣是不對的。」她在胸前交疊雙臂。

「妳買那些東西時，就知道妳媽會有這種反應嗎？」我必須讓莎瓦娜停止把焦點集中在自己身上，她應該開始思考周遭的人會有什麼感覺，以及她的決定和行爲會如何影響他人。

「我眞的不在乎，」她噘起了嘴。「但妳一定要我回答對不對？」

既然她都替我說了，我又何必多說？

「好吧。對啦，我知道她會有什麼反應，但我還是買了。」

「或者妳是想激起她的反應才買的？」

「如果是呢？妳眞的認爲，我會在乎她怎麼想或她相信什麼嗎？」

「只是好奇而已。妳舅舅喜歡骷髏頭嗎？」

她點了點頭。「他身上有好幾個刺青。爲什麼這樣問？」

「只是想知道，他曉不曉得妳媽對骷髏頭的感覺。」

她哼了一聲。「他才不在乎她想什麼呢。他只在乎我，我是他的小公主。」

回憶 39

不管再怎麼努力，就是無法停止發抖。

我的頭腦陷入麻木、心跳加速、身體發燙。

舅舅的手指在方向盤上輕快敲彈，我的雙手壓在雙腿下。

我們正在逃跑，但我們自由了。

自由。

我甚至不……我的頭腦無法……自由，究竟意味著什麼？

「呼吸啊，我的小公主，只要記得呼吸就好。今晚我們就會把車停在一處與世隔絕的海灘上，只有妳我兩人睡在星空下，慶祝我們的嶄新人生。相信我，好嗎？」

他的手離開方向盤，握住我的手。

他的大拇指撫摸我的肌膚。我把注意力放在他的撫摸上，讓自己冷靜下來。

他能讓我冷靜下來。

我深呼吸一口氣。

我們辦到了。

我辦到了。

我的天。我辦到了，我讓他們付出代價了，我……

「這才是我的好女孩，」舅舅眨了眨眼，又捏了捏我的手。「最困難的階段過去了，小螢火，妳做棒極了，我自己都無法做得那麼好。」

這句讚美直接命中我心。

「這種事你做過幾次……」我喉頭哽咽，舌頭打結，無法把話說清楚。

「妳是說殺人？」

我點了點頭。

「說出來。」

說出來？這是什麼意思？

「我要妳把這句話說出來。妳需要親口說出來，才能讓它成為現實。不要貶低自己的記憶，不要貶低自己剛才做的事。妳應該宣告這段回憶屬於自己，並且為它感到驕傲。」

他說話時是平等看待我的，從他口氣中聽得出來。他沒有把我當成是個需要被教導的小孩，而是視為是一個與他同等地位的人。我必須穿越這個關卡，第一次殺人的關卡。

「你做過幾次……」我清了清喉嚨，打開舌頭上的結，放鬆下來，好把話順利說出來。「你殺過幾個人？」

他點了點頭，表示對我感到驕傲。

除了他，從來沒人能讓我為自己感到驕傲。我已記不得上次有人說他們為我感到驕傲、愛我，甚至是相信我，是什麼時候的事了。

沒有人像他這樣對待我。

「這是妳我之間的祕密。我殺過三個人，他們都罪有應得。我從來沒被逮過，所以當我說請妳相信我，我是認真的。我們不會有事的。」他直視黑夜，卡車燈光照亮泥濘道路，這是路上唯一的光源。

卡車高速行駛在路上，明亮的車燈筆直射出、驅散黑夜，為我帶來希望。無論前方有多麼黑暗，無論感到呼吸有多麼困難，我們都一定能找到出路。

「妳殺過幾個人？」他反問我。

「兩個。」我說這句話一點也不費力。當承認事實時，我的喉嚨沒有被切成碎片。這句話很輕鬆地就從口中說了出來。

這兩個字所蘊含的赤裸事實，打破了我內在的某樣東西，同時催生出一個全新的人，而這個人需要成長的空間。

「沒錯，」他驕傲地說：「妳殺了兩個人，這兩個人不值得跟妳呼吸相同的空氣。這兩個人不愛妳，只會利用妳。這兩個人的心早就已經死了。」

「我恨他們。」是我的錯覺，還是我的聲音改變了？我的嗓音聽起來更成熟了。「我恨他們。」我又說了一次。我喜歡這句話的音調，重音放在我和他們上，讓整句話產生共鳴。隨著我對事實的接受，四個字變成了三個，三個字變成了兩個，兩個字又變成了一個。

「他們不配得到妳的愛或恨，甚至不值得成為妳的回憶。妳可以把他們從腦袋裡刪除，如果有需要，妳甚至可以創造自己的回憶，用值得的事物填滿空白，沒有人會分得出這當中的區別。」

他的話很有道理。我會留下好的部分，例如我還小的時候，父親只是我的爹地。爹地愛我、保護我、關心我，爹地不是我今天殺死的那個男人。那男人強暴我母親，而且他在玷污她和他自己的生命時，還罵她婊子。

「你是不是做過這種事？你是不是創造過自己的回憶？」

他點了點頭。「人們總說，一個人的人生是由環境、家世和教養塑造而成。這種心理學理論還說，這些因素是內建在你的基因裡，你無能為力，只能根據這些印記來反應。我說這簡直是一派胡言。人生是自己創造出來的，小螢火。世界上沒有宿命這回事，沒有來生，也沒有上帝可以祈禱或祈求原諒。人生是由選擇所組成，而且是妳自己的選擇。妳可以選擇自己要成為什麼人、要去什麼地方、要愛什麼人、要攜帶什麼回憶。」

我仔細思考他說的話。

我握有隨時改變人生的力量。我可以成為一個嶄新的人，用自己編寫的過去來創造嶄新人生。

「你殺過三個人，有哪次後悔過嗎？」我內心深處知道答案，但需要聽他親口說出來。

「一次都沒有。」

「她是你妹妹。」我低聲說，但這句話震耳欲聾，當中還摻雜一絲哀愁。

他用力捏了捏我的手。

「從她不再保護和愛妳的那天開始，她就不再是我妹妹了。」他堅定的話聲帶走了我心中的最後一絲不安。

「妳是我唯一的親人，也是唯一需要的親人，」他說：「我們只需要彼此。妳跟我，我們兩人在一起，要做什麼都可以。」

我的身體不再發抖，思緒變得清晰，心情平靜下來，身體也轉變了。

「我只害怕你會後悔這件事，」我聽見自己承認：「因為我奪走了你親愛的妹妹。」我沒說出自己最大的恐懼，其實是害怕他將來會因這件事而恨我、責怪我、拋棄我。

「仔細聽我說，無論妳有沒有劃開她的喉嚨，她都已經死了。她早就已經是具行屍走肉。今晚發生的事，全都是她咎由自取。」

他說得對。我想要她……不，我需要她了解，這麼多年來我所忍受的痛苦。她活該受苦，活該被我用刀子劃開肌膚，割開肌肉、肌腱和血管。媽的我絕對不可能讓她安詳死去、永遠不再醒來。絕對不可能。

「別再叫我小螢火了。」我已不再是過去的那個小女孩了。

當握起刀子的那一刻，我就不再是那個小女孩，只是當時還沒意識到。

他的小螢火，是那個痛恨父母卻什麼也不敢做的少女。那個少女沒有希望，也沒有未來。她的狹窄世界觀只是由痛恨父母和渴望自由所組成。

她從未想過自己會獲得自由。

我已不再是她。

我是堅強得足以拿起刀子的新生命。

我是堅強得足以承擔決定的新生命。

我是堅強得足以掌控一切的新生命。

「沒問題，那我該怎麼叫妳？」

這名字必須配得上新生的自己，必須帶著驕傲來叫這個名字。這個名字必須配得上我剛才做的事，以及未來我會繼續做的事。

「叫我愛娃。」

這個名字從口中滑出來，它帶有一種融化巧克力的味道，聽起來像是個清楚「我是誰」的人。我是誰。

這次換我捏了捏他的手。我撫摸他的拇指，感覺他的肌膚在我的底下。

這次我自己解開安全帶，跨了過去，坐到他身邊。

「哈囉，愛娃，很高興認識妳。」他的雙眼閃耀著我沒見過的光芒。過去他總是用溫柔的眼神看我。他的撫摸很溫柔，彷彿我是隻初生的小白兔，十分怯弱。他同時細心照顧我和愛我。

現在我不想要那種愛了。

我蜷曲在他身旁，雙腳縮到座椅上，手放在他的大腿上。我玩弄著毛衣上的拉鍊，緩緩把它往下拉。我知道他正在看我。

「新名字、新生活。我喜歡。」這次他的舌頭彷彿卡住般，聲音嘶啞，脈搏加速。

「到海灘還要多遠？」我問。

這時剛過午夜，四下一片闃黑。還要再過很久，才會有人注意到我們的離開。

我父親被炒魷魚了，公司的卡車也被收回。他被丟在家門口的馬路邊，像隻被棄養的寵物。沒有任何人知道他回家了。

我家不曾有外人來拜訪。我們是邊緣人，刻意離世獨居。我已輟學一年，在家自學，由舅舅負責教導我。母親辭掉了工作，今晚才宣布此事，隨後父親突然進門來。

沒有人會發現他們已經死了。

我們不趕時間。我們並不是在逃命。一切可以慢慢來，盡情享受夏日空氣和溫暖晚風。我們不用立刻決定要做什麼、要去哪裡。

我們還有一輩子的時光可以揮霍。

我們可以活得了無遺憾。

40

八月二十八日，星期三

白天的酷熱到了晚上仍未消散，宛如一條掛在空中的濕毛毯，壓迫著坐在涼椅上的我。

莎瓦娜的諮商結束後，我遭受嚴重的偏頭痛襲擊，還因此大嘔一場，於是決定關上手機，睡了個午覺。

我從熟睡中快速醒來，身體感到十分沉重，手臂幾乎抬不起來，更別說把腳從椅子邊緣移開，坐起身來。我覺得頭暈目眩。我費盡力氣，終於起身走進屋內，但步履蹣跚，像是喝醉酒似的。流理台上擺著一壺冰紅茶，壺身凝結著許多水珠，旁邊還有個玻璃杯，上頭沾了口紅印。我用手背抹了抹嘴唇，赫然發現肌膚上留下了紅色印痕。

我不記得自己擦過口紅，更不記得泡過一壺冰紅茶。

我伸手倒了一杯出來，拭去因雙手顫抖而灑出的茶水，然後癱坐在廚房椅子上。我疲憊不堪，十分慶幸這時四下無人，沒有人會發現我如此悲慘。

我無法忍受室內的悶熱，便又回到院子裡，至少外面有一點微風能替汗濕的額頭降溫。柴鎮有時會像今天這樣燠熱，每到這種時節，我總會後悔沒在家裡裝冷氣。

頭腦這時難得安靜下來。我躺在室外遮陽傘下，放鬆身體，聆聽安靜夏夜的鳥叫聲、微風從公園送過來的輕笑聲，以及四周的日常聲響。

如此平凡的時刻，卻又如此完美。鄰居院子飄來烤肉香味，室外曬衣繩發出吱軋聲，街上小狗發出吠叫，駛過的車輛發出轟轟聲響。

這正是我夢想在這裡度過的生活。

除了頭痛以外。我知道有些住在高海拔或山邊地區的人，會苦於氣候性偏頭痛，但柴鎮並不位於此類地區。

某個遠處傳來車門的關門聲，接著是住家的敲門聲。敲門聲呼應著我的頭痛節奏。

「我的老天，快去應門。」我咕噥著說，依然閉著眼睛。

「萊克夫醫師？」有個聲音喊道。

泰勒？他來做什麼？

「萊克夫醫師？」他又喊了一次，聲音聽起來很堅持，甚至有點瘋狂。

我掙扎著在椅子上坐起來。

「我在外面，」我聲音沙啞。「泰勒，我在後院。」我又說了一次。

車道的石板路面傳來拖曳的腳步聲，接著是柵門開啓的聲音。

「妳跑哪裡去了？」柵門關上，還彈了一下。「我打電話找了妳一整天。」他睜大雙眼，站在我面前。

「發生了什麼事？」我握住椅子扶手，撐著身體站了起來。只見泰勒的眼珠子四處亂轉。「泰勒，發生了什麼事？」我又問了一次。

他的腳跟前後晃動。

「我找不到她。」

「找不到誰？」

「她啊。」他的身體前後搖晃，幾乎快要跳了起來。「我找不到她。她不見了、失蹤了，我四處都找不到她。」

我腦中響起警鈴，心隨之震動。我下意識地張開手臂要去擁抱泰勒，想要安慰他，但他急忙後退，遠離我的雙手，還差點絆倒。

「我以爲她會回來，以爲她會停止，以爲自己可以阻止……」他喃喃地說，轉身朝旁邊走去，從陽台區走到草地區，然後再走回來。他雙手互搓，乾燥皮膚發出砂紙般的摩擦聲。那聲音有如紅螞蟻般沿著我的肌膚爬上來。

「阻止什麼？」我推出一張涼椅，讓他坐下。

「我以爲妳可以幫助我。」他說，用手爬抓一頭亂糟糟的頭髮。「妳說妳總是會在這裡，但妳說謊，妳沒有在這裡。我一直打電話，一直、一直打……」他垂下頭，雙手抱著後頸。

「我們今天應該沒有安排諮商才對。」我試著回想，試著翻出腦袋裡的日曆，但頭痛霸占其中，也遮蔽了一切。

「妳說妳會在這裡的。」他指責，聲音因垂頭喪氣而顯模糊。

「抱歉，泰勒，我今天不舒服。」我揉了揉右側太陽穴，閉眼享受片刻的寧靜。「如果我錯過了諮商，那我一定得跟你道歉。」我需要讓腦袋進入諮商模式，聆聽他說話，解讀話語背後的意思，但事實上我只希望他離開。

「我……我很抱歉。」他對著身上的T恤說話，聲音依然模糊。他吸了口氣，弓起的背部隨之擴張，接著他站了起來。「我不知道妳不舒服。我……我會自己想辦法。」他揉了揉額頭，拇指和食指深深按入肌膚之中。

「坐下，泰勒。」我在話聲中增添了一點力道，讓自己聽起來比實際上更具有掌控權。「跟我聊一聊。」

我甚至無法看他不斷來回踱步。他往左走五步，然後折返，再往右走五步，然後折返。這樣的動作重複了至少三次，我看得差點以爲自己在搭乘夏日市集上的旋轉咖啡杯。

「我去拿飲料過來好嗎？」沒等他回答，我直接走進屋裡，試圖挺直腰桿，小心翼翼地慢慢往前走。

我又吞了幾顆泰諾，祈禱上帝賜予我力量，接著做了一件很討厭的事，就是打開手機上的錄音應用程式。現在我的腦袋很不清楚，如果把對話錄下來，稍晚等偏頭痛緩解後就能重聽一次，再針對重點做筆記。

我回到後院，把茶杯放在他的椅子前面，坐了下來，又等了一會兒。

「泰勒，」我懶得控制話聲中的煩躁和沮喪。「可以坐下嗎？你這樣只會讓我更頭痛而已。」

他回到椅子上坐下，宛如一個挨罵的小學生。

「對不起。」他咕噥說。

「請你慢慢再跟我說一遍，到底發生了什麼事？」我啜飲一口冰紅茶，驚訝地看著泰勒拿起茶杯喝了一大口，然後放下茶杯擦了擦嘴。

他就這樣直接喝下我端給他的冰紅茶，事前沒有任何思索、沒有質疑，更沒指控我對他下毒。這可是重大的改變。

「我女友不見了。我們大吵一架，因爲她……她都沒回家。」他面色凝重，頜骨周圍的青筋不停鼓動。我看見他的臉色在數秒間，從淡褐色轉變成深紅色。

「呼吸，泰勒，記得呼吸。」

他的手臂微微顫抖。他正在努力控制自己的情緒，而我現在最不想、也最不需要的，就是他情緒爆發。

「你上次看見她是什麼時候？」

「兩天前。跟妳做完諮商後，我跟她大吵一架，然後她就離開了。她說她不會再回來，還說她不需要我了……」他全身發抖。我以爲他在生氣，沒想到原來是在哭泣。

淚水滑落他的臉頰，在肌膚上留下一道道淚痕，然後凝聚在下巴。

「我很遺憾，泰勒。」我用溫柔的聲音問：「你們吵了些什麼？」

他擦了擦臉，又喝了一口冰紅茶。

「她說，我告訴妳太多事情了。她說我不能被信任，還說妳應該什麼都不能知道，我背叛了她的信任。」他看著我，眼神中充滿無助。「我只是希望她能停下來。我不喜歡她面對的方向，那裡非常黑暗，如果再繼續下去，我會找不到她。」他垂下頭，緊緊握住茶杯，茶杯彷彿快要被他捏破。

我伸手過去，輕輕從他手中接過杯子，放到他搆不著的地方。

「泰勒，她在……做什麼我不知道的事？」

他抓了抓脖子，在肌膚上留下白色抓痕，張口欲言，又閉上嘴巴。

「我很害怕，萊克夫醫師。我不知道她在哪裡，但我覺得自己應該知道她在做什麼，而這樣不好，這樣非常不好。」他用雙手蓋住眼睛，身體在椅子上微微搖晃。

「我太軟弱了，沒辦法幫助她，也沒辦法了解她。這全都是我的錯。如果打從一開始，我就能勇敢地阻擋她，或許就能阻止得了這一切。」他把臉埋在雙手中，喃喃地說。

接著，上一秒他還在哭泣，下一秒又突然態度堅決得如岩石。他離開椅子，站了起來。

「我必須找到她，然後阻止她。我以爲妳夠堅強、能解讀我說的話，妳能明白我不准說的事，但是……」他面色凝重，雙手握拳，青筋也鼓動得更快。

我應該解讀出什麼？看穿什麼？

「泰勒，也許我們可以報警……」

「不行！」

我被他大聲一吼，整個人嚇跳起來。

「爲什麼妳還不明白？」他壓低聲音，但語氣強度依然存在，攪動著表面下暗潮洶湧的情緒。

「我們不能報警。我以爲妳能幫助我，但妳根本沒有用，愛娃說得沒錯。」泰勒喃喃地說，狂亂的眼神朝我家後院望了一圈。「我應該聽她的話，我這麼做是錯的，而她早就預料到了。」

「你剛剛說她叫什麼名字？」

我一定聽錯了。

不可能是我聽到的這樣。

這是不可能的事。

「她叫愛娃，她對妳的判斷一點也沒錯，我應該聽進去的。她在做的事是錯的，而妳幫不上忙，所以我得自己阻止她。」

泰勒用厭惡的眼神看了我一眼，轉身離開後院。車道上傳來沉重的腳步聲，接著就聽見引擎發動的聲音，輪胎發出吱的一聲，車子已然駛離。

我靜靜坐著，震驚不已。

他到底是什麼意思？我到底扮演著什麼角色？

這個愛娃究竟是怎麼回事，她是艾拉的室友愛娃嗎？不對，愛娃是虛構人物，不可能眞實存在。

但如果愛娃眞有其人呢？

艾拉說，她的愛娃想要一個孩子，泰勒的愛娃也想要一個孩子，而柴鎮有很多小孩一夕之間失去了父母。

41

八月二十九日，星期四

罪惡感就像一條卑鄙且惡劣的蟲子，會慢慢鑽進靈魂最隱晦、最神祕、最醜陋的角落。這條蟲分泌的黏液會覆蓋所有微小的裂縫，最後從你的內心一點一點滲透出來。

我討厭蟲。

小諮商室裡的靜默十分沉重。我的目光四處游移，就是不敢望向布朗醫師。她看著我，研究我的每個動作，分析我的眼珠轉動、肌肉抽動、嘴唇抖動。我覺得自己像是一隻白老鼠。

我必須把錄音播給她聽，但一走進諮商室，心中的急切便轉爲恐懼。我不確定自己能否安然度過這一切。

我必須告訴她關於艾拉、愛娃和泰勒的事。我必須把一切都說出來，卻不明白自己爲何如此遲疑。

「如果我跨越了身爲心理治療師的道德界線呢？」

「妳想保護誰？」她的胸口隨著呼吸而起伏，手指在大腿上抽動，但臉上表情絲毫沒有變化。提問、質問、飢渴。

「他們。」她應該聽得懂吧？

「保護他們這件事，爲什麼帶給妳如此大的壓力？」

我一時千頭萬緒，思緒如無數充滿氦氣的氣球飄向天空，底下伸出許多孩子的小手想要去抓。我不知該把哪顆氣球抓下來壓破才好。

「我想保護他們，他們的情緒、他們……」我找不到話語來形容自己的心情。

我在充滿不確定的海洋中溺水，我需要她丟一條救生索給我。

「他們需要妳。」她看了看筆記本，並不盡然同意我的說法，只是複述我說過的話。

「也可能是我需要他們？」

「有可能，但我不這麼認爲。我認爲妳正在經歷大量的罪惡感，而妳需要協助，來穿越妳所認知的地雷區。」

「難道不是嗎？」

「我不這麼認爲。」

她語氣十分肯定，讓我不禁愣了一下。

「妳想保護他們是沒問題的，丹妮爾。」布朗醫師甚是放鬆，背部並未死板板地挺著。「我發現自己也想保護妳。」她話聲輕柔，幾乎難以聽見，但我卻聽得很清楚。

但她爲什麼想保護我，而且要保護我免於什麼？我想起泰勒說的話，他說愛娃也說過類似的話。

我爲什麼需要被拯救？到底有什麼事正在發生，而我沒看見？

我的雙眉緊緊皺起，宛如以手工細針縫製的毛衣。

「我知道誰是兇手。」我把這句話丟出來，像倒掉露營的髒水。我必須從胸口移除這句話，釋出自己的恐懼和懷疑，讓別人去承擔這個重擔。

「妳又收到字條了嗎？」布朗醫師的姿態顯得十分專心。

我沒回答。不是無法回答，而是因爲在她身上感受到某種氛圍，這種氛圍太過強烈。

「丹妮爾？妳沒事吧？」

我的內心陷入交戰。一部分的我想要相信她，也需要相信她；另一部分的我，則想推開這種需求，並發出警告說這個女人別有意圖。

「好吧，還是我們來回顧發生了什麼事。妳跟艾拉的諮商進行得如何？」布朗醫師轉換話題。

她翻了幾頁筆記本，也許假裝正在閱讀。

但我們都知道她沒在看。

她只是給我時間，讓我思考這個問題。

該怎麼描述艾拉呢？

艾拉跟我先前所認知的不同了。她的心靈更爲受創，黑歷史加諸於她身上的包袱，比預期得還要沉重。原來我對她一直評估錯誤，這讓我感到很受傷。

「殺害那些父母的不是艾拉。」這句話像一瓶打開的膠水般流了出來。膠水漫延到四周圍，將我們的腳黏在地上。

「但妳知道兇手是誰，或者她知道兇手是誰。」她很快便聽懂了我的話中之意。

我的大腦又是一陣抽痛。

「她……」我重說一次：「是她……」我無法完整說出話來。話語就在那裡，文字想要集結、描述眞相，分享所知的資訊，但我就是說不出來。眞相彷彿被鎖住，而鑰匙被丟掉了。我的腦子一片空白。當想到艾拉時，我看見的，只是遠處的一抹無臉身影，斜對著我，我只能看見其輪廓。對我來說，最近發生的事都是如此模糊且不確定。

「妳想保護她。」

我猛然抬起頭。

「沒關係，」布朗醫師說：「想揭露在諮商中得知的事情時，會有所遲疑是沒關係的。讓我再問妳幾個問題，也許會有幫助。妳認爲她有可能傷害自己嗎？」

「沒有。」

「妳認爲她對別人有危險嗎？」

這題我遲疑了。危險指的是什麼？我認爲她會傷害別人的身體嗎？答案是否定的。

「丹妮爾？」

我嘆了口氣，胸部擴張時，胸罩的鋼絲刮擦到肋骨。

「是愛娃。」我一說出口，胸口立刻如一堵被推倒的牆，肺臟得以自由呼吸，負擔也減輕不少。

「愛娃？」

「泰勒的女友，艾拉的室友。」

「丹妮爾？」布朗醫師舔了舔唇，微微歪頭。「誰是愛娃？」

我忘了自己沒跟她說過愛娃的事，她並不知情我最近得知的事。

「愛娃是艾拉的室友，也是她以前的獄友。我想愛娃可能也是泰勒的女友，或者一共有兩個愛娃，我也不知道。老實說，我起初以為愛娃是虛構人物，是艾拉幻想中的朋友，但是……」我把臉埋到雙手之中，覺得自己什麼都不知道了，這一切都是那麼地……曲折離奇。

「我有錄下泰勒的諮商。昨晚他跑來我家，看起來慌亂、憂心，甚至有點瘋狂，當時我正好偏頭痛發作。他不知道我有錄音。我本來想告訴他，但他一定會反對。我只是想確定自己沒有因頭痛而遺漏任何事，真的，我總是忘東忘西的。」我叨叨絮絮地說，如一輛高速行駛在公路上的車子，蛇行穿梭在慢車之間。

她聽不懂我在說什麼，我在她眼神中看到了困惑。她瞇起雙眼，筆懸在筆記本上，不確定該寫什麼。

我拿出手機，找到了錄音檔。

「丹妮爾……」

「我把它播放出來，」我打斷她的話。「妳聽完就知道了。」

我按下播放鍵。

「**我女友不見了。我們大吵一架，因為她……她都沒回家。**」泰勒的聲音十分清楚。我窺看布朗醫師臉上的表情。

她的神情十分緊繃。很好，她有仔細在聽。

「妳可以從頭開始播放嗎？」布朗醫師問，這次她振筆疾書。

我從頭開始播放，一直播到泰勒承認害怕女友愛娃正在進行的事，這時布朗醫師要我停止播放。

「這是什麼時候錄的？」

「昨天晚上。他開車來我家找我，當時我正好在跟偏頭痛搏鬥。」

「這是泰勒？」

我點了點頭。「對，他是我唯一的男性案主。」

她仔細盯著我瞧，這讓我覺得不舒服。我挪開視線，低頭看著手機。

「我不知道該拿這件事怎麼辦，」我承認：「我知道必須告訴譚美此事，早就該告訴她關於字條、艾拉的室友和泰勒的事。她警告過泰勒假造身分一事，但是……如果他有涉入命案呢？如果他在協助愛娃犯案？譚美提過凶手可能是個團隊，這樣就說得通了。泰勒渴望愛娃愛他、接受他，願意為她做出任何事。」

我驚懼不安，猛地抬起頭。我明白自己說了什麼，恐懼感流竄全身。

「我本來以為凶手是艾拉，也一直很害怕字條指的是艾拉。在上次諮商中，我以為愛娃是她幻想出來的人物，而且很害怕……」我無法再說下去，把頭埋在雙掌之中，用手指輕輕按摩太陽穴。

「我幫不了她。」最後我說。這個想法十分具破壞力，給了我沉重的打擊。我一直在逃避事實，因為不想看見和承認，而事實就是……我幫不了她。

「妳能幫助她嗎？」我抬眼看著布朗醫師，擦去睫毛上沾著的淚水。「妳能幫助她嗎？求求妳。」承認此事時，我感到靈魂彷彿碎成數百萬片，也不確定自己能否復元。

我無法讀出布朗醫師的表情，她的臉就像一塊空白石板。我不知道她在想什麼，或有什麼感覺，她身上沒有散發出任何氛圍。

「我想我應該休個假，重新專注在自己身上。」我試著填補沉默。「我夢遊發作、時常偏頭痛，還讓案主失望，這背後一定有原因。我需要先療癒自己，然後才能幫助別人。」我用力吞口口水，不讓布朗醫師有機會說話。「妳可以……我的意思是說，妳願意協助泰勒、艾拉和莎瓦娜嗎？妳能幫助他們嗎？替他們找一個可以信賴的人，找一個比我更能幫助他們的醫師？」我拉下臉皮請求她。她點了點頭。我的胸口傳出嗚咽聲，被壓縮的情緒釋放出來，使我感受到撕心裂肺的痛楚。

「當然可以，丹妮爾。我願意幫助他們，我會確定他們受到最好的照顧。」布朗醫師清了清喉嚨，朝諮商室的窗戶望去。

「謝謝妳、謝謝妳，謝謝……」我哽咽道，淚水爬滿臉頰，內心的痛苦夾雜著罪惡感和鬆了口氣的釋然。「我彷彿把自己害怕、逃避、不想面對的事，全都塞進一個箱子裡，現在蓋子終於爆開了，所有的事都噴發出來，讓我難以招架。我的本能想把所有情緒都再塞回箱內，但我需要妳幫助我不這麼做。」我不敢相信自己講出了這麼多心裡話，言語和情緒如瀑布般不間斷地墜下深谷；如果沒有布朗醫師的協助，我一定會摔死在岩石上。

她原本蹙起的眉頭舒展開來，露出微笑。

「我就在這裡，我會盡力幫助妳和其他人。」

她的話安撫了我的心。

「丹妮爾，可以把這個錄音檔寄給我嗎？如果還有其他的檔案，也可以一併寄給我嗎？」

我點了點頭，感覺輕鬆許多。我終於不必再孤軍奮戰了。

「接下來的時間，我們可以把焦點放在妳身上嗎？我知道妳很想談關於艾拉、泰勒和莎瓦娜的事，但現在妳比較重要。這樣可以嗎？」

我點了點頭。

「我覺得妳的用詞很有意思：**把情緒塞進箱子**。」她用食指憑空畫出一個箱子的形狀。「妳是覺得自己眞的這麼做了，或者是用這種方式來跟案主溝通？」

我聳了聳肩。她露出「別這樣，丹妮爾，妳應該更了解自己才對」的表情。

「對，」我承認說：「我會這樣做。我知道這樣並不健康，但這是小時候從父親身上學來的。他常這樣跟我說：把情緒放進箱子裡，然後向前邁進。這句話深深地烙印在我腦裡。」但我父親基本上是個說一套、做一套的人。

「妳會把其他東西放進箱子裡嗎，丹妮爾？」

我搖了搖頭。

「妳認爲自己有幾個箱子呢？」

這是個有趣的問題，我從未想過這點。

「經過這麼多年，我想應該有很多個。」

這時，我腦中浮現一個特別的箱子。它體積很小，顏色是粉紅色，上頭裝飾著白色緞帶，看起來頗像具小棺材。只不過越仔細看，越覺得它像張有頂篷的四柱床，就是那種南方莊園或宮殿裡會出現的老式維多利亞床。

小女孩都喜歡那種床。那有可能是我小時候的床，只不過我很確定自己的床是純白色的。

「妳在想什麼呢，丹妮爾？」布朗醫師問，她的話把我從迷霧般的思緒中拉回。

「妳一定會認為我有很多箱子對不對？有的屬於情緒、有的屬於案主、有的屬於我的私人生活。但當我思考這件事時，我只看見一個小箱子，它比我這輩子擁有的任何東西都更有少女氣息。」我輕聲說，心中想著那個小箱子。

「描述它的模樣給我聽。」她的口氣中隱約帶有一絲興奮。我朝她望去，只見她眼中散發著興味盎然的光芒，嘴唇噘起彷彿陷入沉思。

她為什麼這麼關心這個小箱子？難道這箱子代表我這個人、我的情緒，以及正在經歷的事？難道這當中藏著我所不知的心理學語言？

「那是個很適合小女孩的小箱子，粉紅色的，上面有緞帶，很柔軟、很漂亮。緞帶看起來像是用在禮服或兒童高級用品上的。」我吞口口水，不確定是否真的要坦承關於那張床的事。

我知道當一個人提到有關童年的床或臥室的畫面和回憶時，首先會讓別人聯想到什麼。

「這個箱子在哪裡呢？」

我不太想回答，她也知道我不想回答。

「不太確定。」我模稜兩可地說。

「專心看著它好嗎？」她提議：「也許看著它的蓋子。它有上鎖嗎？或是可以輕易打開？」她的身體更向前傾，彷彿想接住才剛踏出第一步、腳步蹣跚的幼兒。

「丹妮爾，請配合我好嗎？」她口氣中多了一絲興奮。但是在她露出微笑的臉頰上、緊握原子筆的手上，還有她再度翹腳後晃動的鞋子上，我就是覺得有哪裡不對勁。

我閉上眼睛。

布朗醫師一定會認爲我這舉動是要按照她的指示，專注在小箱子上，而且會試著打開蓋子，往裡頭看。

但我這麼做，只是因爲不想看見她的臉，不想感覺到壓力和罪惡感。因爲我知道，做了這件事可能會同時帶來幫助和傷害。

打開藏於頭腦幽深之處的箱子，絕不會有好事。

絕對不會。

42

八月二十九日，星期四

很長一段時間以來，我首次感到平靜。這種感覺不似真實，彷彿無憂無慮的輕鬆感隨時會消失。理論上來說，我知道它遲早會消失，但我要在接下來這幾分鐘內活在當下，擁抱平靜的感覺，說不定倒在沙發上再睡一覺。

我發給譚美一則簡訊，讓她知道我在家，並告自己的最新狀況。我打算休個假，暫時不接諮商，布朗醫師會接手我的案主。我從下週一開始正式休假，但已傳簡訊給泰勒、莎瓦娜和艾拉，通知他們這件事。

譚美回覆簡訊，表示對我做出這個決定感到驕傲。

布朗醫師要我專注在自己身上。這會很難辦到，但最後回報一定會很值得。

我蜷曲在沙發上，閉上眼睛，等待無憂的黑暗將我攫獲。

一段時間後，我的眼睛突然睜開。我坐直身體，心臟劇烈跳動，只覺得頭腦迷糊不清。我環目四顧，查看到底是什麼驚醒了我。有一張臉貼在我家窗戶上，那對瘋狂的雙眼瞪視著我，緊接著窗上傳來結實的敲擊聲。

我雙手顫抖，心跳劇烈地快跳出胸腔。當我鼻翼翕張，正準備要……

「萊克夫醫師，我需要跟妳說話！」泰勒又用拳頭敲打我家窗戶。「拜託讓我進去。」

我的老天……那是泰勒？

過了一會兒，我才喘過氣來，對他朝前門比了比。我走到前門等他，心臟依然猛烈跳動，雙手仍是劇烈發抖。時間已經很晚了，他來這裡做什麼？

「萊克夫醫師，謝謝妳。」泰勒爬上台階，奔到門口側身進門。「我保證不會待很久。」

「下次請按門鈴。」我口氣嚴厲。他把我嚇死了，沒打他一記耳光算他走運。

我跟在他背後，走進諮商室後在我的椅子上坐下，盡量保持冷靜的姿態。

「我……我想在做一件事之前先跟妳討論。」他傾身向前，雙肘置膝，雙手交握，直視我的雙眼。

他的眼神飄移不定，雙腳不停抖動，顯得非常焦躁。我必須讓他冷靜下來。

「泰勒，沒事的，」我說：「你在一個安全的地方。」

他雙眼如欲噴火，臉頰泛紅，嘴唇龜裂得有如垂死的樹葉。

「妳不明白，事情不妙，一直以來都很不妙。我……我得阻止她才行。」

「你是說愛娃？」

「不能讓事情繼續下去，這樣是不對的。」

「你要阻止她什麼？」我雖然這麼問，但心裡已經知道答案。我已經把一切都看清楚了。

「泰勒，你介意我錄音嗎？」我知道自己問了很多問題，尤其是在已經傳簡訊跟他說，我把他轉介給另一位心理治療師的狀況下。

「好，好的，這是個好主意。警察來的時候妳可以播給他們聽，我允許妳這麼做。等等……」他伸出了手。「我要不要把這句話再說一次，妳把它錄下來？」

「警察來的時候？什麼意思？」我抬頭望向諮商室的窗外，彷彿警察就在外頭。

「妳不知道？妳還沒搞清楚嗎！」他向前傾身，按下我手機上的錄音鍵。「快點，不然就來不及了。」

「泰勒，你同意我今天錄下你所說的話嗎？」我緊張得有點大舌頭，說話有點不清楚。

他點點頭。「我同意，如果有需要，請用這個來向警察證明我對妳說的事。」

他臉上露出某種表情，彷彿在等待什麼似的。

「泰勒？」

他點了點頭。「好、好、很好，快點。」

他這麼急是爲什麼？

我揉了揉頸背頂端，那裡有個氣泡在後腦杓裡不停鼓動，那是個壓力點，只要按對位置，就能消除頭痛。我用力按壓那個位置，因爲劇烈頭痛可能隨時發生。

「愛娃……」他吞口口水。「愛娃是……」

我沒有及時找到壓力點——此刻腦袋裡像有個手提電鑽被啟動，位置正好就在腦子正中央，接著一切陷入黑暗與寂靜。這個短暫片刻，我覺得自己漂浮在虛空的綠洲中。

砰、砰、砰。

前門傳來猛烈敲門聲，我被拉回到當下。

我全身顫抖，站了起來。

「不要，求求妳，不要讓她進來。」泰勒張開雙臂，擋在門口，不停哀求。

「泰勒，請你讓開。」

砰、砰、砰。

「讓我進去，你這個小爛貨，我知道你在裡面。」門把不停搖晃，接著就被轉動。一個陌生女子闖了進來。

泰勒站在我前面，像是要保護我。

「愛娃，求求妳不要這樣。」

她就是愛娃？只見她的一頭深髮被拉到後腦，隨便綁了個髮髻，她身穿一條破牛仔褲和黑色無袖上衣，身材看起來十分結實。不知何故，我總是把她想像得比較……粗獷。

「丹妮爾，」愛娃推開泰勒，把我拉進懷裡。「這一天我已經等好久了。」她露出溫暖親切的微笑，雙眼打量著我，彷彿在評估我的反應。

泰勒在沙發上頹然坐倒，身體猛烈顫抖，彷彿正在發生地震一般。

「丹妮爾，請坐下。」愛娃朝我的椅子比了比，自己則在泰勒身旁坐下，再把手放在他的大腿上，他的身體立刻停止發抖。

「愛娃。」我掙扎著說出她的名字。

「對，我知道，這是個驚喜。我本來沒打算要用這種方式跟妳碰面，但我想這麼做可能比較簡單，也不會把事情搞得一團糟。泰勒……」她尷尬地笑了笑。「……他就是個大嘴巴。」

泰勒聽了臉色發白，眼神十分恐懼。

「我不太了解現在是什麼情況。」我喉嚨緊縮，嘴唇乾燥，雙手抖得有如風中的樹葉。

「不用害怕，丹妮爾，我保證不是來傷害妳的。我只是覺得我們應該聊一聊，而且這件事宜早不宜遲。」

我用眼角餘光瞄了瞄泰勒。

這可不是什麼閒聊。從泰勒的反應看來，絕對事有蹊蹺，他正在害怕某件事情。

「妳是來殺我的嗎？」我冷靜清楚地說，盡可能保持鎮定。

「殺妳？」她哈哈大笑。

我看見愛娃捏了捏泰勒的膝蓋，她的手臂肌肉緊縮，但臉上的微笑和眼神卻看不出一絲緊繃。

她是個厲害角色。

「不，丹妮爾，我不是來殺妳的。我是來保護妳的。錯誤已經發生，但這個錯誤……」她轉頭瞪了泰勒一眼，惡狠狠地說：「……我很快就會糾正。但是爲了糾正錯誤，我需要妳的幫助。」她的凶狠表情消失了，換上單純的微笑。「我已經答應了艾……」我一站起來，她話聲就停頓了。

只見外頭的天空閃著紅色和紫色光芒，但引起我注意的不是天空，而是我家門口停了一整排警車。那些絢麗色彩正是來自於警車。警車的警示燈光反射在每件物體的表面上，即使閉上雙眼，那些亮光仍在眼皮裡閃動。

「丹妮爾，請等一下。」愛娃站到我身旁，伸出了手，彷彿想要阻止我。但我避到一旁，在我和她之間盡量拉出距離。

我朝前門走去。

來到走廊上時，我耳中聽見愛娃嚴厲斥責泰勒的聲音。她把泰勒罵得狗血淋頭、一無是處，使我爲泰勒感到難過，也替愛娃難過，因爲我知道警車出現在此意味著什麼。

照理來說，我應該驚慌無比，身體準備做出戰鬥或逃跑的反應，隨時拔腿狂奔。但我卻小心翼翼地一步步往前走，呼吸也控制得緩慢而深長。

警察應該是來緝捕愛娃的，也可能包括泰勒。

我打開家門，只見一位警察穿過草地，向我走來。他後方的街道上和公園裡停滿一整隊的警車。我看見有些鄰居爲求安全，慌忙地躲到對街。

這時我才受到現實衝擊。我渾身發抖，雙腳發軟，幾乎無法走下台階去面對拿槍指著我的警察。

「快點，她在裡面。」我話聲發顫，甚是驚恐。

我剛才和連續殺人犯坐著聊天，而且活著走了出來。

我深深吸了口氣，吸得肺臟發疼。我從未如此近距離與死神擦身而過。

「別動。」那警察以嚴厲且冰冷的口吻命令著。

我停下腳步。

「雙手抱頭，跪下。」

什麼？等一下，不對。他們以爲我是愛娃嗎？不對、不對、不對、不對、不對。

「她在裡面，」我又說一次：「她和男友泰勒在我的諮商室裡。」這一定是誤會，這警察這麼做只是爲了愼重起見……對吧？

我看著他背後的其他警察，感受一波前所未有的恨意朝我投射而來。恨意存在於每個站立持槍指著我的警察眼中，他們正在打量、譴責我。

「你認錯人了，我是丹妮爾，我住在這裡。愛娃在裡面，她才是凶手。」我拉高嗓門清楚地說，盡量不讓自己驚慌失措。

我四處尋找譚美。她應該在這裡，她必須在這裡，爲何她不在這裡？爲何到處都沒看見她？前方的警察朝其他同僚比了個手勢，示意他們進入屋內。他們舉槍指著前方，打開前門，魚貫而入。

「譚美在哪裡？」我無法掩飾話聲中的驚慌，只能努力不讓自己崩潰。

爲什麼這麼多警察要拿槍指著我？

「我要找譚美。我要找譚美·史倫警官，她在哪裡？她會解釋這一切。」

「妳需要的……」那警察朝我靠近。「……是保持安靜。」他一次往前踏出一步，一手持槍，另一手拿手銬。

譚美會幫助我。她了解我。當然了，最近幾天她的確有點怪，既不回我電話，值勤前也不跟我聊天，但她只是壓力太大而已。

我家紗門打開又關上，那警察抬頭望去。

「一切安全，裡面沒人。」

我立刻回頭。「他們一定是從後門離開了，後院有個柵門。」我急忙提供協助，希望警方相信我。那個連續殺人犯，那個被稱爲柴鎮瘋后的女人曾經來過我的諮商室，我還跟她說過話。

「沒有任何人穿過後院的跡象。後院已經很久沒除草了，如果有人經過一定看得出來。」旁邊那位警察怒目瞪視過來，恐懼的顫抖傳遍我全身。「房子裡沒有其他人，但應該去地下室看一下，裡面似乎有很多血跡。」

血跡？地下室？我從來沒去過地下室，這到底是怎麼回事？

譚美到底在哪裡？

「丹妮爾！」譚美就在旁邊的人行道上。我發出痛苦的呼息。她就在那裡。「丹妮爾，沒事的，妳不會有事的。」她壓低嗓門，用冷靜溫柔的聲音說話，像在靠近一匹狂野不羈的野馬。她慢慢靠近我，腳步十分小心，呼吸控制得很穩定。

譚美很冷靜，這也幫助我冷靜下來。

我把手放在背後，並未握拳，儘管全身肌肉都繃得很緊。我想尖叫、大哭、求她了解。

「我沒事，譚美。」我讓她放心。「妳會幫我解決這件事，對不對？」我微微一笑，聲音輕柔但不虛弱，也不會顫抖。

這時圍觀民眾爆出議論紛紛的聲音。

我緊張地看著譚美。

「我正在努力，阿丹，我在努力。」譚美來到我的身邊。「我會盡力幫助妳，但妳必須先幫我個忙，先跟這位警察走好嗎？我們需要釐清一些事。」她跟我說話的神情，彷彿院子裡只有我們兩人，沒有許多警察站在後方聆聽她說的每一句話，街上沒有拿著相機聚集的記者和認識我的鎮民。莎賓娜也在人群之中，雙手摀著嘴巴。她雖然站在對街，還仍看得出她非常震驚。

「愛娃在裡面，她來找我，她想見我。」

譚美點了點頭。「阿丹，別再說了，妳要保持冷靜和安靜。」

「我不明白發生了什麼事。」我被架著站了起來，淚水滾落臉頰。

「我們只是要釐清一些事，好嗎？跟我們來警局，我們可以聊一聊，妳在那裡會很安全。」她伸出了手。我驚訝地看見她的手在顫抖。顯然她跟我一樣很害怕。

「阿丹，可以嗎？」她話聲哽咽，眼眶泛淚。

背後的警察替我上銬的動作一點也不溫柔。手銬上鎖的喀噠聲傳入耳中，手腕的沉重感和手臂的重量都讓這一切顯得更加眞實。

我非常害怕。

我注意到其他警察都用憤怒的眼光看過來。

我低下頭，注視著雙腳。譚美陪我走到警車後座，扶我上車。她在車外和某人說話，然後把手放在我的肩膀上捏了捏。

「丹妮爾，我……」她頓了一頓，因爲痛苦而哽咽。「我們警局見，好嗎？」

我點了點頭，淚水滑落臉頰。我十分害怕，完全說不出話。

我知道自己在警局不會見到她。我們太親近了。她太接近這件案子，也太靠近我。我可能得先跟無數人談過之後，警方才會考慮讓她跟我說話。

車門重重關上，聲音在我體內迴盪。

也在我的靈魂內迴盪。

43

八月三十日，星期五

我感到疲憊、虛弱又脆弱。腦袋快要爆炸，就像打開一瓶搖晃過的碳酸飲料。

我只想蜷縮成一顆球，把毯子蓋在頭上，戴上降噪耳機，然後陷入沉睡，再也不要醒來。

我坐在冰冷空曠的房間裡，裡面有一張桌子和四張椅子，其中三張椅子是空的，但剛才有人坐過。房間裡只有我一人。我望著那扇又大又厚的窗戶，知道玻璃後頭有人正在看著我。

昨晚警方宣讀我的權利，說我涉嫌犯下連續殺人案，我就是譚美在尋找的嫌疑犯。我解釋凶手不是我，而是愛娃，但沒有人聽。

他們把我關進囚室，給我一條薄毯子，留我獨自一人過夜。

我整晚都沒睡。我拒絕閉上眼睛，一心等待譚美來找我，澄清警方的錯誤。

但她沒來。

後來警察把我帶進這個房間，給了我一杯水，還說等一下會有人來看我。

這一等就等了好久，彷彿經過好幾個小時，但都沒有人來，也沒人進來查看，更沒人想聽我解釋。

在他們眼中，我是罪犯，是個殺人犯。竊竊私語聲跟隨著我的腳步，直到房門關上。那些聲音縈繞四周，讓我永生難忘。我從未遭遇過如此排山倒海而來的恨意，而我不明白到底爲什麼。

「爲什麼把我帶來這裡？」我不停重複這句話。我知道有人就在那裡聽著，我只需要他們相信我、了解事實。「譚美了解我。她知道那些字條、我的案主和泰勒的事。她能幫我澄清一切。」我把頭靠在手臂上，感到精疲力竭。

又過了數小時，房門打開。

我立刻緊張起來，直起身子，但一看見走進來的人是布朗醫師，隨即又鬆了口氣。她上身穿著一襲薄羊毛衫，裡頭是無袖襯衣，下身穿著七分牛仔褲，腳踏一雙芭蕾平底鞋。她看起來舒服且放鬆，而我則穿著毛衣、厚襪和寬鬆家居褲。相較之下，我簡直糟透了。這房間的寒意滲入我的骨髓，穿再多層衣服也無法感到溫暖。

我再也無法溫暖起來了。

她把包包放在地上，從裡頭拿出一條厚披肩，將它披在我的肩膀上，蓋在我的手臂上，再將披肩邊角塞好。這一瞬間，溫暖籠罩了我。

「我想妳可能會冷，就把它放進烘乾機裡烘了一陣子。」

若我的雙手自由，一定會張開手臂擁抱她，但事實並非如此。我的手被銬上手銬，手銬連結著鐵鍊。我被當成罪犯來對待。

「布朗醫師，請妳跟他們說我不是凶手，求求妳。」

她保持沉默，將一份份文件放在桌上。我們之間的沉默逐漸擴張。我十分害怕，但努力不表現出來。

最後她終於望了過來，我看得出她正在評估我的反應。「丹妮爾……」

「這到底是怎麼回事，布朗醫師？」我的口氣十分急切，盼望她告訴我實情。

「我會問妳一些問題，起初妳會覺得有點奇怪，但我保證一定會解釋清楚，好嗎？我需要妳敞開心房相信我，我們一定會共同度過這個難關。」

她從檔案夾裡拿出一本筆記本，取下原子筆的筆蓋。「妳可以把這想成是我們平常做的諮商療程。」

我想跟她說好，但這一點也不像我們平常做的療程，她應該知道才對。

「在我們的上一次對話中，妳提到最近有睡眠障礙。」她頓了一頓，於是我點點頭回應。「不只會夢遊，還會做噩夢，是不是？」

我用力吞口口水，又點了點頭。

「妳看起來很累。」

我確實非常疲憊，身體痠痛，只要一動皮膚就會發癢，甚至連撲通撲通的心跳都會讓胸腔感到疼痛。我不知道自己的身體竟可以疲憊至此。

「妳要不要說說最近做的噩夢？」她的筆懸在空中，準備做筆記。

我不想說。我怕說的話會被用來對付自己。

她一定察覺到這點，便指了指監視器。那台監視器從我進來之後就一直在閃紅燈。

我們同時看向監視器，只見一閃一閃的紅燈熄滅了。

「妳沒有被錄影了，這裡只有我們兩個人而已。」

但這裡並非只有我們兩個人。

「那個房間呢？」我朝她背後的窗戶指了指。「那裡有什麼人？」

她回過頭去，點了點頭。窗戶的鏡面效果消失了，只見另一頭站著兩個人，他們都雙臂交疊，表情十分專注。我不認識那兩個人。

「他們是跟我一起來的，丹妮爾。他們都是心理治療師，請妳盡量忽視他們。我需要妳對我誠實，以妳作爲丹妮爾．萊克夫這個人而言，越誠實越好。」

心理治療師？我對於那兩個人在場一事不是很舒服，對布朗醫師的用詞也不是很舒服，但眼前情況並非我所能掌控，不是嗎？

「我不是殺人兇手，絕對不是。」我非常希望有人能相信這點。

布朗醫師放下了筆，抬眼望向我。她的視線鑽入我的靈魂，我知道接下來她要說的話絕對不會有幫助。

「最近妳的失憶頻率提高了對不對？」這句話聽起來簡單明瞭，卻充滿沉重的質疑。

「我從來沒有在醒來時發現自己身上沾有血跡，如果妳想問的是這個，一次都沒有。」我口中雖然這麼說，腦中卻極力思索自己醒來的那些片刻。有時醒來是在家裡的床上，有時是在廚房正替自己倒一杯柳橙汁，有時是在浴室裡正在步出淋浴間，有時則是走在公園裡或安靜的街道上。

但我知道的是，我從未在醒來時，身上沾有血跡。

「我知道當妳發現自己夢遊時，內心十分不安。但妳有沒有想過，在那些空白的時刻，妳去了哪裡、做了什麼事？」

我的頭前後搖晃。我這麼做並不是因爲自己不同意布朗醫師的話，而是因爲大腦超載了，有太多思緒和回憶同時湧出來。

「丹妮爾，請跟我說話好嗎？」

「我在走路……只是在走路……」我發出孩童般的聲音，聲音中充滿深切的需求，這種感覺流竄全身。我需要躲避，把自己藏起來，逃離有如噩夢般的生活。

「妳曾有過多少次醒來時，穿著不同衣服的經驗？」她的口氣介於提問和陳述之間。

我用力呑口口水。爲什麼……接著我就受到了衝擊。不、不、不！不、不、不、不……這是不可能的。我應該會知道才對。我應該知道才對。

我的指甲嵌入手掌之中。「我不是殺人凶手，我不會……」此時胸口傳來一陣痛楚，心臟跳動得越來越劇烈。撲通、撲通、撲通。整顆心臟彷彿要從胸腔裡跳出來，我想用手掌按摩胸口，但雙手被束縛根本辦不到。我只是抬頭望著天花板，極力不讓自己哭出來。

「不會有事的，」布朗醫師朝我伸出手臂，向我投出救生索。我抓住救生索，無法放手。「我當然認識妳，」她捏了捏我的手。「妳是丹妮爾．萊克夫，妳絕對不忍心傷害任何人，而妳內心深處也知道這點。」她遞了一張面紙給我。

淚水流過我的臉頰，卻洗不去內心的恐懼。

「我跟蹤過他。」我低聲說。她一定會認爲我瘋了。

「妳說什麼？」她努力想聽清楚我說什麼，這份努力全寫在臉上。

「我跟蹤過泰勒，我……」我的喉嚨像是卡了一袋石頭，很難把話說出來。「我很擔心。」這四個字無法充分傳達我跟蹤泰勒的原因，但我只能說出這四個字。

布朗醫師側過了頭。「妳……跟蹤過……泰勒？」

我覺得點頭似乎會是個錯誤的反應。

「如果可以的話，我想深入討論這件事，」她把筆記本放在大腿上。「先從原因開始。」

「原因？妳是說我爲什麼要跟蹤他？」這眞是個笨問題，她當然是這個意思。我雙手互絞。

「泰勒跟我說的事，也就是關於他女友的事，它們……它們兜不起來，而我……」我吞口口水，感覺就像吞了滿嘴碎玻璃。「我擔心他有可能涉入命案。」

「爲什麼會有這種感覺，他讓妳覺得有這種跡象嗎？」她的筆懸在筆記本上。「妳有把這件事告訴譚美嗎？」

我的下半輩子都將活在悔恨之中，只因沒把這些事告訴譚美。如果我說了出來，這一切都有可能避免，其他命案也可能不會發生。

但我什麼都沒說。我太害怕了，而且每次想說的時候，偏頭痛就會發作。我的身體發出警訊，把這些事說出來是不好的，於是我乖乖聽話。

顯然我不該那麼聽話。

「我需要我的手機。」

「爲什麼？」

「泰勒來找過我，就在……就在警察出現之前。後來愛娃也來了。妳會聽見她的聲音，妳會知道犯下命案的是她。錄音檔都在手機裡。」

布朗醫師朝背後那兩個人看了一眼。我一直很努力要忘記那兩個人的存在。

「妳確定妳有錄下來？」布朗醫師問。

「當然確定，泰勒允許我這麼做。」

門上傳來敲門聲，打斷了我們的談話。敲門聲十分大聲且刺耳。一名警察走了進來，把我的手機交給布朗醫師。

她將手機放在桌上，我鍵入密碼，找到錄音檔。

我開始播放錄音。我沒有看著她聆聽錄音，而是閉上眼睛，回想愛娃進入諮商室前的情景。愛娃對我和泰勒說話時，口氣完全不同，讓我渾身泛起雞皮疙瘩。

「我在聽什麼呢，丹妮爾？」布朗醫師的用詞十分謹慎，我看見無數思緒從她臉上閃過。不知怎地，在某時某刻，我失去了對自己的信心，而她也是。

「我和泰勒的對話。」

「泰勒。」兩個字，一聲嘆息。

「還有我跟愛娃的對話，她是連續殺人犯。」

布朗醫師看著我，神情混雜著同情和……了解？

「我們先回到妳剛才提到的事。妳說妳跟蹤過泰勒，妳看見了什麼？」

我想用雙臂環抱自己、擁抱自己，但卻玩弄著披肩的邊角，用手指轉動流蘇。爲什麼又回到這件事情上？爲什麼不繼續談錄音的事？

「丹妮爾，還記得我剛剛說的，請妳相信我。」

我腦中思潮起伏。我想要相信她。反正也別無選擇，我只能相信她。

「沒有，我什麼都沒看見。上一秒他還在那裡，下一秒……我知道這聽起來很奇怪，但他就這樣消失了。我不知道那是因爲他發現我在跟蹤，還是我在人群中跟丟了。」一想起這段回憶，我整張臉就皺縮起來，雙眼間隱隱作痛。我用食指對準抽動的那個壓力點，用力按下去。

即使眼睛閉著，還是看得見光點在眼前舞動，彷彿黑色布幕前排列著許多星辰。我專心看著最亮的星星，這時，一個輕柔的叮鈴聲在我耳邊響起，讓我想起小時候母親在廚房窗外掛的一串風鈴。

「丹妮爾？」我聽見遠處傳來呼喚聲，宛如遠處湖面上轟隆作響的夏日雷雨。我想尋找那個聲音，看誰在呼喚我，但卻找不到。

這時有個東西觸碰我，害我驚跳了起來。我的眼睛猛然張開，十分害怕自己會看見什麼。只見布朗醫師半蹲在我面前，她的手放在我的膝蓋上。

「丹妮爾？妳聽得見我的聲音嗎？」只見她嘴唇在動，但聲音並不同步，彷彿在看電視新聞時發生訊號延遲。

我的頭越來越痛。疼痛的壓力一直推擠著頭蓋骨，直到彷彿頭快要爆炸。我雙手用力按壓太陽穴，靈魂深處傳出一個深沉呻吟聲。

接著一切都消失了。

痛楚、抽痛、壓力，一瞬間都消失了。

「丹妮爾？丹妮爾？」她的手在我膝蓋上加強力道。「妳沒事吧？發生了什麼事？」

「我……我沒事。」我口乾舌燥，聲音聽起來像是被熱壞的青蛙，但舞動的亮光、令人麻痺的恐懼、劇烈的頭痛依然存在。

「妳剛才去哪裡了？」布朗醫師站起身來，倒了杯水給我。「剛才發生了什麼事？」

「我……我……」我試著回想剛才發生的事。「我覺得頭暈，聽見叮鈴聲。偏頭痛發作。」我搖了搖頭，試圖抓住思緒，但思緒卻如一群從衣櫃裡逃竄出來的飛蛾，漫天飛舞。

我的肩膀肌肉僵硬如石，腦中有太多思緒蜂擁而出，快要逼瘋我。我抓不住那些思緒，但只有一個想法卡在同一個地方。那就是我必須洗刷罪名，離開這裡。

44

八月三十日，星期五

我的心跳宛如一連串鼓聲。我坐在原位，強烈的擊鼓聲逐漸加快，我如墜五里霧中。

「請告訴我發生了什麼事。」別再問了。別再做諮商了。我只想知道眞相。我身心俱疲，骨頭痠痛，無法再支撐下去。

「丹妮爾，妳對ＤＩＤ有多少了解？也就是解離性身分障礙症（Dissociative Identity Disorder）。」

我皺起額頭。過去受心理治療師訓練時，這種疾病被稱爲多重人格障礙。

「老實說，不太了解。我讀過一些相關文章，但沒碰過罹患這種病症的患者。」

布朗醫師點了點頭，這是心理治療師身上常見的點頭方式。

「我治療過許多罹患這種精神症狀的患者，這也是爲什麼在跟妳進行諮商時，有些地方引起了我的注意。」她從桌上拿起一個檔案夾，翻了開來。

「等一下。」我阻止她往下說。我不想聽。不想聽她接下來要說的話。

她一定是從我的表情和聲音中察覺到我的恐懼，因爲她把手放在我的手上，輕輕捏了捏。

「我無法想像妳現在的感覺，但希望妳知道，我會在這裡陪妳，我們會一同穿越這個關卡。我跟妳保證，絕對不會離開妳。」

我縮回了手。她這麼說是什麼意思？

「我沒發瘋。」

「丹妮爾，妳剛剛播放錄音給我的時候，妳聽見誰的聲音？」

「妳是說第一次嗎？是我和泰勒的聲音。至於剛才播放的錄音裡，是我、泰勒和愛娃的。」我覺得很生氣，甚至懶得掩飾。

「妳知道我聽見什麼嗎？我只聽見妳的聲音，而且是妳的聲音切換成三種不同的音調。泰勒說話時，妳的聲音比較低；愛娃說話時，妳的聲音比較尖。但無論是誰在說話，都是妳的聲音。」

「不，這不可能。」

她只是看著我，不發一語，靜靜等待，等待我了解，期待我了解。但我辦不到。

「那些字條呢？妳有看嗎？那不是我寫的。」

「字條在我這裡，妳諮商室裡的日記本也在我這裡。」她彎下腰去，從她帶來的包包裡拿出我的日記本。

我認得那些日記本，那是我發給艾拉、莎瓦娜和泰勒的日記本。我請他們把自己的想法寫在日記本裡。此外還有另外兩本，一本是我的，用來記錄自己的記憶斷層，而另一本我卻不認得。

「這本是泰勒的。」布朗醫師翻開封面，只見泰勒的名字寫在第一頁。

她翻了幾頁，每一頁上面都有日期，那些日期跟我們的諮商時間重疊。

接著布朗醫師拿出我收到的字條。

我看了看那些字條，發現了自己不想接受的事實。

「我們認爲這些是泰勒的人格寫的。」

我把視線從字條上移開，並注意到布朗醫師流露出同情的眼神。

接著她打開每一本日記本，向我展現不同的字跡。

「這下妳應該明白了吧，我不可能寫出這麼多種的筆跡。」我口中雖然這麼說，眞相卻逐漸滲透到腦子裡。

倘若我眞的是解離性身分障礙，倘若我體內住著多重人格，那麼當被不同人格主導時，我的確可能寫出那些字條。

我明白了眞相，霎時間胃裡一陣翻攪，接著便側身嘔吐。

「他們是眞實存在的。我見過他們……聽見過他們的聲音……我……」我開始啜泣，淚珠滾落臉龐，我的心碎成數百萬片。

我崩潰了、破碎了，再也無法復元。

「我認爲妳有幻聽、幻視和妄想的症狀。如此一來，妳的失憶和偏頭痛，以及最近經歷的事，全都兜起來了。」

兜起來才怪。

「但他們是眞實的，我知道他們是眞實的。」我爭辯道，不願意接受事實。「他們是活生生的。艾拉在圖書館工作。拜託，妳可以幫我找譚美來嗎？她會告訴妳……」我的聲音越來越小。我想起自己每次要求跟譚美會面時，眾人臉上露出的表情。譚美扶我上車時，周圍的人爆出耳語，說我是瘋子、神經病……

「這個單位裡沒有一個刑警叫做譚美。警方也問過圖書館，沒有義工或員工叫做艾拉。」

她翻到一頁。

「安娜．丹妮爾．萊克夫這個名字妳熟悉嗎？」她指著頁面上的一張照片，照片底下寫著一個名字，也就是我的名字。

「我不……那是我的全名，可是我……天啊，這不可能是眞的。」我的頭越來越痛，痛到讓我想從自己的皮膚裡爬出來。

「丹妮爾？沒關係的，如果妳覺得太難以接受是沒關係的。」布朗醫師這麼說是想安慰我，但並未發揮效果。這些話傷害了我。她的聲音、她那張椅子的吱嘎聲、我手腕上的鐵鍊鏗鏘聲，這一切的聲音都在傷害我。

我把頭靠在手臂上。我極爲困倦。我已不在乎自己是誰，或自己可能是誰，或一切的一切。

「丹妮爾，可以請妳再堅持一下嗎？再一下就好了。」她的手輕觸我的手，我稍微抬起頭。

「妳的頭很痛對不對？我想頭痛是每次妳的某個人格想要取得主導權的徵兆。」

人格？徵兆？這不可能。

我全身顫抖。我覺得身體不屬於我。

「妳那些罹患……這個的……其他患者……他們都還好嗎？」我低聲說。

「他們都很好。這需要花一點時間，但他們都接受了自己的家族。這不是什麼需要害怕的事，丹妮爾。我一定會陪在妳身邊，陪在你們每一個人身邊，我們會一起想出解決方法。」

當她提到家族時，我的頭痛似乎舒緩了些，但也只有一點點，同時心中浮現一種感覺，一種正確的感覺。

腦中彷彿有層薄薄的迷霧將眞相覆蓋住，而布朗醫師正一點一點地驅散迷霧。

我不喜歡這樣。

但我別無選擇。

「妳可以把它想像成一塊拼圖，丹妮爾。妳的人生、妳所經歷的一切，都只是拼圖的一部分。泰勒、艾拉、莎瓦娜、譚美，甚至是愛娃，都是拼圖的一部分。」

我懂得怎麼玩拼圖。

「妳會幫助我們把拼圖都拼起來？」

「我可以嘗試。」

我在腦中看見由回憶構成的人生紀錄片。

我看見莎瓦娜的童年，她遭受舅舅侵犯，我了解她對死亡的渴望來自何處。我看見當莎瓦娜的父母遭到殺害時，愛娃出現了。我看見愛娃在獄中度過非常艱苦的日子，於是她創造出艾拉來幫助她存活下來。這時我出現了，我將這一切都黏合在一起。原來我過去的所有認知都是謊言……這把我撕裂成無數碎片。但我了解到，若把這些碎片像拼圖一樣拼起來，便可能拼湊成一個完整的人生，而這個人生由許多章節組成。

就好像愛麗絲跌入兔子洞之後，整個世界都被徹底解構。

「那些命案呢？妳依然認爲是我做的嗎？」上帝啊，求求祢，請讓她說不是。

「不是妳。我可以很確定地說，丹妮爾·萊克夫不是犯下這些命案的凶手。」

她這麼說是爲了讓我好過一些，但我聽出了弦外之音。

資訊量實在太大，大到讓我難以消化。

「妳想跟其他人說話對不對？」我問。

她搖了搖頭，這讓我感到驚訝。

「我只想跟愛娃說話，我想她是最具主導性的人格，她可以回答我們的問題。可以嗎？我可以跟她說話嗎？」

我聳了聳肩，對此毫無頭緒。

「如果愛娃出現，我會怎麼樣？我會去那裡？」好多問題都沒有答案。誰可以回答這些問題？布朗醫師嗎？愛娃嗎？

布朗醫師露出慈祥的微笑，但我注意到當我提到愛娃的名字時，她有點興奮。

「我會負責跟愛娃說話，但我認爲妳不會有事，丹妮爾。愛娃需要妳。家族裡的每個人格都負責扮演一個角色，我認爲妳扮演的是幫助者，就像妳告訴過我的。妳是責任是幫助莎瓦娜、艾拉和泰勒，而且從妳的敘述中聽起來，妳做得很好，妳幫助他們成長，變得更爲堅強。妳應該爲自己感到驕傲。」

我想我再也不會爲自己感到驕傲了。

「我要怎麼讓愛娃出現？」我喃喃地說，沒想到布朗醫師竟然聽見了。

「這很簡單，妳只要閉上眼睛，愛娃就知道該怎麼做了。」她說。

布朗醫師的眼神中充滿了解、同情和接納，我知道自己可以信任她。

我閉上眼睛，接受浮現在腦中的畫面。

我看見一張柔軟的床，床罩已翻開折起，床邊放著一套絲質睡衣，以及一本我愛讀的書。

45

八月三十日，星期五

愛娃

我把手從那位良醫手中抽回來，環目四顧。我渴得要死，很希望來杯烈酒，但看來我只有水可以喝。

「愛娃？」

我想高舉雙臂，踮腳站立，盡量伸展身體，然而現下卻只能扭動手指，只能向左或向右側身，才能達到伸展的目的。

「還有水嗎？我口好渴。」

我看見她雙眼發亮，但隨即又恢復正常。她不想讓我知道自己已進場玩遊戲。

她已做好準備，但我也準備好了。

如果要我吐露所有祕密，就必須拿東西來交換才行。我需要一些保證、一些好處，否則有必要的話，我可以無限期拖延下去。

反正我們也無處可去。除非我能想出辦法帶大家離開這裡，否則我們下半輩子都會被困在這個屎坑裡。

這可能會花點時間，但我一定會完成這個任務。無論用什麼辦法，我們一定會出去。以前我就成功過，現在可以再成功一次。

她替我倒了杯水，看著我大口牛飲。

「我想我們應該訂下一些規則，是不是？」我想取得掌控地位，而不是讓她主導。天啊，眞希望我們是坐在她那間諮商室的沙發上，而不是坐在這個房間裡，這裡又冷又臭。

我可不是頭一次玩這種遊戲，這遊戲我玩過太多次了，我可不會讓心理治療師成爲遊戲規則的設定者。

「妳有什麼想法呢？」

很好，我喜歡這女人的思考方式。她讓我主導，希望我有安全感之後，會願意說出我們的祕密。

她也許治療過ＤＩＤ患者，但她不曾和我交手。

我可不像大部分的主人格，我牢牢掌控每一個人。我們有一個共同目標，而我負責讓大家都爲此目標服務。

「第一，妳只能跟我談。丹妮爾、泰勒、莎瓦娜和艾拉都不會出來回答問題。他們都已經被嚇壞了，我必須想辦法安撫他們。艾拉已經崩潰，她快完蛋了，她和丹妮爾取得的進展完全報銷。」

只要她點頭，我就視之爲同意。她可以點頭表示同意，但我才不在乎她明不明白。如果她想得到答案，就得按照我的方式。

「那譚美呢？」她問。

我冷笑一聲。「譚美正忙著照顧丹妮爾，她是丹妮爾的朋友。我讓丹妮爾創造出譚美是因爲她很孤單。既然妳不能跟丹妮爾說話，那妳也不能跟譚美說話，明白嗎？」

譚美的出現是個錯誤，以後我絕不會重蹈覆轍。

「第二個呢？」

我聳了聳肩。「等到有需要時，我再讓妳知道其他規則。」

我可沒說自己會公平地玩這場遊戲。

「爲了要進行下去，我也需要妳承諾兩件事。」她靠上椅背，手指輕敲大腿。

「什麼事？」我升起警戒。

「我要妳答應我，每個人都會很安全，不會受到傷害。」

我氣得差點跳起來。

「妳以爲我是誰？」我強力忍住，沒有吼出聲來，但其實我怒不可遏，氣到雙手發抖。「他們是我的家人，臭婊子。他們當然會很安全，不會受到傷害。他們都在休息。我特地準備了每個人喜愛的房間，我知道怎麼照顧自己的家人。」我想對她吐口水、賞她巴掌、叫她閉嘴，跟她說去妳媽的。她竟敢指控我傷害他們？

媽的她只會點頭而已。

我深呼吸幾口氣。我知道自己必須保持冷靜，如果不保持冷靜，她就會占上風。

「第二件事呢？」我露出蛇蠍般的微笑。

「妳不能對我說謊。」她沒有心跳漏一拍、眨眼或停頓。

「沒問題，我爲什麼要說謊呢？這對我來說沒有好處。」這女人眞會浪費承諾。如果我要讓計謀順利進行，表面上當然要配合她，沒有問題。

「丹妮爾在哪裡？」

我很努力克制才沒有翻白眼。我以爲她了解事情如何運作，了解人格家族的運作方式。

「丹妮爾在她房間裡。」我又說了一次，這次放慢速度，讓她知道要我重複回答是一件很蠢的事。「她正在舒服地休息放鬆，譚美正在陪伴她，我剛才已經說過了。結果譚美比我想像得更聰明，她會解釋一切給丹妮爾聽。」我突然覺得腳很癢。

我搖晃雙手，手銬打得桌子乒乓作響。「有辦法讓我解開這玩意兒嗎？我保證絕對不會傷害妳，媽的我的腳癢死了。」

她對我搖了搖頭。我敢發誓她臉上閃過一絲冷笑。

「妳還想知道其他人怎樣了，對不對？艾拉已經消失，也就是說，她迷失在自己的世界裡，跑去跟瘋帽客一起喝茶。她已經陷入沉睡、不會醒來，除非我告訴她時間到了。至於泰勒……泰勒現在暫時出局，他違反了一些重要規則，我無法信任他。他得自己把信任爭取回來才行。」一想到泰勒就讓我心情惡劣，但現在不是處理這件事的時候。

「妳不高興。」

「難道妳會高興嗎？我被摯愛之人背叛，害我們全都淪落至此，淪落到監獄裡。」我把指節扳得喀喀作響，試著讓自己冷靜下來。「妳會把我們關進精神病院對不對？」

「妳把這一切全都怪罪到泰勒身上？」她沒回答我的問題。

「如果不是因爲他，我們全都可以順利脫身。」

她拿起我們的檔案，翻了幾頁。「那些字條是他留下來的，對嗎？」

「他以前從來沒做過這種事。他很狡猾，我花了一些時間才發現，不然早就會阻止他做出這種蠢事。後來他又跟丹妮爾提到我，他以前也沒做過這種事。如果他沒做出這些事，我就不用阻止他，這代表我也不用跑去丹妮爾家，而她就會一直被蒙在鼓裡，不用爲這些醜惡之事煩心。」一加一等於二。「所以說，對，泰勒就是罪人。」

「妳的意思是說，是他害妳被逮到的？」

我點了點頭。

「妳就是柴鎮瘋……」

「柴鎮瘋后，」我插嘴：「沒錯，我知道大家怎麼稱呼我。柴鎮瘋后就是我，僅此一家，別無分號。妳知道的，對吧？丹妮爾跟我們保護兒童的行動一點關係也沒有。」

「妳想保護丹妮爾？」

她幹嘛一直問這些蠢問題？

「我當然想保護她，她是無辜的，妳沒聽清楚我說的話嗎？自從我們搬來這座蠢鎮之後，我所做的一切都是爲了保護她。她是愛麗絲的死忠粉絲，當然會想搬來這裡，這裡有她的美好回憶，再加上那座公園裡有書中的雕像。」我覺得自己描述的似乎是個少女，差點忘了這一切有多無聊。

「我不想奪走她的嗜好，所以才會保護她，不讓她知道任何事情。只要泰勒或艾拉跟她說得太多，我就會阻止他們。」

醫師臉上的表情沒有改變。

「妳覺得會不會是因爲妳專心保護她，以致於犯下錯誤，留下丹妮爾涉案的間接證據？」

「妳他媽的在說什麼？」

「警方在她家找到一疊包裝好的書，那些書跟妳在殺害孩子的父母親之後，留在孩子房間裡的書一樣。」她翻看檔案，指著其中一頁。

我應該在這裡做出反應，但我不會，我絕對不會。

「這跟丹妮爾還是沒關係。」我對她露出柴郡貓的笑容，知道自己一定會贏得這場辯論。「事實上，我不確定警方怎麼能把線索連到她身上。」我看著她，在腦子裡搜尋答案，同時覺得一股焦慮爬上後腦杓。「除非是妳幹的。」我直接指控她，彷彿答案再明瞭不過。

「沒錯，是我報警的，」她承認：「我也把字條交給了警方。但一直要等到聽見泰勒的第一段錄音，我才開始把這些不安的事拼湊起來，並發現丹妮爾可能罹患DID。」

她似乎是在評估和試探我的底線，我應該要爲她的坦白而表現出驚訝嗎？

「那又怎樣？妳報了警，但還是無法把命案連結到她身上。」

她把檔案顚倒過來，讓我看見那頁的內容。

那張文宣品。

丹妮爾那本稀有版的《愛麗絲夢遊仙境》裡也夾著相同文宣品，那本書是多年前我在舊書店裡幫她找到的。那張文宣品是印製用來給小讀者看的，就夾在書中，可能是被拿來當成書籤。現在這種文宣品市面上已不多見，艾拉覺得它別具巧思，所以我們就印了很多張。

該死。

只有丹妮爾手上有原版文宣品。影印件上顯示原版有一些裂痕，這點我無論如何都難以辯駁。

「警方在你們家發現了這個。我仔細看過照片，我發現你們的生活環境不是很好。除此之外，還有那些書……」她話聲停頓，彷彿這應該說明了一切。

「好吧，這也只有一項證據，而且文宣品和書都可能是我從丹妮爾那裡偷來的。你們沒有辦法把她定罪，她從來沒到過現場。」

那位良醫搖了搖頭，露出充滿同情的微笑。她臉上的同情未免也太多了。

「既然妳在場，那麼她也在場。」

「不，她不在場。」眞不敢相信我得把話講得這麼明白。「當然了，我們共用一個身體，但我們完全不同。我說話的聲音和丹妮爾、艾拉甚至是莎瓦娜都不同。我們各自有不同的聲調、不同的說話方式。我們的行爲舉止跟一群陌生人差不多。我的眼睛比她大，體味跟她不一樣，我們連他媽的手掌都不一樣。」

「但你們的指紋是一樣的，頭髮的DNA也相同。」

好吧。我嘖了口氣，根本懶得回應。我可以爭辯到底，但她說得對。基本上如果我在場，那麼丹妮爾也在場，我們每個人都在場。這表示我們都得一起受苦，就算我不讓他們出現，只靠自己熬過這段時間也是一樣。

但起碼我辦得到這點。

「我們可以討論下個主題嗎？」

布朗醫師點了點頭，手指繼續在大腿上敲彈。「妳能多說一些關於家族的事嗎？你們的家族是怎麼形成的？」

「妳很感興趣對不對？妳治療過幾個擁有多重人格的案主？」

她微微一笑，感覺比較像是紆尊降貴，而不是友善。「這類家族比妳想像得還要多。」

「是喔。」

有意思。自從莎瓦娜的父母死後，我只遇見過幾個人格家族而已。

「我們有大概十幾個人，他們都在休息，我一次只准許幾個人醒來。太多人同時醒來會難以控制。我是當中最強壯的，所以是家族的女首領。」

她一邊聽我說，一邊做筆記，可能是想要建立家系圖之類的吧，反正無所謂。我不信任她，也不會讓她跟其他人說話，他們用不著體驗這種屎坑般的生活。

「既然妳是主導性最強的人格，那妳是原始人格嗎，愛娃？」

「請問手銬可以拿掉嗎？我保證不會傷害妳，如果這樣做就太蠢了。我知道事情怎麼運作，只要我表現良好，妳就會幫助我們。我只希望被送進精神病院，不想被關進監獄。如果妳能承諾這點，那我什麼都可以告訴妳。」

「我無法做出任何承諾，愛娃。我很抱歉。我會盡力協助妳和其他人，但最後結果是由妳、妳的律師和法官所決定的。」

「所以這是拒絕囉？」

「除非我更進一步了解妳，很抱歉。」

我就知道她有權力解開我的手銬，可惡。

「妳什麼都可以問，我說過不會說謊。」

「那就回答我的問題。」

我得回想一下剛才她問了什麼。「不，我是在莎瓦娜之後出現的……呃，這樣說好了，小莎瓦娜崩潰了，她無法承受殺死媽咪和爹地的事，所以我……幫助了她。」

布朗醫師點了點頭，同時奮筆疾書。

「不，莎瓦娜也不是原始人格。我知道妳想問什麼。眞正的原始人格，也就是我們的本體，是個惹人疼愛的小女孩，我們大家都努力想要保護她。她叫安娜．丹妮爾．萊克夫。剛才丹妮爾認出了她的名字。我們都很愛她，輪流讀故事書給她聽。她的房間是我們之中最棒的，裡頭全都是粉紅色，還有很多褶襇、蕾絲和泰迪熊，以及一張桌子，我們會圍在桌前開茶派對。」我腦中浮現安娜和房間的畫面，臉上露出燦爛微笑，笑容中充滿我對她的愛。

「她完全不知道人世間充滿痛苦，但是她舅舅……嗯，爲了保護小安娜，安妮首先挺身而出。現在安妮一直在沉睡，她……」我心中百感交集，而我不喜歡這樣。「她應該好好休息，因爲她舅舅對她做出了那些喪盡天良的事。」我憤恨地喝了口水。只要想到那個男人，我就滿腔怒火。只要想到我讓他付出什麼代價，我就無比滿足。

「我感到很遺憾。」布朗醫師看著我，眼睛充滿悲傷和眞誠的同情。

也許我能信任她，也許她能夠了解。

「當安妮無法承受時，莎瓦娜出現了。莎瓦娜很軟弱，她心中有太多的愛和黑暗混雜在一起。她想去恨，想去殺人，但卻無法承受這些想法。而他……」我十分厭惡說出他的名字。「他對她洗腦，讓她以爲他是唯一眞正愛她的人，但就連他也無法幫她殺人，是我幫她殺的，是我。」

這就是爲什麼我是主人格。這就是爲什麼我是最堅強的人格，我負責去做該做的事。這也是爲什麼我要繼續做該做的事，因爲沒有其他人辦得到，沒有其他人夠堅強。

「我殺了他，這爲我再添一條罪名。有天晚上，我們在一戶人家附近紮營，那戶人家有個小女兒，而我知道他想幹嘛。妳知道，那時我已經很懂事了。後來等他醉到不省人事，我跑去警告那對父母，他們立刻就離開了。然後我割下他的老二，塞進他的嘴裡。」我覺得笑聲有如泡泡般一直從心裡冒出來，我努力戳破那些泡泡，但還是有些咯咯笑聲跑了出來。「我就是這樣才會被逮到，是我疏忽了。那位父親跑去報警，害我剛好被警方發現我正在清洗沾滿鮮血的手。」我想起這段回憶，不禁搖頭，但臉上仍浮現笑意。

我永遠忘不了當我拿著那頭禽獸的東西、逼他張開嘴時，他臉上露出的表情。我把他的雙手綁在背後，所以他完全無法反抗。

「我雖然很想探索這些往事，但可以請妳先告訴我關於艾拉、泰勒和丹妮爾，以及其他人的事情嗎？」

我被迫跳過這段回憶，不悅地皺起鼻子。

「監獄生活很辛苦，但我很強韌，所以無所謂，但後來發現如果要離開監獄，就必須有所改變才行。這件事我辦不到，但是艾拉……她辦得到。她在圖書館工作，改變了我們前進的方向，讓我們脫離打鬥的生活，換得了縮短刑期。她幾乎可說是住在監獄的小圖書館裡，她看遍了每本書，甚至說服神父讓監獄引進更多書來給她看。」

布朗醫師咬了咬筆，發現我盯著她看之後又把筆放下。「所以丹妮爾是你們出獄後才出現的，對嗎？妳利用艾拉吸收的知識，然後……」

「然後……」我決定替她把話說完。「……我發現我們家族簡直是一團糟，所以需要一個人來協助我們在現實世界裡生活，於是阿丹就誕生了，她只是來這裡幫助我們適應一切。下次她醒來時，將完全不會記得這些事或柴鎮。我幫她準備了一套背景故事，跟我們原本的生活毫不相干。我們都有各自的家世背景，但我希望她有個快樂的童年，父母眞心愛她，她會只記得這些事。我想妳可以說，我會一直重複利用丹妮爾和莎瓦娜。」

我看得出布朗醫師想插嘴和提問，但老實說，我可沒那麼多時間。我覺得累了，很想尿尿，而且肚子很餓。

「泰勒是我創造出來的，因爲我需要一個幫手，他是我的守護者。他替我留意一切，告訴我哪裡有疏失。他其實很聰明，雖然從他最近的行爲實在看不出來。」

我看得出她腦中盤旋著一大堆問題，不過我已經提供很多資訊讓她去研究了。但是……我需要時間思索稍早她講的話，她說我們之所以會在這裡，全都是因爲我。

該死。

「聽著，我會對妳和盤托出、說明一切，甚至包括那些命案和我們如何挑選需要保護的兒童。

但是……」我的腳開始抖動，我必須釋放能量。「……我需要離開這裡，好嗎？求求妳，可以讓我休息一下嗎？」

布朗醫師看了看錶。她最好不要再多要求幾分鐘。

只見她點了點頭，我悄悄鬆了口氣。

「我會請人送妳回囚室，愛娃。既然我們已經見面了，我會請他們把妳轉移到其他地方。在這段期間，我們一天會見面幾次，但我一定會讓妳休息。」她頓了一頓，眼神像是在思索要對我透露多少資訊。「警方有很多問題想要答案，妳應該知道吧？」

我點了點頭，急切著想離開這個房間。我站起來，低頭看了看腳上戴著的腳鐐。我知道自己會戴著這副枷鎖很長一段時間，這已不是第一次了。

她看見我低頭看著腳鐐，蹙起眉頭。「妳有計畫要傷害我們嗎？」

「沒有，」我盡量讓自己有說服力。「我知道我們會留在這裡。我犯了錯，會自己付出代價。**他**是這樣說的。」

她皺起額頭，十分困惑。「妳是說泰勒？」她問。

我哼了一聲。「天啊，當然不是。」我不知道該透露多少關於**他**的事。老實說，我很怕他。說不定……說不定這女人可以幫助我。

「聽著，」我說：「我們前方有一條漫長的路要走，我需要知道該如何前進，希望妳能幫我。」這不是我的真心話，但我需要讓她相信這點，我無法一人孤軍奮戰。希望他們不會給我吃強效藥劑，那讓感官變得遲鈍。只要我表現得十分安全、願意配合，他們就不會給我吃藥。

雖然感到厭惡，但我會配合警方，也會配合她。這種事我們以前做過，現在可以再做一次。他警告過我，我會爲了犯錯而付出代價，因爲我把自己的需求置於家族之上。

大家都聽命於我，但我聽命於他。

「我會問問看能不能取下腳鐐，妳不會有事吧？」她把手放在我的手臂上。雖然很不願承認，但我很感謝這種友善的舉動。

我把感謝的心情吞回肚裡，只是點了點頭。

我必須思考該讓誰醒來。我必須信得過這個人，和這個人分享空間。這個人必須讓我主導，但又能協助我突破難關。這個人要能協助我想出辦法，讓大家離開這裡，這樣我們才能繼續幫助那些需要援助的兒童。

我知道這個人是誰了。

看來，該喚醒一位沉睡已久的家族成員了。

《失控療程》完

誌謝

天啊！今天的一切真是太奇怪了！昨天還跟平常沒有兩樣，難道是我一夕之間改變了嗎？讓我想想看：今天早上醒來時，我還是原來的我嗎？感覺有點不一樣。但如果我沒有改變，那接下來的問題就是，我到底是誰呢？哈，這可真是個大謎團！

——路易斯・卡洛爾，《愛麗絲夢遊仙境》

在撰寫每一篇故事時，我身旁一定會有一組團隊，沒有他們和他們的支持，我絕對無法成就今天的自己，也無法完成這本書。

Pamela Harty和Danielle Marshall，我對妳們感激不盡。Pamela，謝謝妳總是傾聽和陪伴我。Danielle，從我認識妳的那一天起，妳就鼓勵我聽從內心的聲音。沒有妳和Alicia Clancy，就沒有這本書。妳們不僅是傑出的編輯，也眞心相信我和我的寫作事業，讓我從此改寫人生。

Tonni Callan，妳怎麼這麼晚才出現在我的生命中？妳對於這篇故事的熱情，協助我穿越心理和情感障礙，感謝妳和我一樣熱愛這個故事架構。特別感謝Novel Bee Facebook Group的Kristy Barrett，感謝妳的支持、協助和構想。

Margie Lawson，我的同行、朋友、寫作教練，妳值得一大束感謝氣球和大大的擁抱，從未有人像妳這樣敦促我，要我為書迷增光。沒有了妳，我的頭腦會像一團糨糊，我會寫出古怪、荒誕、詭異的故事，所以請接受我以平凡的方式表達愛意。

我的祕密結社臉書社團成員Kelly Charron、Laura Lovett、Abby Roads、Trish Loye，妳們每天傳簡訊給我，協助我構思情節（Elena、Dara、Trish……讓我們為更多會議、紅酒和寫作衝刺乾杯），此外還有讀者咖啡館（Readers Coffeehouse）臉書社團的所有成員，以及很多其他人，我願意每天都跟你們分享我的巧克力！

最後要感謝我的家人。我寫這本書時發生了很多事，但我們還是同心協力、突破困境。我會永遠記得寫這本書時，兩個女兒長大成人，離家展開新生活，以及我和先生決定脫離瘋狂循環，重新和彼此墜入愛河。因此我要感謝Jarrett，感謝你擔負起下廚的工作，也要感謝我的孩子，感謝你們容忍我在重新構思故事情節時總是凝視空氣……有機會我們再來一次，好嗎？

中英名詞對照表

A

Alice in Wonderland
《愛麗絲夢遊仙境》

Alicia 艾莉西亞

Anna Danielle Rycroft
安娜・丹妮爾・萊克夫

Annie 安妮

Ava 愛娃

B

Baileys 貝禮詩奶酒

banshee 報喪女妖

Benadryl 苯海拉明（藥）

Brown 布朗

Bundt cake 圓環蛋糕

[illegible]

[illegible]

[illegible]瘋后

Cheshire Public Library
柴鎮公共圖書館

Childhood Amnesia 童年失憶症

D

Danielle Rycroft 丹妮爾・萊克夫

Dee 阿丹

DID / Dissociative Identity Disorder 解離性身分障礙症

E

Ella 艾拉

F

Firefly 小螢火

Fort Knox 諾克斯堡

Fourth Avenue 第四大道

G

Gloria 葛蘿莉亞

Goliath 歌利亞

H

Hatter Lane 帽客巷

host 主人格

K

Kimberly Belle 金柏莉・貝蕾

L

Lewis Carroll 路易斯・卡洛爾

Lord's Prayer 《主禱文》

M

Mad Hatter 瘋帽客

Mad Hatter's Tea House
瘋帽客茶館

N

Nanaimo Bar 納奈莫條

P

Palace Lane 皇宮巷

Paranoid Personality Disorder
妄想型人格障礙

Pathological Liar 幻謊

Pseudologia Fantastica 幻談

R

Rabbit Hole Goods 兔子洞商行

Red Queen 紅心皇后

Robin 羅蘋

S

Sabrina 莎賓娜

Savannah 莎瓦娜

Stephen King 史蒂芬・金

T

Tami Sloan 譚美・史倫

The New and Diverting Game of
Alice in Wonderland
新愛麗絲夢遊仙境卡牌遊戲

therapist 心理治療師

Top Hat 大禮帽餐廳

Trillium Street 延齡草街

Tylenol 泰諾（藥）

Tyler 泰勒

W

White Rabbit 白兔

Wonderland Park 仙境公園

Wonderland Street 仙境街

國家圖書館出版品預行編目資料

失控療程 / 絲汀娜・福爾摩斯（Steena Holmes）著；林立仁譯. -- 初版. -- 臺北市：奇幻基地出版，城邦文化事業股份有限公司出版：英屬蓋曼群島商家庭傳媒股份有限公司城邦分公司發行，民111.03
面： 公分. -（Best嚴選；139）
譯自：The Patient
ISBN 978-626-7094-26-6（平裝）

874.57 111002073

ISBN 978-626-7094-26-6

Printed in Taiwan.

BEST 嚴選 139

失控療程

原著書名／The Patient
作　　者／絲汀娜・福爾摩斯（Steena Holmes）
譯　　者／林立仁
企畫選書人／劉瑄
責任編輯／劉瑄

版權行政暨數位業務專員／陳玉鈴
資深版權專員／許儀盈
行銷企畫／陳姿億
行銷業務經理／李振東
總　編　輯／王雪莉
發　行　人／何飛鵬
法律顧問／元禾法律事務所　王子文律師
出版／奇幻基地出版
城邦文化事業股份有限公司
台北市104民生東路二段141號8樓
電話：(02)25007008　傳眞：(02)25027676
網址：www.ffoundation.com.tw
e-mail：ffoundation@cite.com.tw
發行／英屬蓋曼群島商家庭傳媒股份有限公司城邦分公司
台北市104民生東路二段141號11樓
書虫客服服務專線：(02)25007718・(02)25007719
24小時傳眞服務：(02)25170999・(02)25001991
服務時間：週一至週五 09:30-12:00・13:30-17:00
郵撥帳號：19863813　戶名：書虫股份有限公司
讀者服務信箱 e-mail：service@readingclub.com.tw
歡迎光臨城邦讀書花園　網址：www.cite.com.tw
香港發行所／城邦（香港）出版集團有限公司
香港灣仔駱克道193號東超商業中心1樓
電話：(852) 2508-6231　傳眞：(852) 2578-9337
e-mail：hkcite@biznetvigator.com
馬新發行所／城邦（馬新）出版集團
【Cite(M)Sdn. Bhd】
41, Jalan Radin Anum, Bandar Baru Sri Petaling,
57000 Kuala Lumpur, Malaysia.
Tel: (603) 90578822　Fax:(603) 90576622
email:cite@cite.com.my

封面設計／Ancy Pi
排　　版／HAMI
印　　刷／高典印刷有限公司
■ 2022年（民111）3月29日初版

售價／450元

廣　告　回　函
北區郵政管理登記證
台北廣字第000791號
郵資已付，免貼郵票

104台北市民生東路二段141號11樓

英屬蓋曼群島商家庭傳媒股份有限公司城邦分公司 收

請沿虛線對摺，謝謝

每個人都有一本奇幻文學的啓蒙書

奇幻基地官網：http://www.ffoundation.com.tw
奇幻基地粉絲團：http://www.facebook.com/ffoundation

書號：**1HB139**　　　書名：失控療程

請於此處用膠水黏貼

讀者回函卡

謝謝您購買我們出版的書籍！請費心填寫此回函卡，我們將不定期寄上城邦集團最新的出版訊息。

姓名：＿＿＿＿＿＿＿＿＿＿＿＿＿＿＿ 性別：□男 □女

生日：西元＿＿＿＿＿年＿＿＿＿＿＿月＿＿＿＿＿＿日

地址：＿＿＿＿＿＿＿＿＿＿＿＿＿＿＿＿＿＿＿＿＿＿＿＿

聯絡電話：＿＿＿＿＿＿＿＿＿＿傳真：＿＿＿＿＿＿＿＿＿＿

E-mail ：＿＿＿＿＿＿＿＿＿＿＿＿＿＿＿＿＿＿＿＿＿＿＿＿

學歷：□1.小學 □2.國中 □3.高中 □4.大專 □5.研究所以上

職業：□1.學生 □2.軍公教 □3.服務 □4.金融 □5.製造 □6.資訊

□7.傳播 □8.自由業 □9.農漁牧 □10.家管 □11.退休

□12.其他＿＿＿＿＿＿＿＿＿＿＿＿＿＿＿＿＿＿＿＿

您從何種方式得知本書消息？

□1.書店 □2.網路 □3.報紙 □4.雜誌 □5.廣播 □6.電視

□7.親友推薦 □8.其他＿＿＿＿＿＿＿＿＿＿＿＿＿＿＿

您通常以何種方式購書？

□1.書店 □2.網路 □3.傳真訂購 □4.郵局劃撥 □5.其他

您購買本書的原因是（單選）

□1.封面吸引人 □2.內容豐富 □3.價格合理

喜歡以下哪一種類型的書籍？（可複選）

1.科幻 □2.魔法奇幻 □3.恐怖 □4.偵探推理

實用類型工具書籍

地網站會員？

（若您非奇幻基地會員，歡迎您上網免費加入，可享有奇幻

地網站線上購書75 折，以及不定時優惠活動：

ww.ffoundation.com.tw/)

＿＿＿＿＿＿＿＿＿＿＿＿＿＿＿＿＿＿＿＿＿＿＿＿

＿＿＿＿＿＿＿＿＿＿＿＿＿＿＿＿＿＿＿＿＿＿＿＿

＿＿＿＿＿＿＿＿＿＿＿＿＿＿＿＿＿＿＿＿＿＿＿＿

請於此處用膠水黏貼

中英名詞對照表

A

Alice in Wonderland
《愛麗絲夢遊仙境》

Alicia 艾莉西亞

Anna Danielle Rycroft
安娜・丹妮爾・萊克夫

Annie 安妮

Ava 愛娃

B

Baileys 貝禮詩奶酒

banshee 報喪女妖

Benadryl 苯海拉明（藥）

Brown 布朗

Bundt cake 圓環蛋糕

C

Cheshire 柴鎮

Cheshire Cat 柴郡貓

Cheshire Mad Queen 柴鎮瘋后

Cheshire Public Library
柴鎮公共圖書館

Childhood Amnesia 童年失憶症

D

Danielle Rycroft 丹妮爾・萊克夫

Dee 阿丹

DID / Dissociative Identity Disorder 解離性身分障礙症

E

Ella 艾拉

F

Firefly 小螢火

Fort Knox 諾克斯堡

Fourth Avenue 第四大道

G

Gloria 葛蘿莉亞

Goliath 歌利亞

H

Hatter Lane 帽客巷

host 主人格

K

Kimberly Belle 金柏莉・貝蕾

L

Lewis Carroll 路易斯・卡洛爾

Lord's Prayer 《主禱文》

M

Mad Hatter 瘋帽客

Mad Hatter's Tea House
瘋帽客茶館

N

Nanaimo Bar 納奈莫條

P

Palace Lane 皇宮巷

Paranoid Personality Disorder
妄想型人格障礙

Pathological Liar 幻謊

Pseudologia Fantastica 幻談

R

Rabbit Hole Goods 兔子洞商行

Red Queen 紅心皇后

Robin 羅蘋

S

Sabrina 莎賓娜

Savannah 莎瓦娜

Stephen King 史蒂芬・金

T

Tami Sloan 譚美・史倫

The New and Diverting Game of Alice in Wonderland
新愛麗絲夢遊仙境卡牌遊戲

therapist 心理治療師

Top Hat 大禮帽餐廳

Trillium Street 延齡草街

Tylenol 泰諾（藥）

Tyler 泰勒

W

White Rabbit 白兔

Wonderland Park 仙境公園

Wonderland Street 仙境街

B E S T 嚴選 139

失控療程

原著書名／The Patient
作　　者／絲汀娜・福爾摩斯（Steena Holmes）
譯　　者／林立仁
企畫選書人／劉瑄
責任編輯／劉瑄

版權行政暨數位業務專員／陳玉鈴
資深版權專員／許儀盈
行銷企畫／陳姿億
行銷業務經理／李振東
總　編　輯／王雪莉
發　行　人／何飛鵬
法律顧問／元禾法律事務所　王子文律師
出版／奇幻基地出版
城邦文化事業股份有限公司
台北市 104 民生東路二段 141 號 8 樓
電話：(02)25007008　　傳眞：(02)25027676
網址：www.ffoundation.com.tw
e-mail：ffoundation@cite.com.tw
發行／英屬蓋曼群島商家庭傳媒股份有限公司城邦分公司
台北市 104 民生東路二段 141 號 11 樓
書虫客服服務專線：(02)25007718・(02)25007719
24 小時傳眞服務：(02)25170999・(02)25001991
服務時間：週一至週五 09:30-12:00・13:30-17:00
郵撥帳號：19863813　　戶名：書虫股份有限公司
讀者服務信箱 e-mail：service@readingclub.com.tw
歡迎光臨城邦讀書花園　網址：www.cite.com.tw
香港發行所／城邦（香港）出版集團有限公司
香港灣仔駱克道 193 號東超商業中心 1 樓
電話：(852) 2508-6231　傳眞：(852) 2578-9337
e-mail：hkcite@biznetvigator.com
馬新發行所／城邦（馬新）出版集團
【Cite(M)Sdn. Bhd】
41, Jalan Radin Anum, Bandar Baru Sri Petaling,
57000 Kuala Lumpur, Malaysia.
Tel: (603) 90578822 Fax:(603) 90576622
email:cite@cite.com.my

封面設計／ Ancy Pi
排　　版／ HAMI
印　　刷／ 高典印刷有限公司
■ 2022 年（民 111）3 月 29 日初版

售價／ 450 元

國家圖書館出版品預行編目資料

失控療程 / 絲汀娜・福爾摩斯（Steena Holmes）著；林立仁譯. -- 初版. -- 臺北市：奇幻基地出版，城邦文化事業股份有限公司出版：英屬蓋曼群島商家庭傳媒股份有限公司城邦分公司發行，民111.03
面：　公分. -（Best嚴選；139）
譯自：The Patient
ISBN 978-626-7094-26-6（平裝）

874.57　　　111002073

ISBN　978-626-7094-26-6

Printed in Taiwan.

廣　告　回　函
北區郵政管理登記證
台北廣字第000791號
郵資已付，免貼郵票

104台北市民生東路二段141號11樓

英屬蓋曼群島商家庭傳媒股份有限公司城邦分公司 收

請沿虛線對摺，謝謝

每個人都有一本奇幻文學的啓蒙書

奇幻基地官網：http://www.ffoundation.com.tw
奇幻基地粉絲團：http://www.facebook.com/ffoundation

書號：**1HB139**　　書名：失控療程

請於此處用膠水黏貼

讀者回函卡

謝謝您購買我們出版的書籍！請費心填寫此回函卡，我們將不定期寄上城邦集團最新的出版訊息。

姓名：＿＿＿＿＿＿＿＿＿＿＿＿＿＿＿＿ 性別：□男 □女

生日：西元＿＿＿＿＿年＿＿＿＿＿月＿＿＿＿＿日

地址：＿＿＿＿＿＿＿＿＿＿＿＿＿＿＿＿＿＿＿＿

聯絡電話：＿＿＿＿＿＿＿＿＿＿傳真：＿＿＿＿＿＿＿＿＿＿

E-mail ：＿＿＿＿＿＿＿＿＿＿＿＿＿＿＿＿＿＿＿＿

學歷：□ 1.小學 □2.國中 □3.高中 □4.大專 □5.研究所以上

職業：□ 1.學生 □2.軍公教 □3.服務 □4.金融 □5.製造 □6.資訊

□7.傳播 □8.自由業 □9.農漁牧 □10.家管 □11.退休

□12.其他＿＿＿＿＿＿＿＿＿＿＿＿＿＿＿＿

您從何種方式得知本書消息？

□1.書店 □2.網路 □3.報紙 □4.雜誌 □5.廣播 □6.電視

□7.親友推薦 □8.其他＿＿＿＿＿＿＿＿＿＿＿＿＿＿

您通常以何種方式購書？

□1.書店 □2.網路 □3.傳真訂購 □4.郵局劃撥 □5.其他

您購買本書的原因是（單選）

□1.封面吸引人 □2.內容豐富 □3.價格合理

您喜歡以下哪一種類型的書籍？（可複選）

□1.科幻 □2.魔法奇幻 □3.恐怖 □4.偵探推理

□5.實用類型工具書籍

您是否為奇幻基地網站會員？

□1.是□2.否（若您非奇幻基地會員，歡迎您上網免費加入，可享有奇幻基地網站線上購書75折，以及不定時優惠活動：http://www.ffoundation.com.tw/）

對我們的建議：＿＿＿＿＿＿＿＿＿＿＿＿＿＿＿＿＿＿＿＿

＿＿＿＿＿＿＿＿＿＿＿＿＿＿＿＿＿＿＿＿

＿＿＿＿＿＿＿＿＿＿＿＿＿＿＿＿＿＿＿＿

請於此處用膠水黏貼